凝煉知識品味閱讀

第二版

洪英雪、洪然升、周翊雯 編著

五南圖書出版公司 印行

序

一、國文是「無感／無用」的學科？

傳統國文課所引起的質疑大抵是於己身「無感」、於社會「無用」；根據我們近年來在新生入學之初在課堂所進行的調查，相關回饋如：「不實用、出社會用不到」、「背了一些感覺沒什麼用的東西」、「學習好像只是為了應付考試而已」、「學習的都是別人主觀認定的解釋」、「文言文太複雜難懂，不知道為什麼還要背它」、「老師一味地講述無法與我的生命呼應」……諸如此類的意見此起彼落。然若究論此些問題之主要癥結，其實並不在古今文學本身的糾結，乃在於教材之編法、授課之方式無法在文本與學生生命／生活之間建立強而有力的連結。因此，無論教改的呼籲如何吹響，無論要帶領學生通往何方，又是否陳義高遠，我們認為最重要的須是先面對問題的基源與本質。

二、素養教學趨勢下國文學科之定位

自108課綱推行之後，素養導向的教學模式又為教學現場拓展了新的面貌，根據經濟合作暨發展組織（OECD）的定義，素養（Competencies）可區分為認知（Knowledge）、技能（Skills）、態度與價值（Attitude&Values）三大面向，並透過行動來整合學習。相較於傳統的學習，「素養」是一種「能夠成功回應個人或社會的生活需求」的能力、「關照學習者可整合運用於生活情境，強調其在生活中能夠實踐的特質」，簡言之，「素養」是個體在真實的生活情境下，可以用出來的能力，特別強調學習必須連貫真實的生活情境，是「靈活運用知識」、「將知識變成力量」的能力，而表現在自我學習、解決問題、適應現在生活及未來挑戰等行動中。（核心素養發展手冊；國家教育研究院；104.07）

教學必須以學生作為主體，已是翻轉教學、教育改革浪潮下的實踐原則，故需從「老師要教什麼」的立場轉移至「學生該學什麼」的角度重新審視思考，此自不待言；此中，為解除學生對國文課的認知持續停留在「高四國文」的印象，而在「應付考試」之外，即欠缺學習動力的窘境，我們一方面堅持以「自我生命」為樞紐，讓學習能回扣於個體的生命內容與進展，另方面則呼應素養教學以「解決問題」為導向，則以文本為媒介，透過有意識的閱讀，培養學生敏銳的「問題意識」，並叩問自身，淬鍊其面對生活所需之解決問題的能力，並以此回應語文教育「無感」、「無用」之刻板論調。

以是，本教材之編纂以文學之「體」、「用」為架構：

「體」：以自我「生命」之探索、盤點為核心，引發「文學有感」之連結。

「用」：則以文學之轉化為樞紐，串接現實生活之運用，建立「文學有用」之認知，圖示如下：

《文學如是說：素養與體用的迴旋舞》

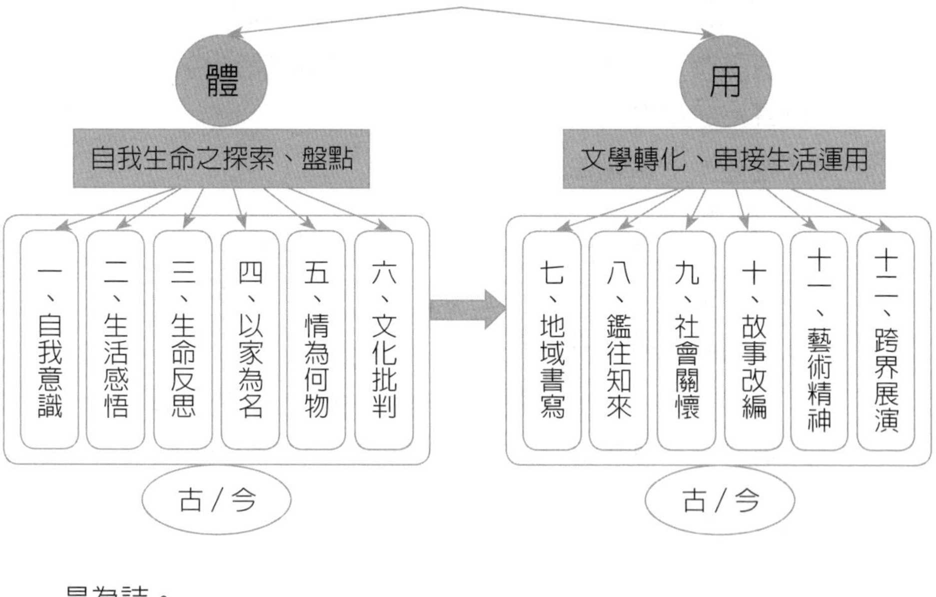

體
自我生命之探索、盤點
一、自我意識
二、生活感悟
三、生命反思
四、以家為名
五、情為何物
六、文化批判
古／今

用
文學轉化、串接生活運用
七、地域書寫
八、鑑往知來
九、社會關懷
十、故事改編
十一、藝術精神
十二、跨界展演
古／今

是為誌。

洪然升

2023夏月，臺中

CONTENTS
目 次

【體】：自我生命之探索、盤點

一、自我意識

我與我周旋久

單元導讀

「自我」到底是什麼？是純粹的自己？還是與實存現象對舉之後，而產生的「我」的認知？「我」的形成，絕對脫離不了社會文化的形塑以及觀看，因此它總是參雜了許多的複雜面向：期待與觀看、比較與評價、討厭與喜歡……。身處其中的人們，必須要有調整與反思，才能真正意識到什麼是真正的「我」，進而找到人生方向。

在社會觀看與評價之下要如何保持自覺的清醒？回到真正對「我」的認知？而「我」又該如何展現「我」？從魏晉時期「人的覺醒／文的自覺」之後，此一議題所開啓的相關書寫便綿延不斷。本單元選取《世說新語》篇章以及張愛玲的〈天才夢〉，從中可以清楚探見，人如何在自我認知與他人觀看兩造中進行自我的探索。

《世說新語》選

劉義慶

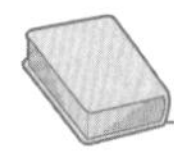

一、生活連結

1. 你曾經被比較過嗎？如果有，那是怎麼樣的經驗？
2. 喜歡這個經驗嗎？喜歡，為什麼？不喜歡，為什麼？
3. 在被比較的過程裡，你能夠發現自我的存在意義嗎？
4. 在各種情緒湧現的當下，你曾失去自我的自覺嗎？
5. 你覺得情緒對人的影響是什麼？你曾經陷入情緒之中而無法自拔嗎？

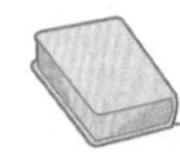

二、寫作背景

劉義慶（西元403年～444年），南朝劉宋宗室。世襲臨川王。曾召集門客作《世說新語》、《幽明錄》等書。是著名的文學家、史學家。而《世說新語》是以東漢至南北朝的名士做爲記錄對象，把他們的名士風流、魏晉氣度、趣聞軼事……等，分成三十六門記錄下來，可以說是筆記小說的代表作。

而東漢末年，世道漸亂，儒學獨尊地位也漸漸瓦解，代之而起的是六朝的自覺意識，《世說新語》中便記錄了許多發人深省的人物故事。而其中〈品藻〉與〈傷逝〉二篇，各自呼應了當時士人的自覺意識，以及面對自我情感的眞實。

㈠〈品藻第九．35〉

桓溫當時平定成漢政權，聲勢與權力都到達空前絕後的高峰。當時的朝廷決策者司馬昱（後來的晉簡文帝）對桓溫非常忌憚，於是扶植「少標令名」的殷浩，企圖以殷浩的才華來箝制如日中天的桓溫。

而桓溫與殷浩從小是一起長大的，在《晉書．殷浩傳》裡有另一則類似於品藻篇的記錄：「溫既以雄豪自許，每輕浩，浩不之憚也。至是（指殷浩被廢時），溫語人曰：『少時吾與浩共騎竹馬，我棄去，浩輒取之，故當出我下也。』」

桓、殷二人從小就在各方面互相比較，桓溫認爲小時候我丟棄不要的竹馬，殷浩眼巴巴地揀去玩，沒有雍容坦率的氣度，所以殷浩的評價應該在他之下。在這一則中看不到殷浩方面的回覆。但殷浩在《世說新語》裡卻也不卑不亢地說明了：「我與我周旋久，寧作我！」可以知道他們兩人從小到大就是不斷的被互相比較，而他們對於自我的評價也都有著各自的表述。

㈡〈傷逝第十七．4〉

王戎，字濬沖（西元234年～305年），封安豐侯，故也稱王安豐。他是竹林七賢中的一位。而王戎的形象獨特，既具有聰慧秀徹的魅力，但也具有吝嗇貪婪的個性；既有「危難之間，親接鋒刃，談笑自若，未嘗有懼容」的雅量，同時也有「譎詐多端」的批評。可以說人的多樣性樣貌，以及自我個性的突出，在王戎這裡淋漓盡致的展現出來，是個非常有故事的人。本篇便記載了王戎與山簡的一段對話。

傷逝篇是《世說新語》裡非常特殊的一篇。

在中國古代面對情感的方式是以「節」爲主，例如《中庸》說的：「喜怒哀樂之未發，謂之中；發而皆中節，謂之和」。發乎情、止乎禮一直是中國古代面對情感的主流態度。但傷逝篇卻偏離了這樣的軌道。

魏晉時期由於現實世界的無情，生命太容易消逝，死亡往往直面而來。名士們或睹物思人、或死生之悲、或臨終哀亡，每一則故事都寫出了生命裡最沉重的不捨。所以他們往往不符合主流禮教態度下的「節制」，但卻有著最眞誠的情感表現。也用最眞誠的情感來展現自我。

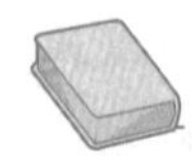

三、文本閱讀

㈠〈品藻第九．35〉

桓公少與殷侯齊名，常有競心。桓問殷：「卿何如我？」殷云：「我與我周旋久，寧作我！」

補充：〈品藻第九．38〉

殷侯既廢，桓公語諸人曰：「少時與淵源共騎竹馬，我棄去，已[1]輒取之，故當出我下。」

㈡〈傷逝第十七．4〉

王戎喪兒萬子[2]，山簡往省之，王悲不自勝。簡曰：「孩抱中物[3]，何至於此？」王曰：「聖人忘情，最下不及情；情之所鍾，正在我輩。」簡服其言，更爲之慟。

1 已：隨即之意。

2 王戎喪兒萬子：王綏，字萬子。死時已十九歲了，不是後文所說的抱中物。本則記載或有可能是王衍喪幼子的記載，誤記為王戎喪萬子。但就文學的張力來看，此文依舊是充滿魏晉名士思維的。

3 孩抱中物：此處指小孩子還未成人，甚至還不會對父母的情感有所回應，只像是一個懷抱在懷裡的「物」一樣。

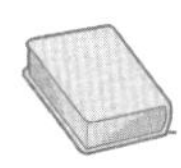

四、文本提問

㈠〈品藻第九・35〉

1. 殷浩說：「我與我周旋久」，請問，什麼是「周旋」？你有過與自己的周旋嗎？
2. 在《晉書・殷浩傳》裡有這一則的類似記錄：「浩少與溫齊名，而每心競。溫嘗問浩：『君何如我？』浩曰：『我與君周旋久，寧作我也。』」請問，「我與我周旋久」與「我與君周旋久」一字之差呈現了什麼樣不同的效果？你喜歡哪一個記錄？為什麼？
3. 假如你是殷浩，請用第一人稱「我」的角度，書寫你剛被詢問「卿何如我？」時的心靈描繪與體認。

㈡〈傷逝第十七・4〉

1. 什麼是「太上忘情」？什麼又是「最下不及情」？
2. 山簡在弔唁王戎的喪子之痛時，原本的態度是「孩抱中物，何至於此？」到後來被王戎打動，轉變為「更為之慟」，你覺得為什麼？請說說他的心理轉變。

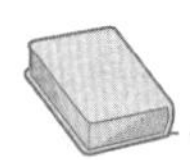

五、文本賞析

㈠〈品藻第九・35〉

品評人物是魏晉時期的社會特色與風氣，對於人物有著細膩的觀察及評價，本篇就是其中的代表作。而品評人物重要的目的，便是如何將人與自我安放在大環境之中，所以也發展出兩條主線：往外，能夠有識人之明、知人善用；往內，則了解自我、認肯自我的價值。所以對於「人／我」的觀看與詮釋，知道自己的位置、恰當地安放「人／我」，便是當時品評人物所重視的作用。而人物在被品評過程中所呈現的風華氣度，也展現出了這個時代的特殊氛圍。桓溫與殷浩的這段對話就很完整的呈現了這樣的詮釋。從他人的觀看評價，到自我的認同與接受，中間的轉折反思、人物如何安放自我、如何在大環境中自處的思考與選擇。

而比較行爲容易讓身處其中的人，被異化成一個對象物、失去核心價值、迎合他人視線、瞻前顧後，慢慢失去初心。但處在人群中，完全的不被比較幾乎是不可能的。殷浩在遭遇無數次的比較，尤其直面桓溫「卿何如我」的詢問時，他必定有著短暫的沉思與反問。這時候他的心裡一定不斷地做出各種選擇與自我對話。但最後，他選擇認肯自己、展現自我的意義與價值，從容地回到自己——「寧作我」。值得一提的是，在《晉書》中關於這一則的記載爲：「浩少與溫齊名，而每心競。溫嘗問浩：『君何如我？』浩曰：『我與君周旋久，寧作我也。』」此處殷浩的回答與《世說新語》中的記錄僅一字之差。但一字之差力道卻是不同的，「我與君周旋久」還在兩人的比較當中顯現競爭之心，而「我與我周旋久」已經跳出兩人的比較心，更有力度的回到自我的體認與認可。《世說新語》中的記錄，無疑是更有張力的。

㈡〈傷逝第十七・4〉

古代，父母長輩之喪可以理所當然地痛哭，但喪子的痛苦卻是需要節制地。但在王戎喪子這篇中，對於失去兒子的悲傷卻毫不遮掩，正面的去面對它、體會它、展現它，並且把這樣的悲傷回到人正常的情感中去詮釋：「情之所鍾，正在我輩」。「我輩」是一個可以有血有淚展現自己的存在，你是這樣、我也是這樣，在我輩之下，我們都可以合理的展現情感。而這個「情」的共感也渲染了好友山簡，同爲我輩中人，山簡也彷彿進入這喪子之悲中，更爲之慟。名士們就在生命消亡的悲傷裡去思考呈現了「我」。

額外一提的是，「我輩」的概念在本則中被標舉了出來。從社會學提出「社會自我」、「身分認同」等概念來看，我輩的概念必須在群我當中實現。它不單單只有個人而已，更是一種群體認同。是「我輩中人」或「非我族類」；是「結交」或是「絕交」，這都是「我」在群體當中的選擇與作用。可以說，「我輩」是一個由個體自覺輻射出去，理解人我分殊，並進而建構出複雜的人我互動網絡，形成意涵豐富的「群我處境」後的思維。（文／周翊雯）

六、文章結構

㈠〈品藻第九．35〉

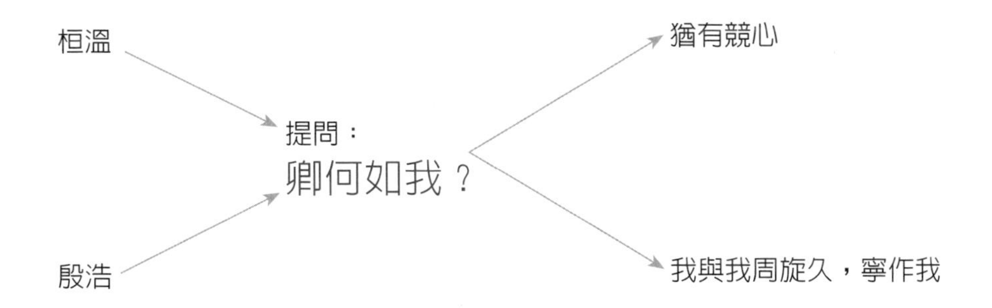

㈡〈傷逝第十七．4〉

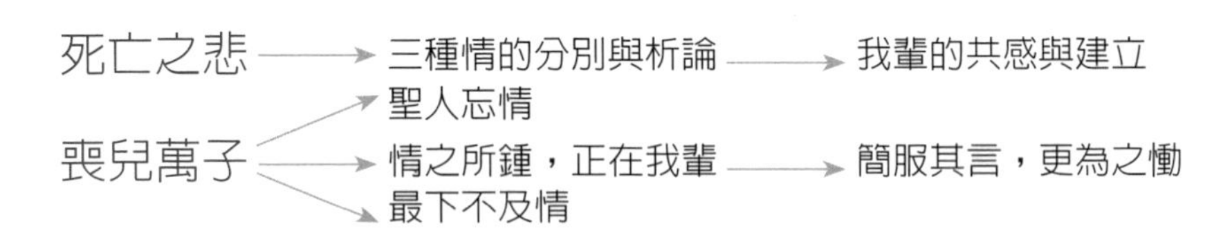

七、文以感思、學以致用——教學活動設計

單元／	文本／劉義慶《世說新語》選		
組別：	姓名：	系級：	日期：

說明

1. 接受不完美或是充滿矛盾的自己也是人生必要的課程。就像心理學者阿德勒認為：「不完美沒有什麼不好」，接受自己的不完美是一種勇氣，才能面對人生的困境並予以翻轉。那麼，請你自我反思並分析自己的缺點，你是否接受這樣的缺點？或者接受了有如何去改善嗎？若不接受，又如何與它相處？
2. 請你選擇一位當代名人，用100字以內來對他進行品評，文白不拘。
3. 傷逝篇裡提到的聖人忘情、最下不及情、情之所鍾等等，對於情感的專注、深度、涼薄、忘與不忘有著深刻的體會與討論。你閱讀的文學作品裡，是否有哪一位人物的情感態度讓你印象深刻？請試述之。那麼你認同這樣的態度嗎？
4. 你有過面對「失去」的經驗嗎？在現代社會中，常常發生年輕的生命因為無法承受失去而放棄自己的人生，請討論一下，悲傷發生後心靈有可能產生的反應階段，以及轉變。

書寫內容

請沿虛線剪下

〈天才夢〉

張愛玲

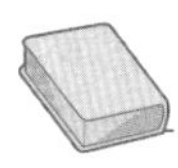

一、生活連結

1. 你認識自己嗎？你對自己的認知是向內探索而得來？或是透過他人對你的評述？
2. 你會因為他人對你的評價而感到滿足或自卑嗎？
3. 在張愛玲的年代裡，不會削蘋果、補襪子、不認識路等，便被數落為生活無能者。時代丕變，於現今社會，你認為怎樣才算是生活無能者？請列舉說明之。再者，你認為自己的生活能力是否合格？是否有值得自豪或應該自省之處？請列舉之。

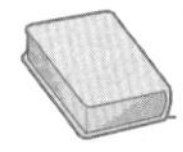

二、寫作背景

張愛玲（西元1920年～1995年），出生於上海，爲清末名臣李鴻章之外曾孫女。十歲時父母離異，十七歲遭父親家暴軟禁，逃出後投奔母親與姑姑。本欲留學英國的張愛玲，因太平洋戰爭（第二次世界大戰）轉讀香港大學，兩年後又因香港淪陷輟學回上海。此後以寫作爲職並爆紅於上海文壇，享受青年成名的快感。張愛玲影響文壇頗深廣，模仿者眾諸多「張腔」，研究者廣形成「張學」，因而楊照名之爲「祖師奶奶」。

張愛玲擅長以華麗豔異的文字刻劃人對於慾望從自持、掙扎到沉淪的心理過程，從中映射出人性之惡、人力之弱以及命運的至高宰制。自傳散文〈天才夢〉約爲二十歲時的創作，看似輕快的筆調，呈現出的是游移於他人評價與自我認知的自我探索。

三、文本閱讀

我是一個古怪的女孩，從小被目爲天才，除了發展我的天才外別無生存的目標。然而，當童年的狂想逐漸褪色的時候，我發現我除了天才的夢之外一無所有——所有的只是天才的乖僻缺點。世人原諒瓦格涅[1]的疎狂，可是他們不會原諒我。

加上一點美國式的宣傳，也許我會被譽爲神童。我三歲時能背誦唐詩。我還記得搖搖擺擺地立在一個滿清遺老的籐椅前朗吟「商女不知亡國恨，隔江猶唱後庭花」，眼看著他的淚珠滾下來。七歲時我寫了第一部小說，一個家庭悲劇。遇到筆劃複雜的字，我常常跑去問廚子怎樣寫。第二部小說是關於一個失戀自殺的女郎。我母親批評說：如果她要自殺，她決不會從上海乘火車到西湖去自溺，可是我因爲西湖詩意的背景，終於固執地保存了這一點。

我僅有的課外讀物是西遊記與少量的童話，但我的思想並不爲它們所束縛。八歲那年，我嘗試過一篇類似烏托邦的小說，題名快樂村。快樂村人是一好戰的高原民族，因克服苗人有功，蒙中國皇帝特許，免徵賦稅，並予自治

---

1 瓦格涅（Richard Wagner，1813～1883）：德國作曲家、文學家，代表作有《尼伯龍根指環》等。

權。所以快樂村是一個與外界隔絕的大家庭，自耕自織，保存著部落時代的活潑文化。

我特地將半打練習簿縫在一起，預期一本洋洋大作，然而不久我就對這偉大的題材失去了興趣。現在我仍舊保存著我所繪的插畫多幀，介紹這種理想社會的服務，建築，室內裝修，包括圖書館，「演武廳」，巧克力店，屋頂花園。公共餐室是荷花池裏一座涼亭。我不記得那裏有沒有電影院與社會主義——雖然缺少這兩樣文明產物，他們似乎也過得很好。

九歲時，我躊躇著不知道應當選擇音樂或美術作我終身的事業。看了一張描寫窮困的畫家的影片後，我哭了一場，決定做一個鋼琴家，在富麗堂皇的音樂廳裏演奏。

對於色彩，音符，字眼，我極爲敏感。當我彈奏鋼琴時，我想像那八個音符有不同的個性，穿戴了鮮艷的衣帽攜手舞蹈。我學寫文章，愛用色彩濃厚、音韻鏗鏘的字眼，如「珠灰」，「黄昏」，「婉妙」，「splendour」[2]，「melancholy」[3]，因此常犯了堆砌的毛病。直到現在，我仍然愛看聊齋志異與俗氣的巴黎時裝報告，便是爲了這種有吸引力的字眼。

在學校裏我得到自由發展。我的自信心日益堅強，直到我十六歲時，我母親從法國回來，將她睽隔多年的女兒研究了一下。

---

[2] splendour：輝煌。
[3] melancholy：憂鬱。

「我懊悔從前小心看護你的傷寒症，」她告訴我，「我寧願看你死，不願看你活著使你自己處處受痛苦。」

我發現我不會削蘋果。經過艱苦的努力我才學會補襪子。我怕上理髮店，怕見客，怕給裁縫試衣裳。許多人嘗試教我織絨線，可是沒有一個成功。在一間房裏住了兩年，問我電鈴在哪兒我還茫然。我天天乘黃包車上醫院去打針，接連三個月，仍然不認識那條路。總而言之，在現實的社會裏，我等於一個廢物。

我母親給我兩年的時間學習適應環境。她教我煮飯；用肥皂粉洗衣；練習行路的姿勢；看人的眼色；點燈後記得拉上窗簾；照鏡子研究面部神態；如果沒有幽默天才，千萬別說笑話。

在待人接物的常識方面，我顯露驚人的愚笨。我的兩年計畫是一個失敗的試驗。除了使我的思想失去均衡外，我母親的沉痛警告沒有給我任何的影響。

生活的藝術，有一部份我不是不能領略。我懂得怎麼看「七月巧雲」，聽蘇格蘭兵吹bagpipe[4]，享受微風中的籐椅，吃鹽水花生，欣賞雨夜的霓虹燈，從雙層公共汽車上伸出手摘樹顛的綠葉。在沒有人與人交接的場合，我充滿了生命的歡悅。可是我一天不能克服這種咬囓性的小煩惱，生命是一襲華美的袍，爬滿了蚤子。

——出自《華麗緣》，皇冠文化出版有限公司出版

[4] bagpipe：風笛，又名風袋管，使用簧片的氣鳴樂器。

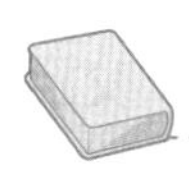

四、文本提問

1.「我是一個古怪的女孩，從小被目為天才」。就觀察自己而言，引文的話裡，有什麼關鍵字？請依據此關鍵字繼續說明，張愛玲如何看待自己。
2.「瓦格涅」是誰？張愛玲為何會說「世人會原諒瓦格涅的疎狂，可是他們不會原諒我」？
3. 從文中可以發現張愛玲與母親的關係如何？
4. 作者從自認天才到察覺自己生活能力不足的轉折點為何？
5. 使張愛玲「思想失去均衡」的原因為何？
6. 張愛玲對自己哪些部分沒有自信？對自己哪些部分極有自信？
7.「生命是一襲華美的袍，爬滿了蚤子。」請解讀這兩句話的意義。

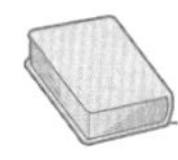

五、文本賞析

1939年，上海《西風》雜誌以「我的……」為題舉辦徵文比賽，〈我的天才夢〉便是張愛玲得獎之作，也是其於文壇初試啼聲之作。（出版之後，改名為〈天才夢〉）顧名思義，〈天才夢〉是一篇自剖天才夢想的自傳散文，從中可以見出張愛玲游移在他人評價與自我認知之間，在優越與挫敗、自傲與自卑兩端揣摩探究自己。

文章前兩句「我是一個古怪的女孩，從小被視為天才」便擲地有聲地宣告自己是被認可的天才。然而，文中「被視為」三個字便透露出問題關鍵，也就是張愛玲是透過他人的眼光看待自己，經由他人頒授的天才勳章來認知自己。依此，她列舉自己的天才事蹟：三歲背唐詩、七歲寫小說、九歲規劃自己該成為畫家或音樂家，往天才應有的光明前途來想像自己的未來。然而，正當張愛玲沐浴於天才的光輝中志得意滿時，另一個他人評價卻讓她墮入深沉的黑暗。

與父親決裂後投奔母親的張愛玲，遭到母親指列種種生活無能、交際拙笨的劣跡，兩年調教計畫的失敗、母親所說「我寧願看你死，不願看你活著使你自己處處受痛苦」的殘酷語言之下，讓張愛玲摘下天才的皇冠，重新給自己貼上「現實社會的廢物」的標籤。

從天才到現實社會的廢物，這兩個定位都不是張愛玲從自我的認知得來的，而是誤將他人的觀看／評價當成自我的本質。天才與生活白癡的標籤相繼而來，鋪成了張愛玲的幻滅之路。

然而，幻滅，也是深一層自我認知的、成長的開始。將他人的審視眼光擺落一旁，張愛玲返回內心與自我周旋，不再有過度的自誇與自鄙，也不貼簡化的標籤，平實講述自己享受獨處、享受文藝創作與生活感受所帶來的歡愉，也許這才是更為眞實與誠懇的自我介紹。自我不論是何種面目總是生活著的，生活累積成生命，生命如同夾藏跳蚤的華美衣袍，本就苦樂並存。（文／洪英雪）

六、文章結構

- 天才夢
  - 他人評價
    - 天才—事證：三歲背唐詩
      七歲寫小說
      九歲立志成為畫家或音樂家
    - 生活無能者—事證：不會削蘋果、不會補襪子
      不會織絨線、不認路
      ……
  - 自我認知
    - 文藝、繪畫、音樂天份
    - 生活藝術家—事證：欣賞「七月巧雲」、「雨後霓虹」
    - 享受獨處

請沿虛線剪下

七、文以感思、學以致用——教學活動設計

單元／		文本／張愛玲〈天才夢〉	
組別：	姓名：	系級：	日期：

說明

1. 若將〈天才夢〉視為一篇自傳，請根據此自傳中所敘述傳主的性格、專長等，幫張愛玲設計一份適合她的求職簡歷。
2. 張愛玲從他人審視與自我認知兩個方面來介紹自己，並進入深層的自我剖析。請你也從這兩個角度著手，回顧他人對你的評價與自我認知，以〈我的……〉為題，寫作短文一篇。
3. 張愛玲以「華美的袍」，比喻其生命感悟。你呢？你領悟到生命是怎麼一回事了嗎？請以一具體物象比喻之。

   張愛玲：生命是一襲華美的袍，爬滿了蚤子。

   ＿＿＿：生命是（像、如、似……）＿＿＿＿＿＿，＿＿＿＿＿＿＿＿＿＿＿＿＿＿＿＿＿＿。

書寫內容

請沿虛線剪下

延伸閱讀

1. 比爾・蘇利文：《我，為什麼會這樣？：喜歡這些，討厭那些，從生物學、腦科學與心理學解釋我們的喜好、情緒、行為與想法，重啓一趟人類的認識之旅》（臉譜，2020年）。
2. 侯貝・波瓦攸・馬崒威：《法國高中生哲學讀本3：我能夠認識並主宰自己嗎？——建構自我的哲學之路》（大家，2017年）。
3. 陳志恆：《此人進廠維修中！：為心靈放個小假，安頓複雜的情緒》（究竟，2022年）。
4. 岸見一郎、古賀史健：《被討厭的勇氣》（究竟，2014年）。
5. 克勞德・勒路許：《偶然與巧合》（電影），2000年。
6. 肯尼斯・洛勒根：《海邊的曼特斯特》（電影），2016年。
7. 丹・福吉曼：《生命中的美好意外》（電影），2018年。
8. 張愛玲：〈私語〉、〈童言無忌〉，《流言》（皇冠，1991年）。
9. 張愛玲：《小團圓》三部曲（皇冠，2009年）。
10. 侯文詠：《我的天才夢》（皇冠，2002年）。

二、生活感悟

行路難祇在人情反覆間

單元導讀

若說生命是一座大教室，那麼生活就是教室中的真實活動。在活動之中，雖說不免得遵守若干規則，但因每個生命個體都是獨特的，故當有所互動便能交織出一幕幕生動而從不重複的畫幅。而生活中種種悲歡離合的事件，得志或失意的際遇，總令我們有所感、有所悟，而以喜、怒、哀、樂為節拍，引領我們時而昂首時而低迴的前進或卻步。

在此單元中，我們透過李白的二首飲酒詩名篇，觀看了一種人生追求與理想失落之間、無可無不可的彈性。而在張曉風〈我在〉一文中，又探見對自我存在意義的積極肯定，令人振奮。若說生命有劇情，歸根結柢，不過先感後悟而已。

飲酒詩選

〈將進酒〉、〈宣州謝朓樓餞別校書叔雲〉

李白

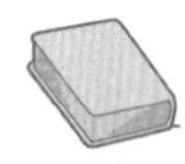

一、生活連結

1. 你知道的唐代詩人有哪些？請就你的熟悉程度依序排列。
2. 你喜歡的唐詩作品為何？喜歡的原因又為何？
3. 你生活中的主要煩惱為何？你的化解方式又為何？
4. 你檢視過自己的生活態度以及人生觀嗎？請簡單說明之。

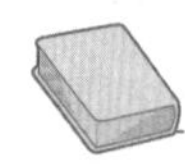

二、寫作背景

李白（西元701年～762年），字太白，號青蓮居士，世稱「詩仙」。性疏財、好任俠，才思縱橫，豪邁絕塵。

玄宗天寶元年（西元742年）入京，賀知章讀其詩，薦之帝，惜不爲玄宗親近高力士、楊貴妃諸權貴所容，由是上亦疏之，李白自知難受重用，懇求還山；並於天寶三載[1]（西元744年）離京，浮游四方……。安史

[1] 載：歲，商曰祀，周曰年，唐、虞曰載。即：古代認為只有像堯舜如此具備才德的帝王紀年才能稱之為載。據《新唐書·玄宗本紀》：「天寶三載正月丙申，改年為載。」玄宗於天寶三年下詔改年為載，或有自比堯舜之意。

之亂（西元755年～763年）時，曾避居廬山，後爲永王李璘辟爲幕僚佐。李璘欲據江左自立，李白亦頗思趁中原紛擾之際建功立業，後李璘兵敗，李白受累，流放夜郎（今貴州省銅梓縣東）；中途遇赦還。

李白詩乃「集漢魏六朝之大成者也」，擅藉樂府舊題以抒自我懷抱，不時體現「豪放自負」的性格；然因受道家思想影響，又表現出虛無消沉的一面，由此揉合而成矛盾統一的「自我」獨特詩風。而最能彰顯其性格特質、體現其生命情調之詩作，莫過於飲酒篇章，而此中尤以〈將進酒〉、〈宣州謝朓樓餞別校書叔雲〉最爲人所熟知。

三、文本閱讀

(一) 李白〈將進酒〉[2]

君不見黃河之水天上來，奔流到海不復回？君不見高堂[3]明鏡悲白髮，朝如青絲[4]暮成雪。人生得意須盡歡，莫使金樽[5]空對月。天生我材必有用，千金散盡還復來。烹羊宰牛且爲樂，會須[6]一飲三百杯。岑夫子，丹丘生，[7]將進酒，杯莫停。與君歌一曲，請君爲我傾耳聽。鐘鼓饌玉[8]不足貴，但願長醉不願醒。古來聖賢皆寂寞，惟有飲

---

[2] 將進酒：本為漢樂府中之曲調。進酒，送上酒之意；將進酒，乃一勸酒歌也。
[3] 高堂：高大的廳堂。
[4] 青絲：比喻烏黑而柔軟的頭髮。
[5] 樽：酒杯。
[6] 會須：正應當；務必如此。
[7] 岑夫子、丹丘生：即岑勳、元丹丘，二人皆李白好友。
[8] 鐘鼓饌玉：鐘鼓，古代盛宴時常鳴鐘擊鼓以作樂。饌玉，即玉饌，形容美食珍貴如玉。鐘鼓饌玉，指奢華的物質享受，借代世俗所尚之功名富貴。

者留其名。陳王昔時宴平樂[9]，斗酒十千恣歡謔[10]。主人何爲言少錢，逕[11]須沽取對君酌。五花馬[12]，千金裘[13]，呼兒將出換美酒，與爾同銷萬古愁！

㈡〈宣州謝朓樓[14]餞別[15]校書叔雲[16]〉

棄我去者，昨日之日不可留；亂我心者，今日之日多煩憂。長風萬里送秋雁，對此[17]可以酣[18]高樓。蓬萊文章建安骨[19]，中間小謝又清發[20]。俱懷逸興壯思飛，欲上青天攬明月。抽刀斷水水更流，舉杯銷愁愁更愁。人生在世不稱

---

[9] 陳王昔時宴平樂，斗酒十千恣歡謔：陳王，乃曹操之子曹植，魏明帝曾封其為陳思王（太和六年）。平樂，平樂觀，在洛陽西門外。

[10] 斗，古代盛酒的酒器。恣，恣意任性。謔，戲謔。此詩句化自曹植〈名都篇〉：「歸來宴平樂，美酒斗十千。」

[11] 逕：直接了當。

[12] 五花馬：馬之毛色作五花紋者，泛指毛色漂亮之良馬。

[13] 裘：皮毛作的衣服。

[14] 謝朓樓：南齊詩人謝朓在任宣城太守時所建，又稱謝公樓或北樓，唐時改名疊嶂樓。樓前有一宛水溪。

[15] 餞別：以酒食送行。

[16] 校書叔雲：李雲，字叔雲，乃李白同族叔父；校書，官名，李雲時任祕書省校書郎，掌管朝廷的圖書整理工作。

[17] 此：指「長風萬里送秋雁」的景色。

[18] 酣：暢飲。

[19] 蓬萊文章建安骨：代指李叔雲的文章有建安時代剛健遒勁的風格，乃李白稱美李叔雲的詩歌成就。蓬萊，一座傳說中的海上仙山，藏有大量的道教典籍；因唐人多以蓬山、蓬閣稱祕書省，故以此「蓬萊」指時任祕書省校書部之李叔雲。建安（西元196年～219年），東漢獻帝年號，東漢末年，三曹（曹操、曹丕、曹植）父子與建安七子（孔融、王粲、陳琳、徐幹、劉楨、應瑒、阮瑀）所作詩歌，風格剛健有古意，世稱「建安風骨」。

[20] 中間小謝又清發：此乃李白以謝朓自比。中間，即座中；小謝，指南朝宋文人謝朓，與謝靈運同族，後世並稱二人「大、小謝」。

意[21]，明朝散髮[22]弄扁舟[23]。

四、文本提問

㈠ 李白〈將進酒〉

1. 「君不見黃河之水天上來」的「水」是什麼意思？
2. 李白〈將進酒〉一詩中，出現哪些「情緒」語詞？
3. 李白飲酒的目的為何？
4. 「酒」裝在哪些容器裡？
5. 李白要面對／處理／化解的主要情緒為何？他的方法是什麼？
6. 參與此次聚會的人有誰？
7. 〈將進酒〉：「主人何為言少錢？」此次聚會，誰為主人？
8. 這次的聚會，有酒有肉有歌，何者為李白所貢獻？
9. 李白的「虛無消沉」、「豪放」、「自負」可從哪些詩句探見？
10. 李白為什麼要特別提到古人曹植？

㈡〈宣州謝脁樓餞別校書叔雲〉

1. 詩中以哪些句子寫憂／愁？
2. 李白在詩中用哪些語詞借指李雲？用哪些語詞借指自己？
3. 李白以哪些句子寫自己和李雲的文才？
4. 「抽刀斷水水更流，舉杯銷愁愁更愁」的「水」是什麼意思？
5. 就詩所言，李白「銷愁」的方法為何？

---

[21] 稱意：稱心如意、合意。

[22] 散髮：古人立朝需束髮帶冠，散髮，言去冠披髮，指放棄功名、隱居不仕，亦表閒適自在。

[23] 扁舟：小船。

6. 李白的「虛無消沉」、「豪放」、「自負」可從哪些詩句探見？

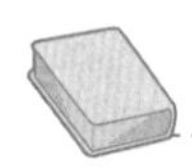

五、文本賞析

㈠〈將進酒〉

李白〈將進酒〉作於玄宗天寶十一載（西元752年），乃自長安放還之後所作。其時，正値李白「抱用世之才而不遇合」之際，因與朋友岑勳到好友元丹丘的潁陽山居作客，便借助酒興鼓動詩情，把壯志難伸之滿腔鬱結，淋漓盡致地宣泄而出。此詩乃一縱酒銷愁之詩，體現了及時行樂的思想，刻繪出生命姿態和心靈內在的衝突，而呈現出自我生命如何安置的問題。

此詩首先言及人生之「悲」，乃源於生命之有限及其消逝之急促，而不同生命個體在此一客觀限制下展開不同之生命追求與際遇，由之產生不同的情緒反應，亦建構出不同之人生觀。李白此詩以「愁」為情緒主軸，說愁而言「萬古」，蓋觸及傳統知識份子希冀「建功立業」與「懷才不遇」之反差而來，從而失落、抑鬱、憤慨，進而凝結成文學篇章中的一個「愁」字。

生命之「悲」、個人之「愁」既然如此巨大，如何面對便成了人生的重要課題。以超脫之姿蔑視世俗標準、輕視功名富貴或許不合時宜，卻是李白自我慰解的方法之一，加以縱情飲酒的歡愉描述，而交織成此詩最引人矚目之處。

所謂不以極樂盡歡實無以銷解至愁也，故：飲酒得要呼朋引伴、連杯豪飲；飲酒必然有肉有歌，以之助興；飲酒須能尙友古人，以我輩為貴。

酒罄之後又當如何？便慫恿主人以「五花馬」、「千金裘」作為換酒之資憑。而名貴之駿馬、皮裘，與李白輕視的「鐘鼓饌玉」卻皆為世俗富貴之表徵，李白生命姿態和心靈內在的衝突，自我生命如何安放的矛盾問題亦由此可見。

㈡〈宣州謝朓樓餞別校書叔雲〉

李白〈宣州謝朓樓餞別校書叔雲〉作於玄宗天寶十二載（西元753年），其時李白客居宣州（今安徽省宣城縣），其族叔李雲亦行至此，於短暫停留後便將離去，離去前與李白同登謝朓樓，李白爲之餞行並作此詩。此一登樓有感之作，或言憐惜李雲在世之不稱意，或言自傷懷才不遇，或言兼而有之。

此詩以「煩憂」爲情緒基調，以長句形式直言此一煩憂既非始於今日亦不終於今日，而是由無數的昨日、今日所累蓄，不知其止，故一氣連貫，實爲長期以來對政治遭遇所引發之感受的概括；此時距李白離京已歷九載，「人生在世不稱意」之感慨逐日趨深，顯然所謂的抱負理想愈加不可能在現實人世間實現了，「懷才不遇」之愁如何化解？理想抱負又該從何寄託？遂成人生不得不面對的課題。

言才，李白在推崇李雲之餘，亦必然自負，就詩歌而言，李白「一生低首謝宣城（謝朓）」（王士禎語），此詩進而以南齊詩人——謝朓自比，流露出對自身才情的自信。然此一文才既無助於理想在現實中的實現，理想便似明月只能高懸於天際，只能寄託於筆墨之下，只能形諸文字之間，聊以自我慰藉。

時光難留之生命實相、在世不稱意的人生現實，與素來懷抱的「壯思」，既形成難以化解的矛盾，產生難以消除的煩憂，內化成自我的衝突，則藉酒澆愁以得片刻的麻痺忘懷或許已成日常，而故作瀟灑的自振會不會只是不同於俗的精神折射？若欲尋最終的解決之道，便不得不走向「散髮弄扁舟」一途，力求從根本處徹底擺去拘束了。（文／洪然升）

六、文章結構

㈠ 李白〈將進酒〉

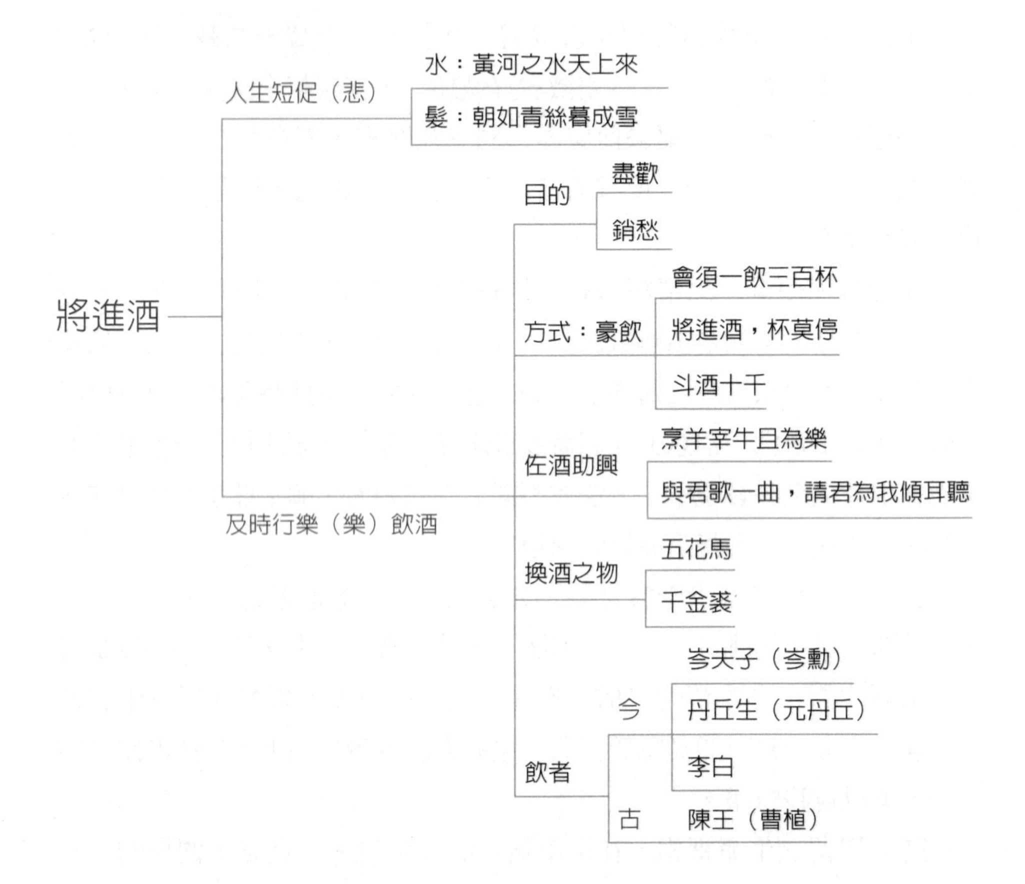

㈡〈宣州謝朓樓餞別校書叔雲〉

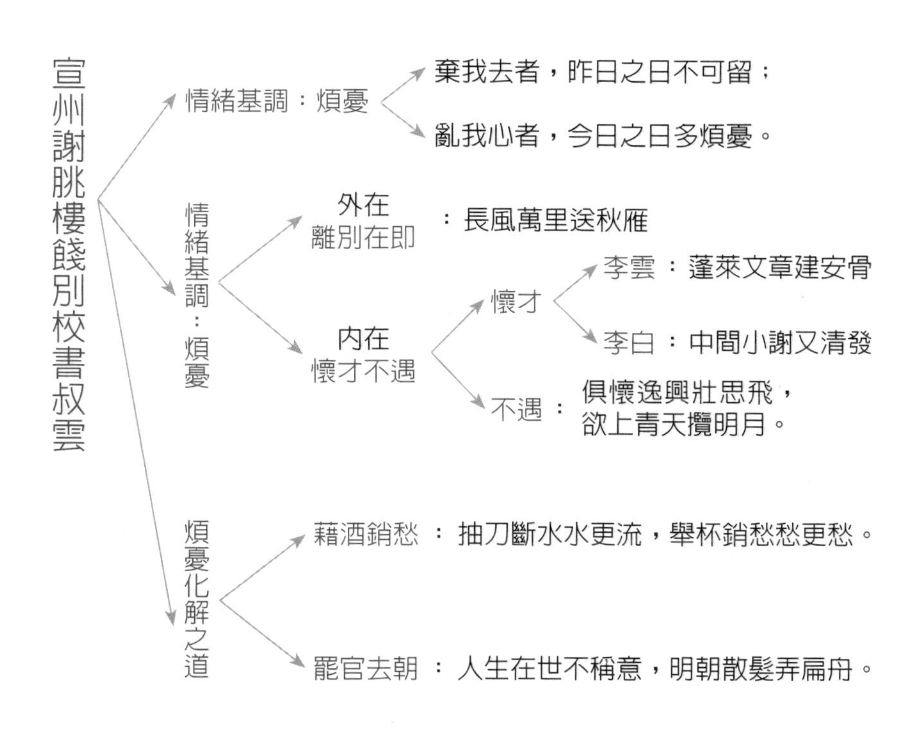

請沿虛線剪下

七、文以感思、學以致用——教學活動設計

<table>
<tr><td colspan="2">【自我思考與生活主張】</td></tr>
<tr><td colspan="2">單元／　　　　　　　　　　　　　文本／李白〈將進酒〉</td></tr>
<tr><td colspan="2">組別：　　　　　姓名：　　　　　系級：　　　　　日期：</td></tr>
<tr><td>例句</td><td>人生苦短——李白勸人及時行樂→人生在世，應該盡興飲酒。</td></tr>
<tr><td>句式</td><td>人生○○ —— ○○勸人○○○○→人生在世，應該……。</td></tr>
<tr><td rowspan="10">練習</td><td>1.</td></tr>
<tr><td>2.</td></tr>
<tr><td>3.</td></tr>
<tr><td>4.</td></tr>
<tr><td>5.</td></tr>
<tr><td>6.</td></tr>
<tr><td>7.</td></tr>
<tr><td>8.</td></tr>
<tr><td>9.</td></tr>
<tr><td>10.</td></tr>
</table>

請沿虛線剪下

【自我情緒認知】			
單元 /		文本 / 李白〈將進酒〉	
組別：	姓名：	系級：	日期：

例句	我李白，在丹丘生家和好友盡情飲酒，覺得很快樂。
句式	我○○在……，做……（動態），覺得很……（情緒）
練習	1.
	2.
	3.
	4.
	5.
	6.
	7.
	8.
	9.
	10.

【課堂書寫】

單元／	文本／李白〈將進酒〉、〈宣州謝脁樓餞別校書叔雲〉		
組別：	姓名：	系級：	日期：

說明

每個人或許都有一顆敏感的心靈，對於「喜」、「怒」、「哀」、「樂」、「悲」、「愁」乃至「情」、「志」有著強烈不一的感受。在我們讀過李白的兩首飲酒詩名篇，凝視了他的生命型態、理解他的生命情懷後，我們更應進一步地探索自己、理解自己的生命。請寫封信給李白，跟他說說話，也試著跟自己對話。（300字）

書寫內容

請沿虛線剪下

〈我在〉

張曉風

一、生活連結

1. 從小到大，我們在無數間的「教室」進行學習。對你而言，何謂「教室」？教室對你的意義為何？
2. 就你所讀過的書、追過的劇、看過的電影、聽過的歌曲中，哪一句話（句子／對白／歌詞）最能讓你產生共鳴或引發你的感受，為什麼？
3. 我們或多或少都曾有對自己或他人許諾過，請就「遵守諾言／我做到了」、「違背諾言／我沒做到」的經驗說說自己當下的感受。
4. 親情之外，我們或許也與他人締結了若干情緣，請任擇一例，說明你們之間的相識歷程以及相處狀況。

二、寫作背景

張曉風（西元1941年～），出生於浙江金華，八歲來臺。曾任教於東吳大學、陽明醫學院（今之陽明交大），2006年退休。1983年9月亦曾應香港浸會學院之邀，前去擔任客座教授。

1976年獲第六屆十大傑出女青年獎。2006年起擔任「搶救國文教育聯盟」副召集人，亦關注環境保育議題，2012年獲選爲第八屆不分區立法委員。

1964年與林治平結婚，亦動筆寫第一本散文集《地毯的那一端》，並獲得1967年中山文藝獎（至今仍為最年輕獲獎者），而《步下紅毯之後》則於1980年獲國家文藝獎。創作以散文為主。筆耕不輟，得獎無數，著作頗豐。

張曉風散文擅用知性來提升感性，在視野上則能將小我拓展到大我。〈我在〉一文即從個人生活經驗出發，以淺顯語彙、優美文辭觸及重要生命課題，記錄生活中的真實感悟、揭示生命之美好及其存在之價值與意義。

三、文本閱讀

記得是小學三年級，偶然生病，不能去上學。於是抱膝坐在床上，望著窗外寂寂[1]青山、遲遲[2]春日，心裡竟有一份巨大幽沉至今猶不能忘的淒涼。當時因為小，無法對自己說清楚那番因由，但那份痛，卻是記得的。

為什麼痛呢？現在才懂，只因你知道，你的好朋友都在那裡，而你偏不在，於是你痴痴地想，他們此刻在升旗嗎？他們在操場上追追打打嗎？他們在教室裡挨罵嗎？他們到底在幹什麼啊？不管是好是歹，我想跟他們在一起啊！一起挨罵挨打都是好的啊！

於是，開始喜歡點名，大清早，大家都坐得好好的，小臉還沒有開始髒，小手還沒有汗溼，老師說：

「×××。」

---

[1] 寂寂：無聲。

[2] 遲遲：舒行的樣子。

「在！」

正經而清脆，彷彿不是回答老師，而是回答宇宙乾坤，告訴天地，告訴歷史，說，有一個孩子「在」這裡。

回答「在」字，對我而言總是一種飽滿的幸福。

然後，長大了，不必被點名了，卻迷上旅行，每到山水勝處，總想舉起手來，像那個老是睜著好奇圓眼的孩子，回一聲：

「我在。」

「我在」，和「某某到此一遊」不同，後者張狂跋扈，目無餘子[3]——而說「我在」的仍是個清晨去上學的孩子，高高興興地回答長者的問題。

其實人與人之間，或爲親情或爲友情或爲愛情，哪一種親密的情誼不是基於我在這裡，剛好，你也在這裡的前提？一切的愛，不就是「同在」的緣分嗎？就連神明，其所以爲神明，也無非由於「昔在、今在、恆在」，以及「無所不在」的特質。而身爲一個人，我對自己「只能出現於這個時間和空間的局限」感到另一種可貴，彷彿我是拼圖板上扭曲奇特的一塊小形狀，單獨看，毫無意義，及至恰恰嵌在適當的時空，卻也是不可少的一塊。天神的存

3 目無餘子：眼中瞧不起別人，意同目中無人，指人狂傲。

在是無始無終浩浩[4]莽莽[5]的無限，而我是此時此際此山此水中的有情和有覺。

有一年，和丈夫帶著一團年輕人到美國和歐洲去表演，我堅持選崔顥的〈長干行〉作爲開幕曲，在一站復一站的陌生城市裡，舞臺上碧色綢子抖出來粼粼[6]水波，唐人樂府悠然導出：

君家何處住
妾住在橫塘
停船暫借問
或恐是同鄉

渺渺煙波裡，只因一錯肩而過，只因你在清風我在明月，只因彼此皆在這地球，而地球又在太虛，所以不免停舟問一句話，問一問彼此隸屬的籍貫，問一問昔日所生，他年所葬的故里。那年夏天，我們也是這樣一路去問海外中國人的隸屬所在啊！

一九八三年九月二十四日我到香港教書，翌日到超級市場去買些日用品，只見人潮湧動，米、油、罐頭、衛生紙都遭人搶購一空。當天港幣與美金的比例跌至最低潮，

[4] 浩浩：廣大的樣子。
[5] 莽莽：草木茂盛的樣子。
[6] 粼粼：水清澈的樣子。

已到了十與一之比。朋友都替我惋惜，因爲薪水貶值等於減了薪。當時我站在十四年後一九九七[7]的疑慮裡，望著快給搬空的超級市場，心裡竟像疼惜生病的孩子一般地愛上這塊土地。我不是港督，不是黃華，左右不了港人的命運。但此刻，我站在這裡，跟異域的中國人在一起。他們沒有國家，九十年來此處只是殖民地，但他們仍然締造了經濟上的奇蹟。而我，仍能應邀在中文系裡教古典詩，至少有半年的時間，我可以跟這些可敬的同胞併肩，不能做救星，只是「在一起」，只是跟年輕的孩子一起回歸於故國的文化。一九九七，香港的命運會如何？我不知道，只知道曾有一個秋天，我在那裡，不是觀光客，是「在」那裡。

舊約聖經裡記載了一則三千年前的故事，那時老先知以利因年邁而昏瞶無能，坐視寵壞的兒子橫行。小先知撒母耳卻仍是幼童，懵懵懂懂地穿件小法袍在空曠的大聖殿裡走來走去。然而，事情發生了，有一夜他聽見輕聲的呼喚：

「撒母耳！」

他雖渴睡卻是個機警的孩子，跳起來，便跑到老以利面前：

「你叫我，我在這裡！」

---

[7] 一九九七：1840年，中、英發生鴉片戰爭，1842年雙方簽訂《南京條約》，中國正式將香港島割讓給英國，香港先成為英國殖民地，而後轉為英國屬地。至1997年，英國結束對香港長達一百五十餘年的統治時期，而由中國恢復行使主權，從而設置香港特別行政區。

「我沒有叫你，」老態龍鍾的以利說：「你去睡吧！」

孩子去躺下，他又聽到相同的呼喚：

「撒母耳！」

「我在這裡，是你叫我嗎？」他又跑到以利跟前。

「不是，我沒叫你，你去睡吧。」

第三次他又聽見那召喚的聲音，小小的孩子實在給弄糊塗了，但他仍然盡快跑到以利面前。

老以利驀然[8]一驚，原來孩子已經長大了，原來他不是小孩子夢裡聽錯了話，不，他已聽到第一次的天音，他已面對神聖的召喚。雖然他只是一個稚弱的小孩，雖然他連什麼是「天之鍾命」也聽不懂，可是，舊時代畢竟已結束，少年英雄會承受天命，挑起八方風雨。

「小撒母耳，回去吧！有些事，你以前不懂，如果你再聽到那聲音，你就說：『神啊！請說，我在這裡。』」

撒母耳果眞第四度聽到聲音，夜空爍爍，廊柱聳立如歷史，聲音從風中來，聲音從星光中來，聲音從心底的潮聲中來，來召喚一個孩子。撒母耳自此至死，一直是個威儀赫赫的先知，只因多年前，當他還是稚童的時候，他答應了那聲呼喚，並且說：「我，在這裡。」

我當然不是先知，從來沒有「做救星」的大志，卻喜

---

8 驀然：忽然、突然。

歡讓自己是一個「緊急待命」的人，隨時能說「我在，我在這裡」。

這輩子從來沒喝得那麼多，大約是一瓶啤酒吧。那是端午節的晚上，在澎湖的小離島。爲了紀念屈原，漁人那一天不出海，小學校長陪著我們和家長會的朋友吃飯，對於仰著脖子的敬酒者你很難說「不」。他們喝酒的樣子和我習見的學院人士大不相同。幾杯下肚，忽然紅上臉來，原來酒的力量竟是這麼大的。起先，那些寬闊黧黑的臉不免有一份不自覺的面對臺北人和讀書人的卑抑，但一喝了酒，竟人人爭著說起話來，說他們沒有淡水的日子怎麼苦，說淡水管如何修好了又壞了，說他們寧可傾家蕩產，也不要天天開船到別的島上去搬運淡水……

而他們嘴裡所說的淡水，從臺北人看來也不過是鹹澀難嚥的怪味水罷了——只是於他們卻是遙不可及的美夢。

我們原來只是想去捐書，只是想爲孩子們設置閱覽室，沒有料到他們紅著臉粗著脖子叫嚷的卻是水！這個島有個好聽的名字，叫鳥嶼，岩岸是美麗的黑得發亮的玄武石組成的。浪大時，水珠會跳過教室直落到操場上來，澄瑩的藍波裡有珍貴的丁香魚，此刻餐桌上則是酥炸的海膽，鮮美的小管……然而這樣一個島，卻沒有淡水……

我能爲他們做什麼？在同盞共飲的黃昏，也許什麼都不能，但至少我在這裡，在傾聽，在思索我能做的事……

讀書，也是一種「在」。

有一年，到圖書館去，翻一本《春在堂筆記》，那是俞樾[9]先生的集子，紅綢精裝的封面，打開封底一看，竟然從來也沒人借閱過，眞是「古來聖賢皆寂寞」啊！心念一動，便把書借回家去。書在，春在，但也要讀者在才行啊！我的讀書生涯竟像某些人玩「碟仙」，彷彿面對作者的精魄。對我而言，李賀是隨召而至的，悲哀悼慄的時刻，我會說：「我在這裡，來給我唸那首〈苦晝短〉吧！唸『吾不識青天高，黃地厚，唯見月寒日暖，來煎人壽。』」讀那首韋應物的〈調笑令〉的時候，我會輕輕地唸：「胡馬，胡馬，遠放燕支山下，跑沙跑雪獨嘶，東望西望路迷，迷路，迷路，邊草無窮日暮。」一面覺得自己就是那匹從唐朝一直狂馳至今不停的戰馬。不，也許不是馬，只是一股激情，被美所迷，被莽莽黃沙和胭脂紅的落日所震懾，因而心緒萬千，不知所止的激情。

看書的時候，書上總有綽綽人影，其中有我，我總在那裡。

舊約《創世記》裡，墮落後的亞當在涼風乍至的伊甸園把自己藏匿起來。

上帝說：

「亞當，你在哪裡？」

[9] 俞樾：清末樸學大師，生於1821年，卒於1907年。

他躲著，噤而不答。

如果是我，我會走出，說：

「上帝，我在，我在這裡，請你看著我，我在這裡。不比一個凡人好，也不比一個凡人壞，我有我的遜順詳和，卻也有我的叛逆凶戾，我在我無限的求眞求美的夢裡，也在我脆弱不堪一擊的人性裡，上帝啊，俯察我，我在這裡。矜憐我，讓我知道何去何從？我不好，我不是乖孩子——但是，怎麼辦呢，我非要你不可！」

「我在」，意思是說我出席了，在生命的大教室裡。

幾年前，我在山裡說過的一句話，容許我再說一遍，作爲終響：

「樹在。山在。大地在。歲月在。我在。你還要怎樣更好的世界？」

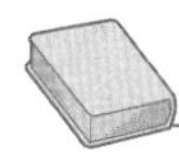

四、文本提問

1. 當作者在教室中回答老師哪一個字時，會有一種飽滿的幸福感？
2. 為什麼作者會說：「回答『在』字，對我而言總是一種飽滿的幸福」？
3. 作者認為，所有情誼之所以能締結的前提是什麼？
4. 〈我在〉一文中，提到哪幾個唐代詩人的名字？
5. 作者和丈夫帶著一團年輕人到美國和歐洲表演時，堅持選擇哪一首詩作為開幕曲？為什麼？
6. 〈我在〉提及舊約聖經中，老先知以利和小先知撒母耳的故事，而後說：「舊時代畢竟已結束，少年英雄會承受天命，挑起八方風雨。」這句話傳達了對人的何種期待？

7. 文中亦提及在圖書館讀書的經驗，然而作者為什麼會有「古來聖賢皆寂寞」之感？

8. 〈我在〉：「樹在。山在。大地在。歲月在。我在。你還要怎樣更好的世界？」請試著說說你對這一句話的理解。

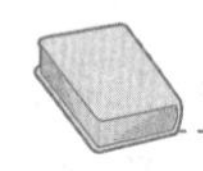

五、文本賞析

「我是誰？」是個終其一生都難以精確回答卻不得不時時探索的大哉問，但有賴於每個當下與外在人事物相接交觸後的「感悟」，而張曉風此文從「我在」的角度切入，試圖爲自我的定位與存在價值提供思考。

〈我在〉一文的獨特視角在於：立處於生命有限而時空無垠的交叉處，先從掌握人在任一當下片刻的感受，再進一步尋思生命的價值意義。雖立意宏遠，卻不淪爲教條式的言說，亦不以年歲、所處地域爲限，而是以「我」爲中心座標進而連結外在於我的人、事、時、地、物，延伸並深化對自我乃獨一無二之獨特存在的認知。

因此，我們可以理解爲何國小三年級的孩子因一次故無法出席課堂而感覺到「痛」，而後出席課堂能感受到「飽滿的幸福」，由此喜歡上課堂點名這件小事，原來是已對渺小自我與宇宙天地的對比有了啓蒙式的體悟，故而在課堂上所回應的「我在」二字，才能顯得如此捨我其誰、鏗鏘有力。

而後因隨著年紀的增長，所產生的角色輪替乃至所處場域的變換、生命功能的逐步發揮，無非都是當年那顆幼小心靈、那種似懂非懂微微感受的擴充與強化。因而，我們珍惜人世間所能遭遇的情緣，即使是透過書頁文字與古人神交，亦不令其輕易便錯身即過、不留痕跡。因而，我們不看輕自身，願意成爲他人的援助之力，「思索我能做的事」，即使只是默默傾聽。因而，我們期許自己能夠不斷提升自我並且承擔重任。總之，我們不藏匿自身，而是肯定自己的存在不可或缺，有其獨特意義與價值。

正如張曉風所明揭：「我在，意思是說我出席了，在生命的大教室裡。」如此，「樹在，山在，大地在，歲月在，我在」，而「你還要怎樣更好的世界？」（文／洪然升）

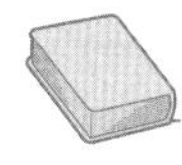

六、文章結構

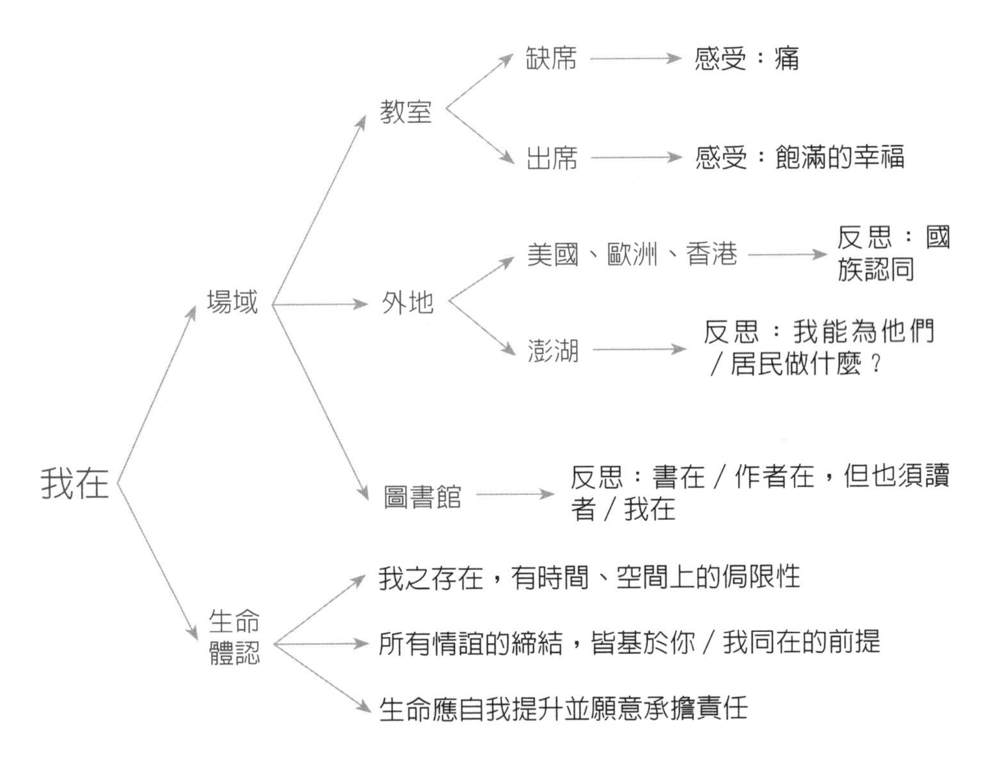

請沿虛線剪下

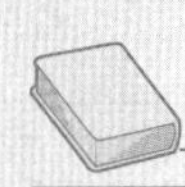

七、文以感思、學以致用——教學活動設計

【課堂書寫】			
單元／		文本／張曉風〈我在〉	
組別：	姓名：	系級：	日期：

說明

張曉風〈我在〉：「其實人與人之間，或為親情或為友情或為愛情，哪一種親密的情誼不是基於我在這裡，剛好，你也在這裡的前提？一切的愛，不就是『同在』的緣分嗎？」請回溯自己的生命歷程，擷取一段與他人因「同在」而締結情誼的生命經驗，並以「同在」為題，進行書寫，文中亦請帶出「人」、「地」、「時」、「事」、「物」、「感受」、「反思」。（300字）

書寫內容

請沿虛線剪下

延伸閱讀

1. 杜甫：〈飲中八仙歌〉見《杜工部集》（上海古籍，2003年）。
2. 影片：〈將進酒〉吟唱，https://www.youtube.com/watch?=uf84kwFVGPg。
3. 影片：李榮浩——李白（MV），https://www.youtube.com/watch?v=1II.607uv1g。
4. 影片：黃安——新鴛鴦蝴蝶夢（MV），https://www.youtube.com/watch?v= 4KkjBz34yzw。
5. 張愛玲：〈愛〉，《流言》（皇冠，1991年）。
6. 嚴長壽：《做自己與別人生命中的天使》（寶瓶，2008年）。
7. 影片：屏東作家身影系列——張曉風，https://www.youtube.com/watch?v= ZrcoP0EJMm8。
8. 影片：我們的故事——文壇才女：張曉風的故事，https://www.youtube.com/watch?v=696Idq_Rjuk。
9. 影片：謝錦桂毓記錄片10分鐘搶先看版，https://www.youtube.com/watch?v=fYdxG7EyI78。
10. 影片：劉若英——原來你也在這裡（MV），https://www.youtube.com/watch?v=FMQyswpFrm8。

三、生命反思

那些殺不死我的，都將使我更強大

單元導讀

生命是本巨書，書中展示著豐富的文本，文本中記錄著無數的生活事件，交織著喜怒哀樂、悲歡離合、順逆起落、生老病死。

當人們回頭檢視生命時，事實上是對過去行為抉擇、思想情緒的再觀察與再整理，進而從已經驗的歷程提煉出總結性的意義，據以指引後續的人生方向。所以，重點並不在人生發生了什麼，而在於如何反應與面對。

本篇所選文章，聚焦在人們面對生命困境的思考。從蘇軾黃州時期的三闋詞作，知其隨遇而安的生命態度；又從與賈伯斯與史丹佛學子分享的三個生命故事，見其對生命既宏觀且深刻的生命體認。

東坡詞選三闋

蘇軾

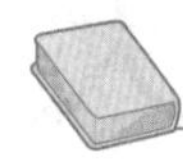

一、生活連結

1. 就你認識的古代作家而言，誰最能給你「全才」的印象？為什麼？
2. 你曾讀過蘇軾哪些在「黃州時期」的文學作品？
3. 你最喜歡或印象最深刻的蘇軾作品為何？為什麼？
4. 你曾經歷過的人生低潮或遭遇的重大挫折事件為何？當時的你怎麼看待自己？

二、寫作背景

蘇軾（西元1037年～1101年），字子瞻，自號「東坡居士」，宋仁宗嘉祐二年（西元1057年）舉進士。學識淵博天資極高，於詩、詞、文皆稱一流，於書、畫亦爲大家，名望一時、聲垂百世，乃文藝史上罕見的通才。

蘇軾一生因新舊黨爭而幾起幾落，然居朝日短，處外時長，或貶謫或流放，仕途頗爲坎坷。此中又以神宗元豐二年（西元1079年），因「烏臺詩案」流放黃州一事的意義最爲重大，葉慶炳云：「經此之後，軾英華內斂，其通古今而觀之曠達胸襟亦漸養成。軾能自拔於現實悲苦之外而不減其樂，處逆境之中仍能保有高曠之情操，即得力於此種胸襟。」

蘇軾之創作能匯融儒家之積極、道家之超脫、佛家的圓通，藉以寄託其坎坷不平之際遇、平衡其進退仕隱之衝突。本篇所選三闋東坡在黃州時期的詞作，即能清晰地呈現出其日常生活中隨遇而安、無往而不自得的曠達態度，是蘇軾反思生命的成熟之作。

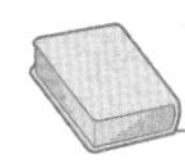

三、文本閱讀

㈠〈定風波〉

三月七日[1]，沙湖道中[2]遇雨，雨具先去[3]，同行皆狼狽[4]，余獨不覺。已而遂晴，故作此。

莫聽穿林打葉聲[5]，何妨吟嘯[6]且徐行[7]；竹杖芒鞋[8]輕勝馬，誰怕？一蓑[9]煙雨任平生[10]。　料峭[11]春風吹酒醒，微冷、山頭斜照[12]卻相迎；回首向來[13]蕭瑟處[14]，歸去、也無

---

1 三月七日：乃北宋神宗元豐五年（西元1082年）三月七日。

2 沙湖道中：沙湖，地名，位於今湖北省黃岡縣東南三十里。沙湖道中：在去沙湖的途中。

3 雨具先去：攜帶雨具的人已先離去。

4 狼狽：指遇雨而進退兩難的困窘情狀。

5 穿林打葉聲：風穿林、雨打葉的聲音；形容風急雨疾也。

6 吟嘯：吟詩、長嘯；表意態閒適也。

7 徐行：緩步前行。

8 芒鞋：草鞋。

9 蓑：音ㄙㄨㄛ，蓑衣，以草或棕櫚編織而可披在身上的雨具。

10 一蓑煙雨任平生：一蓑煙雨，披著蓑衣迎著風雨；煙雨，風雨，兼有自然風雨和政治風雨兩層意思；一蓑煙雨任平生，任憑一蓑風雨伴隨平生。

11 料峭：形容微寒，亦形容風力寒冷、尖利。

12 斜照：傍晚時西斜的日照。

13 向來：方才。

14 蕭瑟處：蕭瑟，風雨吹打樹林的聲音；蕭瑟處：指遇雨的地方。

風雨也無晴[15]。

㈡〈臨江仙・夜歸臨皋[16]〉

夜飲東坡[17]醒復醉，歸來彷彿三更。家童鼻息已雷鳴。敲門都不應，倚杖聽江聲。　長恨此身非我有[18]，何時忘卻[19]營營[20]。夜闌風靜縠[21]紋平。小舟從此逝，江海寄[22]餘生。

㈢〈卜算子・黃州定惠院[23]寓居作〉

缺月掛疏桐，漏斷[24]人初靜。誰見[25]幽人[26]獨往來，縹

---

15 也無風雨也無晴：不在乎風雨陰晴，指心境平靜恬淡。

16 臨皋：黃州地名，在今湖北省黃岡縣南江邊，蘇軾曾寓居於此。

17 東坡：蘇軾在黃州城東所開墾的躬耕之地，亦以自號。王文誥《蘇文忠公詩編注集成總案》載：「元豐五年……雪堂夜飲，醉歸臨皋。」故知，東坡乃指東坡雪堂。

18 長恨此身非我有：此句乃從《莊子・知北遊》而來，其文：「舜問乎丞曰：『道可得而有乎？』曰：『汝身非汝有也，汝何得有夫道。』舜曰：『吾身非吾有也，孰有之哉？』曰：『是天地之委形也。』」在舜與百官論道的一個場合，舜提問：「我能擁有道嗎？」丞官回答：「人連自己的身體都不能擁有，又何況是道？」意為人的身體只不過是天地陰陽所塑造的外形，並不歸人所有。

19 忘卻：指擺脫

20 營營：指汲汲營營，奔競追求。

21 縠紋：縠，音ㄏㄨˊ，有皺紋的紗；縠紋：縐紗似的細紋，用以比喻很細的水波。

22 寄：暫時託身。

23 定惠院：在今湖北省黃岡縣東南。

24 漏斷：漏聲止也，指深夜。

25 誰見：一作「時見」，一作「惟見」。

26 幽人：幽獨之人，乃作者自稱；可參照蘇軾〈定惠院寓居月夜偶出〉詩首句：「幽人無事不出門」。

緲[27]孤鴻影。　驚起卻回頭，有恨無人省。揀盡寒枝不肯棲，寂寞沙洲冷。

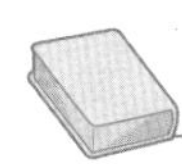

四、文本提問

(一)〈定風波〉

1.〈定風波〉，是蘇軾哪一個貶謫時期的作品？
2. 蘇軾一行人在沙湖道中遇雨，同行的人「皆狼狽」，而蘇軾說「余獨不覺」的原因為何？
3.〈定風波〉中的「一蓑煙雨任平生」有兩層解釋，各是為何？
4.「回首向來蕭瑟處」，「蕭瑟處」指的是什麼？
5.〈定風波〉末句：「也無風雨也無晴」，有何寓意？

(二)〈臨江仙・夜歸臨皋[28]〉

1.〈臨江仙・夜歸臨皋〉，是蘇軾哪一個貶謫時期的作品？
2. 就〈臨江仙・夜歸臨皋〉：「夜飲東坡醒復醉」，其中的「東坡」所指為何？
3. 就詞中所述，蘇軾聽到的聲音有哪些？
4. 蘇軾外出、返家，身上所帶配備為何？
5. 蘇軾的「恨」為何？

(三)〈卜算子・黃州定惠院寓居作〉

1.〈卜算子・黃州定惠院寓居作〉，是蘇軾哪一個貶謫時期的作品？

---

[27] 縹緲：高遠隱約貌。
[28] 臨皋：臨皋亭，乃朝廷官員巡視黃州的驛館，位於城南長江邊。

2.「漏斷」何意？
3.〈卜算子・黃州定惠院寓居作〉中，蘇軾用以自指的語詞有哪些？
4.蘇軾用了哪些語詞或句子描寫「鴻」？
5.「鴻」最後的選擇、決定為何？

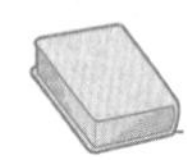

五、文本賞析

㈠〈定風波〉

蘇軾此詞作於貶逐黃州的第三年（宋神宗元豐五年），藉一次外出先是遇雨而後放晴的日常小事，抒寫一己對待人生風雨所抱持的態度。

當風雨加交時——以「莫聽」、「何妨」描寫自己的無視無畏、不爲所動；再以「吟嘯」、「徐行」顯示自己的悠然自得，亦與同行者的「狼狽」形成強烈對比。此外，手拄竹杖、腳穿芒鞋的自己所感受到的輕快竟勝過騎馬，彷彿在遇雨的過程中更享受了樂趣。

而當雨過、風停、天放晴，微冷的春風令自己醉意消散時，即使發現風雨已過，轉爲斜照相迎時，自己的心情仍保持一致，無論風雨交加或雨過天晴，蘇軾都能處之泰然。

我們從中見識了蘇軾的開闊胸襟，心境能不隨外在環境而波動、不爲人生憂樂所擾亂。蓋自然中的風雨變換一如自己所遭逢的政治起落，都是一時的短暫現象而已，對此，蘇軾深有所會也早已習慣，又有何懼？風雨既不足憂，天晴又有何喜？順任自然、隨遇而安才是面對人生的良策，這是蘇軾對一己遭逢最通徹的體認，亦是對坎坷生命最眞切的反思。

㈡〈臨江仙・夜歸臨皋〉

蘇軾此詞亦作於黃州之貶的第三年（宋神宗元豐五年），遷居臨皋亭，同時亦修建了一棟「雪堂」。此詞即記述了一次在雪堂暢飲後帶醉返回臨皋的情景，傳達了退避社會的生活態度和出世意念。

蘇軾以「醒復醉」三字寫縱情於酒，又以「彷彿」二字烘托醉態；而歸返時家童已熟睡，蘇軾「敲門都不應」、不得入門，索性便「倚杖」、「聽江聲」。整段文字，給人一種順其自然、隨遇而安的豁達感受。

然此時蘇軾所聆聽之「江聲」究竟是純粹來自大自然？抑或過去宦海中不斷向他侵襲而來的雜音？或是此時自己趨於平靜的心語？惟蘇軾已體悟官場中的汲營正是「此身非吾有」的原因，必須解除官場上的人事糾葛，回到自身的純粹，能不爲物役，方得自我。

三更時分，夜闌風靜時刻，蘇軾的心思最終亦如此時江面，不起漣漪不興波紋，他給了自己人生最好的歸向：駕一葉扁舟從世俗宦海中消逝，不再隨之浮沉，進而將自己的餘生寄託於自然江海之中，「縱一葦之所如」，從此自適、逍遙，由此保有眞正的自我。

㈢〈卜算子・黃州定惠院寓居作〉

蘇軾此詞作於謫居黃州的第四年（宋神宗元豐六年），抒寫自己不肯與世俗妥協的寂寞情懷。詞中以「缺月」、「疏桐」，「漏斷」、「人靜」爲襯底，烘托出鴻鳥之「孤影」；詞中，蘇軾以「鴻」自況，鴻鳥的孤影亦即蘇軾此一「幽人」的寂寞身影。

蘇軾謫居黃州，雖遠離了是非、不再被打擾，然而隱藏在心裡的憾恨一直以來卻也無人知曉。一切看似風平浪靜，然而面對突然來到的驚擾，卻引起他的關注，顯然蘇軾是不甘於「獨往來」、「無人省」的寂寞。他注意驚擾，何嘗不正是對渴望被看見的盼望，甚至渴望飛翔，能停留在高高的枝頭（朝廷／高位）上。而他的品性畢竟是孤高幽潔的，幾經思量，最終他還是選擇駐留在沙洲（黃州／謫居）上，寧願忍受著一直以來的寂寞與淒冷。

蘇軾的這種心理矛盾，事實上也就是仕與隱的衝突，用蘇軾自己的話來說，便是「我欲乘風歸去，又恐瓊樓玉宇，高處不勝寒」。蘇軾的選擇雖然「有恨」、不免抱憾，但反倒也勾勒出不與世俗妥協的自適身影。

蘇軾雖然才高，一生卻坎坷不斷，其隨遇而安的身影、自適自得的生活態度，實可視爲其對自身生命進行反思後的高度結晶。（文／洪然升）

六、文章結構

㈠〈定風波〉

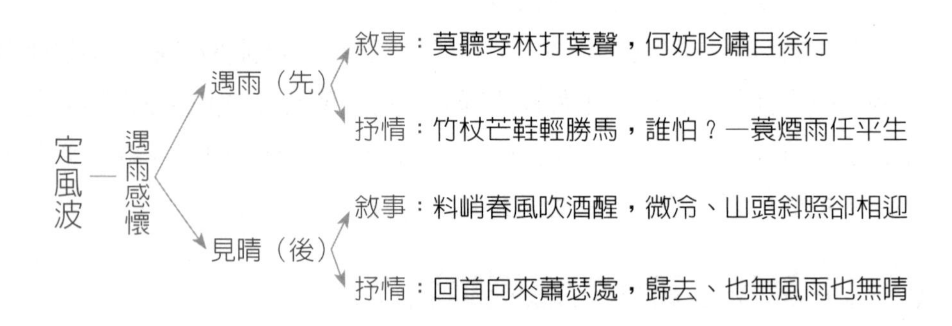

㈡〈臨江仙．夜歸臨皋〉

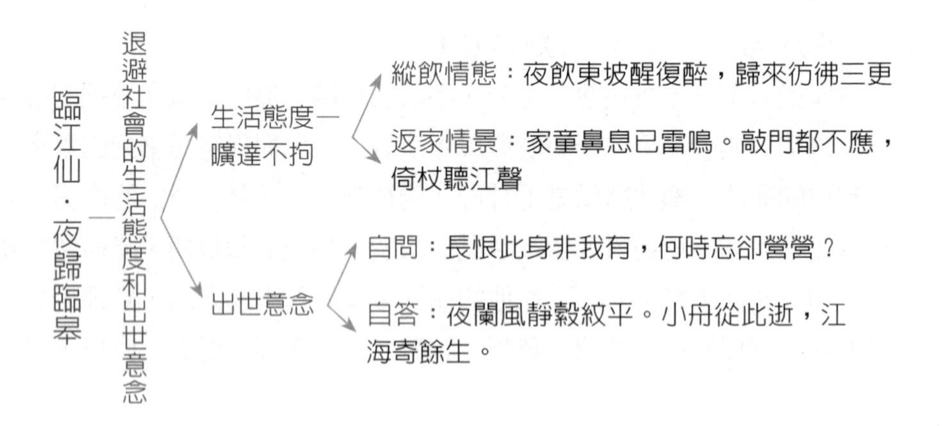

㈢〈卜算子．黃州定惠院寓居作〉

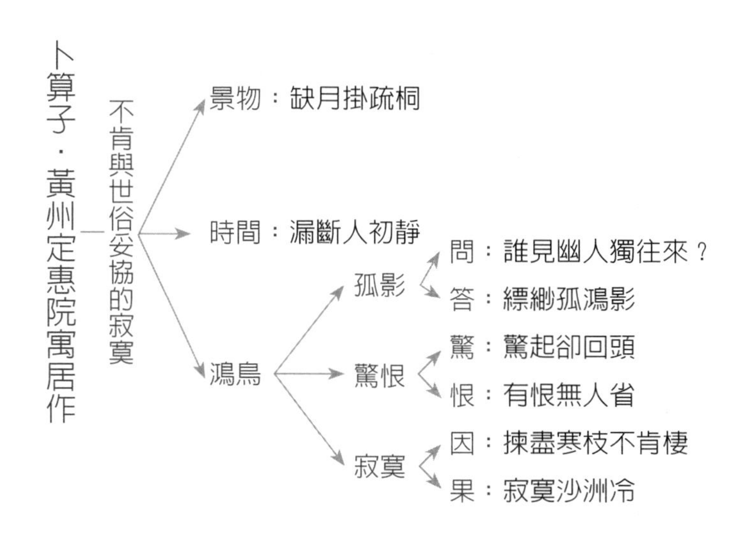

請沿虛線剪下

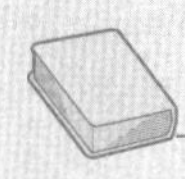

七、文以感思、學以致用——教學活動設計

【延伸閱讀資料查索】

單元／　　　　文本／東坡詞選

組別：　　姓名：　　系級：　　日期：

說明

中外古今有不少文人都有反思生命困厄的文學作品，請透過資料查詢，舉例說明作者／作品所透顯的處世態度或人生哲學。

姓名	事件	作品	作者處世態度／人生哲學
例：蘇軾	貶謫黃州	〈定風波〉（莫聽穿林打葉聲）	曠達、隨遇而安、順其自然

請沿虛線剪下

【課後書寫—自我反思】	
單元 /	文本 / 東坡詞選

組別：　姓名：　系級：　日期：

說明

承「一、生活連結」之提問：「你曾經歷過的人生低潮或遭遇的重大挫折事件為何？當時的你怎麼看待自己？」在深度閱讀過本單元選文後，你會怎麼重新反思「經歷過人生低潮或遭遇重大挫折事件」的自己？（300字）

書寫內容

〈求知若渴，虛心若愚〉──賈伯斯史丹佛大學畢業典禮演講稿

史帝夫・賈伯斯（Steve Jobs）

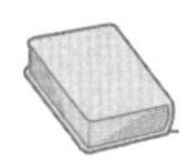

一、生活連結

1. 你聽過「APPLE」這家公司嗎？它的創辦人是誰？
2. 你使用過「APPLE」所生產的任何產品嗎？請和大家分享你對它的印象或使用經驗。
3. 在你所聽過的演講中，令你印象最深刻的是哪一場？為什麼？
4. 如果學校系所單位要舉辦演講活動，請同學進行，你會推薦哪一位講者或者想聆聽哪一類的主題內容？為什麼？

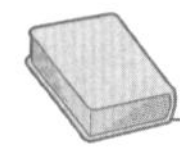

二、寫作背景

史帝夫・賈伯斯（Steve Jobs；西元1955年～2011年）一個從小被工人家庭收養、大學只讀了一個學期的平凡孩子，因在二十一歲那年與夥伴

史蒂芬・沃茲尼克（Stephen Wozniak）在自家車庫裡成立了蘋果公司，從而爲傳奇的一生揭開序幕。

1983年，賈伯斯以「你是想賣一輩子糖水，還是改變整個世界？」說服擔任百事公司總裁的約翰・史考利（John Sculley）出任蘋果的執行長，並於1984年推出第一臺麥金塔（MAC）電腦。後來因麥金塔銷量下滑，賈伯斯被董事會視爲公司發展的障礙，史考利接管了蘋果，而賈伯斯亦被迫離開。

另起爐灶的賈伯斯，創立了NeXT電腦公司與Pixar動畫工作室，並在1995年推出全球第一部3D立體動畫電影「玩具總動員」。1996年，Pixar被迪士尼收購，1997年，蘋果公司收購了NeXT；賈伯斯得以重回蘋果掌管了大權，也迎來個人事業巔峰期。

2004年，賈伯斯因罹患胰臟癌，因而對生命有了更深刻的體悟。而本文乃2005年賈伯斯在史丹佛大學（Stanford University）的畢業典禮上的演講內容，分享了他的三個生命故事，希冀引領年輕的生命繼續前行。

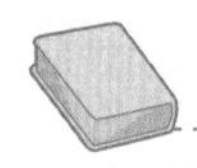

三、文本閱讀

今天，我很榮幸能和各位一同參加這場全球頂尖大學的畢業典禮。說實話，我並沒有從大學畢業，而現在是我最接近大學畢業的一刻。今天，我要告訴各位我人生中的三個故事。如此而已，沒什麼大不了，就三個故事。

第一個故事，是關於串連人生的點滴。

我在進入里德學院（Reed College）唸了六個月後，便辦理休學。休學之後，我在那裡多待了十八個月，才眞正離開校園。我爲什麼要休學呢？這個故事可以從我出生前開始談起，由於我的親生母親是個未婚的研究生，所以她決定讓別人收養我，並且堅決地認爲收養我的人必須具有大學學歷。原本有一對律師夫妻準備要收養我了，然而在我出生後，他們才在最後一刻決定他們想要女孩子。因此在等待收養名單上的一對夫妻，也就是我的養父母，在半夜接到電話詢問：「這裏有個男嬰，你們要收養嗎？」他們表示：「當然。」後來我的親生母親發現，我的養母並沒有讀完大學，而我的養父甚至沒有高中學歷，於是拒絕簽署收養文件。直到幾個月後，我的養父母承諾一定會讓我就讀大學，她才終於答應。這就是我人生的起點。

十七年後，我確實進入大學就讀了。但我天眞地選擇了一所學費和史丹佛大學幾乎一樣貴的學校。身爲勞動階級的父母，幾乎在我的學費上花光了所有的積蓄。而六個月後，我卻感受不到念大學的價値何在。當時的我，並不清楚自己未來的職涯規劃，更不曉得上大學能如何協助我釐清未來的方向，但我卻在這個地方浪費了父母畢生的積蓄。於是我決定休學，並且相信船到橋頭自然直。即便在當時，這個決定看起來是令人擔憂的，但當我回過頭來看，這卻是我做過最棒的決定之一。

從休學的那刻起，我便無需再去上我不感興趣的必修課，而是去旁聽我感興趣的課程，但這事可沒有想像中的浪漫。沒有了宿舍之後，我只能在朋友的房間打地舖；靠著回收可樂瓶，賺取五分錢的的退瓶費來裹腹；每週日晚上我會走七英哩的路程，穿越市區到禮讚克里希納神廟（Hare Krishna Temple），只爲好好地吃上一頓晚餐，我享受著這一切。而當時因應我的好奇心與直覺所投入的學習，後來竟都成爲了無價之寶。讓我舉個例子給你聽：里德學院所開設的字型學課程（calligraphy instruction）是全國頂尖的，校園中的每張海報、抽屜上的每個標籤都運用了優美的書寫體；由於我休學不必上一般的課程，因此下定決心去上字型學。我從中學會了如何撰寫襯線字體（Serif）與無襯線字體（San Serif typefaces），也學會了如何在不同字母組合之間變換間距，更學到了美妙版面的設計要素。這種優美、賦予歷史意義與藝術感的微妙形式，是科學所無法成就的，我覺得它十分迷人。我並未曾預期這些技能可以在我的人生中發揮實際作用，然而十年過後，當我們在設計麥金塔（MAC）電腦時，這些技能突然湧現在我腦海中，我們進而將這些思維全部納入麥金塔的程式設計當中，這是第一部運用字型學的電腦。假如當時的我，沒有在大學上過那一門字型學，麥金塔就不會具有如此多樣的字體，以及字母間距和諧的優美字型。假如微軟（Windows）系統沒有模仿麥金塔，那麼現今人手一台的電腦就不會擁有這些功能了。

假如我沒有休學，這一切或許都不會發生。當然，我在念大學時，是不可能預見這些點點滴滴將會如何串連起來；然而，當十年過後回頭一看，這一切竟是如此清晰。同樣的，你們並無法預先串連人生中的點點滴滴，只能在回顧時才能將一切串連起來，因此—你必須相信這些點滴必會在未來的道路上以某種形式串連彼此。你必須相信—勇氣、命運、生命、業報……所有種種終將串連起來，如此將會讓你有自信去依循你的內心。即使它引領著你離開一般人已經走慣了的道路，也都不會失去自信，且最終將成就更爲不凡的自己。

第二個故事，是關於愛與失去。

我很幸運，在很年輕時就發掘了自己的興趣。二十歲時，我就和沃茲（Woz）在父母親的車庫裡一同創辦了蘋果電腦（Apple），我們非常努力，十年過後，蘋果電腦壯大成爲一家價值達到二十億美元、員工超過四千人的公司。

而在我正邁向三十歲的那一年，我們更推出了最引以爲傲的產品—麥金塔（MAC），然後，我卻被解僱了。你怎麼會被你自己所創辦的公司解僱呢？隨著蘋果電腦的規模逐漸擴大，我聘請了一位天資聰穎、才華洋溢的夥伴來一同經營公司。合作的第一年，一切都進行得很順利，然而，後來我們對於公司的發展願景卻逐漸分歧，導致最終的爭執、分裂。這時，董事會選擇支持他，我便被解僱了；因此在三十歲那年，我被公開地趕出公司。我的生活與工作的重心瞬間消失殆盡，致使我一蹶不振。接下來的好幾個月，我幾乎不知道能做什麼，而且感覺自己讓企業家前輩們失望了，我丟失了他們傳承給我的接力棒。我和大衛·派克（David Packard）及鮑伯·諾宜斯（Bob Noyce）見面，並試圖向他們道歉，因爲我徹底搞砸了一切，我是個眾所皆知的失敗者，我甚至想過要逃離矽谷。

然而，我卻逐漸醒悟，我依舊熱愛著我原本的工作，即使在蘋果經歷了挫折也絲毫沒有動搖這份信念；即使遭到否定，我依然保持著這份熱情，因此我決定重新出發。我當時並未發覺，但事實卻證明，原來被蘋果解僱是我所經歷過的最棒的遭遇，成功的沉重感被從零開始的輕鬆感給取代了。每件事都不再那麼確定，我得到了釋放，促使我進入人生中最有創造力的階段。接下來的五年中，我創辦了NeXT和Pixar（皮克斯）兩間公司，並愛上了一位完美的女人，也就是我現在的妻子。Pixar製作了史上第一部電腦動畫劇情片「玩具總動員」（Toy Story），它更成爲了現今世界上最成功的動畫製片廠。而在因緣際會下，由於蘋果收購了NeXT，這讓我得以重新回到了蘋果，而我們在NeXT研發的技術竟成了蘋果重新崛起的核心關鍵；同時我和羅倫（Laurene）也共組了幸福的家庭。我很確定，假如當時我沒有被蘋果解僱，這一切將不會發生。

這是一帖難以下嚥的苦藥，但我想病患亟需要它。有時，老天爺會拿磚塊敲擊你的頭，但不要因此失去你的信念，我深信，使我能堅持走下去的唯一理由便是：我熱愛我所做的事。因此，你必須找到你的熱情所在，無論是工作，抑或是愛情。工作會佔據人生的一大部分，而能使你眞正滿足的方法，便是相信你所做的是最偉大的事；而要成就偉大的事，唯一的方法便是愛你所擇。如果你還沒發掘所愛，請持續尋找，不要停下腳步，用盡全心全力去尋找它，當你發現時，自然就會知道。就像每段美滿的關係一樣，會隨著時間而同步推進；所以，請持續尋找，不要停下腳步。

第三個故事，是關於死亡。

我十七歲時讀到了一則語錄：「將每一天都當成人生中的最後一天來過，那麼你一定會找到未來的方向。」這句話對我產生了影響。從那時候開始，這三十三年來，我每天早上都會對著鏡子中的自己，問：「假如今天是我人生的最後一天，我會想做我今天即將要做的事嗎？」而當連續好幾天都得到否定的答案時，我就知道必須該做出改變了。當我在面臨人生中的重大決策時，最關鍵的方法便是提醒自己時日無多。因爲幾乎每件事，包括所有外界的期望、名譽、面對困境與失敗的恐懼，皆會在死亡面前消失殆盡，能留下來的僅僅是最重要的東西。隨時提醒自己所剩的時間不多了，是我認爲避免跌入患得患失的情緒當中的最好解方。你本來就是一無所有，沒有理由不遵循自己的內心。

大約一年前（二〇〇四年），我被診斷出罹患了癌症。我在早上七點半做了斷層掃描，發現胰臟中長了一顆腫瘤，我甚至不清楚胰臟是什麼器官。直到醫生告訴我，幾乎可以確定這是一種不治之症，我最多剩下三至六個月的時間，醫生建議我回家並交代好後事。這是醫生對癌末病人都會說的話，代表著我必須在幾個月內，對我的孩子交代完未來十年想對他們說的話。同時代表著我必須將所有事情安排好，才能讓家人好過。更代表著要和所有人好好告別。診斷結果讓我思考了一整天。接著，當晚時我去做了切片檢查，他們將內視鏡伸進我的喉嚨，穿過胃，深入腸子，再把針刺進胰臟以取得一些腫瘤細胞。我被打了麻醉劑，而我的太太告訴我，當他們看到顯微鏡下的組織細胞時，醫生們都驚呼，因爲這是一種極爲罕見能透過手術治癒的胰臟癌。後來我接受了治療，謝天謝地，現在我順利康復了。

那是我距離死亡最近的一刻，希望也是往後幾十年當中最接近的一次。有了這次的經驗，我可以更加確定的和你們說：沒有人想死亡，即便是那些想上天堂的人，也不會想以死亡的方式抵達。然而，人生終究必需面對生、老、病、死，沒有人能成爲例外。很顯然地，死亡可能是生命中最棒的設定，它是生命更迭的媒介，它汰換上一代的生命，並爲新一代開創嶄新的人生道路。此刻，你們就是新的世代，然而在不久的將來，你們也會逐漸變老，直到被汰換。很抱歉，我講得這麼浮誇，但這是實話。

生命是有限的──別浪費時間活在別人的期望裡；別因爲被教條限制住，而活在別人的思想當中；別讓自己內心的聲音淹沒在別人的意見中。最重要的是，你要有勇氣依循自己的內心與直覺，因爲它們早已知道你眞正想成爲的模樣，其他種種，都是次要的。

我年輕的時候，有一本很棒的刊物叫做《全球目錄》（Whole Earth Catalog），是我這一代最爲人稱道的聖經之一。這本刊物是一個名叫史督華．布蘭德（Stewart Brand）的人，在這附近的門羅公園（Menlo Park）所創辦的。他從自己對於詩意的感悟，賦予了這本刊物生命。當時是一九六〇年代晚期，個人電腦與桌上型電腦尚未問世，所以這本書全是由打字機、剪刀，與拍立得相機所製作而成。它就像是Google的書刊版，比Google早了三十五年出現。它很理想化，且充滿了精巧的工具與優秀的理念。

史督華和他的團隊發行了幾期的《全球目錄》，而當這本刊物完成了它的使命後，即發行了最後一期。當時是一九七〇年代中期，當時我正值和你們相同的年紀。《全球目錄》最後一期的封底，有一張在清晨拍攝、鄉間公路的照片，那是具有某種冒險家精神的人可能會在那裏搭便車的公路。而在照片底下寫著一段話：「求知若渴。虛心若愚。」（Stay Hungry. Stay Foolish）這是它們停刊的告別辭：「求知若渴。虛心若愚。」我一直以此自勉。現在，在你們即將畢業並展開嶄新人生之際，我也期許你們：「求知若渴。虛心若愚。」十分感謝大家。（翻譯／王若瑄、鄭曦）

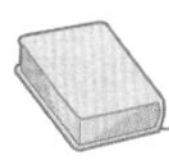

四、文本提問

1. 賈伯斯在哪一個學校進行這場演講？
2. 在這場演講中，賈伯斯分享了哪三個生命故事？
3. 在這場演講中，賈伯斯提出了哪三件他生命中「最棒」的事？
4. 賈伯斯在進入大學就讀半年之後，為什麼決定休學了？
5. 賈伯斯休學之後，如何規劃他的時間？

6. 賈伯斯在他三十歲那年被自己所創辦的蘋果公司解僱了，原因為何？
7. 被解僱後的賈伯斯在什麼樣的因緣下又重回蘋果？
8. 關於工作，賈伯斯有何見解？
9. 賈伯斯從十七歲開始，每天早上都會對著鏡子問自己的一句話是什麼？
10. 賈伯斯用來期許畢業生的是哪一句話？

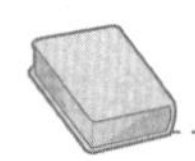

五、文本賞析

2005年6月12日，賈伯斯在史丹佛大學的畢業典禮上分享他口中「沒什麼大不了」的三個生命故事，並提到「休學」是我這輩子做過最好的決定之一、「被蘋果解僱」是我所經歷過的最棒的遭遇、「死亡」很可能是生命獨一無二的最棒的發明。「最棒」是賈伯斯個人主觀認定，而根植於他對自身生命歷程的深刻認知。

「休學」並非世俗所普遍肯認之事，賈伯斯的這個決定，始於他無法感受到念大學的價值，轉而將時間運用於旁聽自己感興趣的課程，最終他更將在字型學的所學運用在麥金塔電腦的設計上。此一歷程，賈伯斯認為是「生命點滴終將串連起來」的必然；他更強調，唯當人們如此相信，才能有自信依循自己內心的聲音去做決定，進而走出不同於一般範定的人生道路。

「被自己所創立的蘋果公司解僱」，是賈伯斯人生中的重大挫折，然而在這個過程中卻令他有所省悟：「我依舊熱愛著我原本的工作」，他的熱情並未因此就被澆熄，信念亦未有絲毫的動搖，反而促致自己的生命進入最有創造力的階段，亦在因緣際會下重回蘋果並開啓新的篇章。因此，他提出建言：「你必須找到你的熱情所在」，這是生命在面對挫折時之所以還能堅持，而偉大事業得以成就的關鍵所在。

至於「死亡」，賈伯斯提到：「假如今天是我人生的最後一天，我會想做我今天即將要做的事嗎？」「當我在面臨人生中的重大決策時，最關鍵的方法便是提醒自己時日無多。」這幫助他能做眞正重要的決定，同時也更有理由去遵循自己的內心，「因爲它們早已知道你眞正想成爲的模樣，其他種種，都是次要的。」這是在前一年被診斷出罹患胰臟癌，曾距離死亡很近而在病情得到控制後的賈伯斯，對生命的深刻反思。

賈伯斯此次演講，強調了生命的連續性以及有限性，認爲生命的開展都是在這個框架下開展的。而當我們回顧賈伯斯大起大落的一生，最終卻能以其充沛的創造力驅動了六大產業革命（個人電腦、動畫、音樂、電話、平板電腦、數位出版），並爲世人呈現了嶄新的科技工藝以及令人驚豔的美學高度，甚且引領時代風潮。如果說他的產品是硬體，那麼他對生命的深刻體認則是軟體；軟體、硬體相互結合、相輔相成，兩者實密不可分。（文／洪然升）

六、文章結構

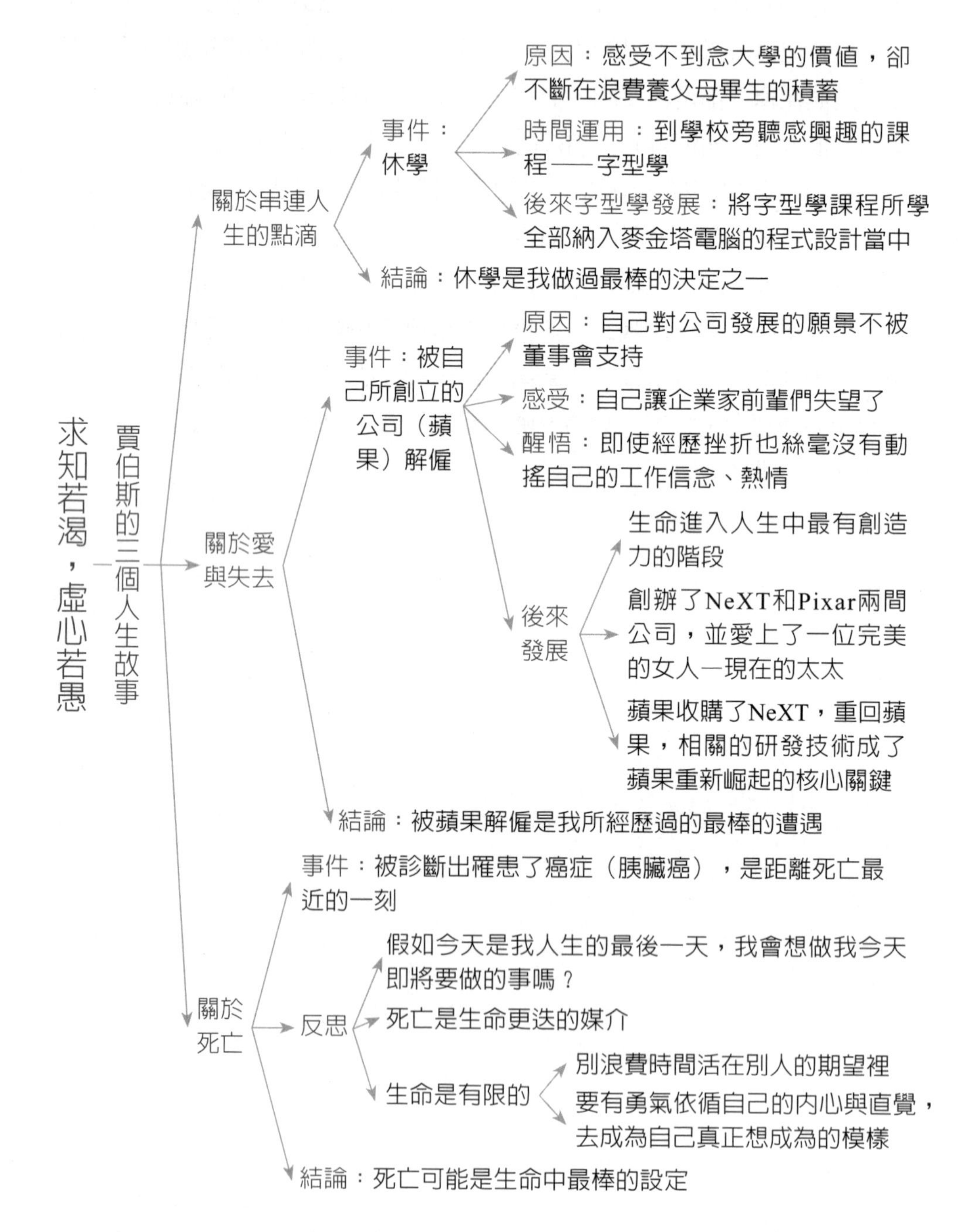

求知若渴，虛心若愚
賈伯斯的三個人生故事
關於串連人生的點滴
事件：休學
原因：感受不到念大學的價值，卻不斷在浪費養父母畢生的積蓄
時間運用：到學校旁聽感興趣的課程——字型學
後來字型學發展：將字型學課程所學全部納入麥金塔電腦的程式設計當中
結論：休學是我做過最棒的決定之一
關於愛與失去
事件：被自己所創立的公司（蘋果）解僱
原因：自己對公司發展的願景不被董事會支持
感受：自己讓企業家前輩們失望了
醒悟：即使經歷挫折也絲毫沒有動搖自己的工作信念、熱情
後來發展
生命進入人生中最有創造力的階段
創辦了NeXT和Pixar兩間公司，並愛上了一位完美的女人—現在的太太
蘋果收購了NeXT，重回蘋果，相關的研發技術成了蘋果重新崛起的核心關鍵
結論：被蘋果解僱是我所經歷過的最棒的遭遇
關於死亡
事件：被診斷出罹患了癌症（胰臟癌），是距離死亡最近的一刻
反思
假如今天是我人生的最後一天，我會想做我今天即將要做的事嗎？
死亡是生命更迭的媒介
生命是有限的
別浪費時間活在別人的期望裡
要有勇氣依循自己的內心與直覺，去成為自己真正想成為的模樣
結論：死亡可能是生命中最棒的設定

七、文以感思、學以致用——教學活動設計

【書寫：我與賈伯斯〈求知若渴，虛心若愚〉】			
單元／		文本／賈伯斯〈「求知若渴，虛心若愚〉	
組別：	姓名：	系級：	日期：

說明

在深度閱讀過賈伯斯此篇演講稿後，請依「焦點討論法」（O.R.I.D）的提問，建立你與這篇文章的連結，並進行相關書寫。

書寫內容

1. O（objective level）——客觀性層次
   你從賈伯斯這篇演講稿中看到什麼？
2. R（reflective level）——反應性層次
   在閱讀過賈伯斯這篇演講稿後，你有什麼感受？為什麼？（200字）
3. I（interpretive level）——詮釋性層次
   賈伯斯的這篇演講稿中，有什麼訊息對你而言很重要？為什麼？（200字）
4. D（decisional level）——決定性層次
   在深度閱讀過賈伯斯這篇演講稿後，你想要有什麼改變？或採取什麼行動？為什麼？（200字）

【書寫：賈伯斯小傳】			
單元／		文本／賈伯斯〈「求知若渴，虛心若愚〉	
組別：	姓名：	系級：	日期：

說明

賈伯斯為人類世界所帶來的貢獻，眾所周知；然而，對於他傳奇色彩濃烈的一生，我們的認識卻可能極其有限。請你透過課外書籍、刊物閱讀或藉由網路資料的查索瀏覽，為賈伯斯另立篇章，書寫〈賈伯斯小傳〉（300～500字）

書寫內容

請沿虛線剪下

延伸閱讀

1. 龍沐勛《東坡樂府箴》（臺灣商務印書館，1995年）。
2. 孔凡禮《蘇軾年譜》（中華書局，1998年）。
3. 余秋雨〈蘇東坡突圍〉，選自《山居筆記》（爾雅，1995年）。
4. 江仲淵《文青這種生物，自古就有——17段隱藏在史籍和作品背後的奇葩人生》（究竟，2020年）。
5. 衣若芬《陪你去看蘇東坡》（有鹿文化，2020年）。
6. 影片：〈蘇軾貶謫行跡圖〉，https://www.youtube.com/watch?v=jVKDfwzmcLI。
7. 影片：蘇東坡——中國古代文人的天花板，沒有之一！【意外藝術EYArt】，https://www.youtube.com/watch?v=vbtaKoANMS0。
8. 影片：蘇東坡是假豁達？人生如逆旅，我亦是行人【意外藝術EYArt】，https://www.youtube.com/watch?v=X864otzv3oM。
9. 影片：「經典詠流傳第四季」——譚詠麟粵語唱響蘇軾詞〈定風波〉，https://www.youtube.com/watch?v=w6oA5X4KQiE&list=PLmva68jordXFFQxoqYS2gIqjUXOvfPQRb&index=17&t=509s。
10. 影片：周傳雄——寂寞沙洲冷（MV），https://www.youtube.com/watch?v=a57dX74X5gM。
11. 影片：Steve Jobs at Stanford University 2005（中英字幕），https://www.youtube.com/watch?v=WUUjU4Om0KI。
12. 華特・艾薩克森（Walter Isaacson）著；廖月娟、姜雪影、謝凱蒂譯《賈伯斯傳》（最新增訂版）（天下文化，2017年）。
13. 麗莎・布倫南—賈伯斯（Lisa Brennan-Jobs）著：《小人物：我的爸爸是賈伯斯》（天下文化，2020年）。
14. 丹尼・鮑伊（Danny Boyle）：史帝夫賈伯斯（電影），2015年。
15. 影片：黃仁勳台大畢典致詞勉勵畢業生跑在時代前面，https://www.youtube.com/watch?v=y8OI53Xylfo。

四 以家之名

家爲逆旅舍，我如當去客

單元導讀

人無法選擇出生家庭，也不可能脫離家庭。

有的家庭和諧圓滿，有的則畸零破碎。不論遇到的家庭是何種型態，每個人在自己的家庭中，或多或少都有各自需要面對的問題。

或許我們可以更冷靜地思考家庭之於我的意義。

本單元選錄陶淵明〈與子儼等疏〉，從中看到詩人對於家庭和諧的重視、殷殷囑咐子女們安貧樂道、和睦相處。而朱國珍則以親身經歷寫成的〈半個媽媽，半個女兒〉，讓讀者思考家庭對於個人，是遮風擋雨的避風港，也可能是親子磨合的修羅場。

〈與子儼等疏〉

陶淵明

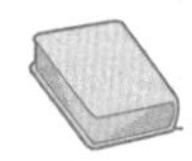

一、生活連結

1. 你與父母最常聊的話題是什麼？
2. 你父母留給你哪些身教言教？請以家誡方式條列下來。
3. 你在與親人相處中，是否也曾有慚愧懊悔的經驗？請用短文方式分享。
4. 如果用一句詞來形容你的家庭，你會用什麼詞？為什麼？

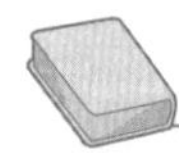

二、寫作背景

陶潛（約西元365～427年），字淵明，號五柳先生，諡靖節，潯陽柴桑人（今江西九江）。原有入仕之志。然官場混濁黑暗，離自己的政治理想太遠，爲了家小生計，依舊勉力進入官場之中。但數度入官，也數度辭官，最後一次擔任彭澤令時，因不滿潯陽郡督郵巡視時作威作福、貪婪收賄，於是詩人說：「我豈能爲五斗米折腰向鄉里小兒」，決然辭官。從此不復進入官場之中，開始了歸耕田園的生活，是中國文學上田園詩派的開創者。

陶淵明寫〈與子儼等疏〉時大約五十六歲，當時病重，對生命有更深刻的感慨與觸動，也是陶詩中較深沉觸及他對家庭、對兒女的敘述[1]。裡面提及家庭與理想、對兒女的諄諄教誨等，似乎想藉由這樣的敘述把自己一生的體會傳遞給孩子。

三、文本閱讀

告儼、俟、份、佚、佟[2]：

天地賦命[3]，生必有死；自古聖賢，誰能獨免？子夏有言：「死生有命，富貴在天。[4]」四友之人，親受音旨[5]。發斯談[6]者，將非窮達不可妄求[7]，壽夭永無外請故耶[8]？

---

[1] 陶淵明對兒女的敘述尚有〈責子〉一詩，描述豐富幽默，也可以看到詩人身為父親的慈愛。而〈與子儼等疏〉不再是用幽默筆調來描述，有著生命體會的深刻，彷彿生命即將終了的交託。另外，疏，乃書信也，在《宋書》、《南史》、《冊府元龜》裡作「與子書」。陶淵明這裡的疏，是一種告誡子姪書信的文體。

[2] 儼，音ㄧㄢˇ。俟，音ㄙˋ。份，音ㄅㄧㄣ。佚，音ㄧˋ。佟，音ㄊㄨㄥˊ。儼、俟、份、佚、佟都是陶淵明的兒子。

[3] 天地賦命：天地賦予人生命。

[4] 死生有命，富貴在天：見《論語．顏淵》：「司馬牛憂曰：『人皆有兄弟，我獨亡。』子夏曰：『商聞之矣：死生有命，富貴在天。君子敬而無失，與人恭而有禮。四海之內，皆兄弟也。君子何患乎無兄弟也？』」子夏：姓卜，名商，字子夏，春秋時衛國人，孔子弟子。

[5] 四友之人，親受音旨：意謂四友親受孔子之教誨。四友為孔子的學生顏回、子貢、子路、子張，為孔子四友。（見《孔叢子．論書》）子夏與他們是同輩。

[6] 斯談：指「死生有命，富貴在天」的言論。

[7] 將非：意即「豈不是」。窮達：指失志或顯達，表命運的好壞。妄求：分非地追求。

[8] 壽夭：指壽命的長短。外請：非分的請求。故：緣故。

吾年過五十，而窮苦荼毒[9]，每以家弊，東西遊走[10]。性剛才拙，與物[11]多忤[12]。自量[13]爲己，必貽俗患[14]。僶俛辭世[15]，使汝等幼而飢寒。余嘗感孺仲賢妻[16]之言。敗絮自擁[17]，何慚兒子[18]？此既一事矣[19]。但恨鄰靡二仲[20]，室無萊

---

9 吾年過五十，而窮苦荼毒：亦作「吾年過五十，少而窮苦」，意謂五十歲後仍窮困並且深感生活的苦痛。荼毒：苦也。

10 東西遊走：陶淵明五十歲前後的人生的確是為了家貧，處在「東西遊走」之中。例如五十歲任桓玄幕府，後又赴江陵、五十三歲任鎮軍參軍，自尋陽至京口、五十四歲為建威參軍，同年又為彭澤縣令，後在官八十餘日，自免職。

11 物：指眾人。

12 忤：牴觸、牴忤。

13 量：思量之意。

14 必貽俗患：貽，遺留、致使之意。俗患，指世俗官場上的患難。

15 僶俛辭世：僶俛：音ㄇㄧㄣˇ　ㄇㄧㄢˇ，同「黽勉」，勉勵、努力之意。辭世表避世歸隱。整句意思為：努力避世歸隱。

16 孺仲賢妻：指王霸之妻。王霸乃東漢初年隱士，王霸在東漢初年選擇隱居，避世不出，他與同郡令狐子伯為友，後子伯為楚相，其子為郡功曹。王霸見令狐子伯的兒子衣服光鮮亮麗，自己兒子卻蓬頭垢面、不知禮則。王霸自覺對兒子慚愧，因此悵然不樂。後王霸之妻勸慰他：「君少修清節，不顧榮祿。今子伯之貴孰與君之高？柰何忘宿志而慚兒女子乎？」於是王霸真正反思自己隱居的初衷，最後選擇專心隱逸。事見《後漢書．逸民傳》以及《後漢書．列女傳》。

17 敗絮：指破棉襖。擁：指穿著。

18 何慚兒子：又何必為了兒子的貧寒而慚愧呢。

19 此既一事矣：此處指淵明感於自己選擇歸隱，讓兒子們跟著受苦貧寒，但妻子卻不似儒仲的妻子一樣理解他。

20 鄰靡二仲：靡，無之意。二仲指求仲、羊仲。是東漢的兩位隱士，他們是隱士蔣詡的鄰居，蔣詡退隱以後，除了和二仲交往外，斷絕了和其他任何人的往來。淵明此處是感歎自己沒有二仲那樣的鄰居。

婦[21]，抱茲[22]苦心，良獨內愧[23]。

少學琴書，偶愛閒靜，開卷有得，便欣然忘食。見樹木交蔭[24]，時鳥變聲[25]，亦復歡然有喜。常言五六月中，北窗下臥，遇涼風暫[26]至，自謂是羲皇上人[27]。意淺識罕[28]，謂斯言可保[29]。日月遂往[30]，機巧好疏[31]。緬求在昔[32]，眇然如何[33]！

疾患以來，漸就衰損[34]，親舊不遺[35]，每以藥石[36]見救，自恐大分將有限也[37]。汝輩稚小家貧，每役柴水之

---

21 萊婦：指老萊子之妻。春秋時楚國的老萊子，耕於蒙山之南。楚王用重禮聘請他出來做官。他的妻子告勸他：「今先生食人酒肉，受人官祿，為人所制也，能免於患乎？妾不能為人所制！」於是老萊子放棄出仕，與妻子一同歸耕田園。事見劉向《列女傳》。

22 抱茲：指懷此。

23 良獨內愧：良，甚也。整句是說詩人自己心裡很慚愧。

24 樹木交蔭：指春夏時樹木枝葉茂盛，交錯成蔭。

25 時鳥變聲：指不同季節，不同的鳥鳴聲。此處可以看到詩人對四季萬物變化的體察。

26 暫：忽然之意。

27 羲皇上人：伏羲氏以前的聖人，此處指遠古真淳之人。

28 意淺識罕：指所思簡單，所見亦寡陋。

29 謂斯言可保：以為前所說「自謂是羲皇上人」般的真淳生活可保無虞。

30 日月遂往：表示時間的遞嬗遷移。

31 機巧好疏：意謂甚疏於投機取巧之事，呼應了上文所說「性剛才拙，與物多忤」。機巧：指逢迎取巧。好疏：指生疏。

32 緬求在昔：緬求，指遠求也。在昔，指昔日之生活。

33 眇然如何：意謂昔日之生活已渺然遠去，不可求矣。眇，音ㄇㄧㄠˇ。眇然：指渺茫的樣子。

34 疾患以來，漸就衰損：此二句乃淵明敘述自己中年染疫，精神氣力漸就衰微。就：指接近。衰損：指衰老損壞。

35 親舊不遺：遺，指遺棄。此處指親朋舊友沒有放棄他。

36 藥石：泛指藥物。

37 自恐大分將有限也：大分，指大限、壽數。整句指詩人擔心自己已大限將至。

勞[38]，何時可免[39]？念之在心，若何可言！然汝等雖不同生[40]，當思四海皆兄弟之義[41]。鮑叔、管仲，分財無猜[42]；歸生、伍舉，班荊道舊[43]；遂能以敗爲成[44]，因喪立功[45]。他人尚爾，況同父之人哉[46]！穎川韓元長[47]，漢末名士，身

---

[38] 汝輩稚小家貧，每役柴水之勞：每，指常常。役，擔任，被迫從事。此二句是詩人感嘆五個孩子年紀小、家境貧困，常需要承擔家中雜役。

[39] 何時可免：什麼時候才可以免掉這些勞務呢？

[40] 不同生：指不是一母同胞。長子儼為淵明前妻所生，後四子為續弦翟氏所生。

[41] 當思四海皆兄弟之義：《論語．顏淵》：「司馬牛憂曰：『皆有兄弟，我獨亡。』子夏曰：『商聞之矣：死生有命，富貴在天。君子敬而無失，與人恭而有禮。四海之內，皆兄弟也。君子何患乎無兄弟也？』」

[42] 鮑叔、管仲，分財無猜：意指鮑叔牙、管仲共同做生意，分享利潤時管仲總會多拿一些，而鮑叔始終不見怪，因為他知道管仲家裡窮，需要用到錢。無猜，指無有猜忌。

[43] 歸生、伍舉，班荊道舊：歸生、伍舉，是戰國時楚國人，二人為好友。伍舉因罪奔逃鄭國，再奔晉國；後來在往晉國的路上與出使晉國的歸生相遇了。兩人便在地上鋪上荊草席地而坐，就像從前一樣一起飲食，一起說話。歸生回到楚國後便通過令尹子木報告楚王，讓伍舉回到楚國，因才任用。伍舉果然得以返楚復仕，後也因功著稱於楚。伍舉便是伍子胥之祖。（事見《左傳．襄公二十六年》）班，鋪列之意。道舊，指敘舊。

[44] 以敗為成：此處指鮑叔牙與管仲的故事。管仲因為鮑叔牙的幫助與推薦，在一次一次地失敗中轉向成功，九合諸侯、一匡天下，成就了齊桓公的霸業。

[45] 因喪立功：上接歸生、伍舉的故事。意指伍舉原本在外逃亡，後來回到楚國，終於立功。

[46] 他人尚爾，況同父之人哉：此處意指他人（鮑叔、管仲、歸生、伍舉）均非親兄弟，但都能互相了解、互相扶持，更何況你們是同父親的親兄弟呢！

[47] 韓元長：韓融，字元長，東漢末時人。根據《漢書》記載，韓融至太僕，年七十卒，並非淵明所說的八十而終。並且當時遇到董卓之亂，都城從洛陽遷往長安時，死傷慘重，根據《後漢書》中的記錄：「西都長安，京師擾亂。及大駕西遷，公卿多遇兵飢，室家流散，融等僅以身脫。」（〈申屠列傳第四十三〉）。也未有如淵明所說：「兄弟同居，至於沒齒。」此處應是淵明誤解。

處卿佐[48]，八十而終，兄弟同居，至於沒齒[49]。濟北范稚春[50]，晉時操行人也，七世同財[51]，家人無怨色。

《詩》曰：「高山仰止，景行行止[52]。」雖不能爾，至心尚之[53]。汝[54]其慎哉，吾復何言！

四、文本提問

1. 陶淵明在這首詩裡不斷地提到他的慚愧，請找找在哪些地方？
2. 你覺得陶淵明為何會慚愧？
3. 詩中感嘆時間流逝的地方在哪裡？為何詩人要感嘆時間？
4. 陶淵明為什麼會讓孩子：「使汝等幼而飢寒」？
5. 你覺得這首詩中陶淵明對孩子最殷切的囑咐是什麼？
6. 請查找「羲皇上人」故事，並找找詩中對「羲皇上人」的生活有什麼形容？

[48] 卿佐：當時韓融位列九卿。卿佐，指輔佐國君的執政大臣。
[49] 沒齒：指終身。
[50] 范稚春：根據《晉書．儒林傳》記載：「氾毓，字稚春，濟北盧人也。奕世儒素，敦睦九族，客居青州，逮毓七世，時人號其家『兒無常父，衣無常主』。毓少履高操，安貧有志業。父終，居於墓所三十餘載，至晦朔，躬掃墳壟，循行封樹，還家則不出門庭……」范毓德性高節，是當時讓人崇敬的人物。「兒無常父，衣無常主」的形容，可以知道范家家族和睦，兄弟子姪輩往來無間，伯叔父執輩之間也都無分別。
[51] 七世同財：指經歷七代後依舊共同擁有財產，沒有分家。
[52] 高山仰止，景行行止：出自《詩經．小雅．甫田之什．車舝》，用高山比喻人崇高的德行，令人景仰。景行，音ㄐㄧㄥˇ　ㄒㄧㄥˋ，指寬大的道路。景行行止，比喻德行就像寬大的道路，讓人得以依循前行。
[53] 至心尚之：指以至誠之心嚮往之。
[54] 汝：猶「汝等」，你們。

五、文本賞析

漢魏以來通行誡子或家誡類型的文章。主旨在訓誡後輩，也感嘆生死，借著這樣的方式，把一生的體會與經驗，以及對後輩的期待、囑咐總結傳承下去。

本篇文章中提到：「疾患以來，漸就衰損，……自恐大分將有限也。」可見是病中所作，而且這場病讓詩人感受到了生死、意識到壽數或許將滅的憂愁，因此對孩子有許多處世的指點，以及一生經歷的深刻教誨。

而這首詩裡也可以看到：家庭與理想有時是兩難的。詩人不想在黑暗政治中同流合汙，但家庭生計卻也是不可避免的責任。

「家」是煙火氣息的，需要柴米油鹽醬醋茶、也需要溫飽現實。詩中作者給孩子的教誨裡，對於歸耕的選擇是帶著「愧疚」的。他不像在〈歸去來兮辭〉裡講的「載欣載奔」這麼歡快，也不像在〈五柳先生傳〉裡說的「忘懷得失」這麼超脫。因此，若把歸耕與家庭對舉來看時，會發現更多複雜地情感在生活裡發生。不僅只是對田園的詠嘆，還多了對家庭的歉疚和悵然，而詩人的生命感受也更加豐富立體地呈現。

但歸耕的確也是詩人生命的療癒，此處可以看出詩人對自然、對生活的細細體會，他說：「開卷有得，便欣然忘食」、「遇涼風暫至，自謂是羲皇上人」。他在生活裡細膩地感受、自得其樂，也在其中感嘆著時間、慨歎著生死。

詩人在末段大量運用古代事例與典故，對兒子們殷殷陳述著兄弟之義，強調朋友之間都能秉守著兄弟情義，更何況你們乃同父之人。所以這場自認爲「大分將至」的囑託，可以看到詩人對於家的圓滿、兄弟之間和諧、並勸勉諸子安貧樂道的期許。（文／周翊雯）

六、文章結構

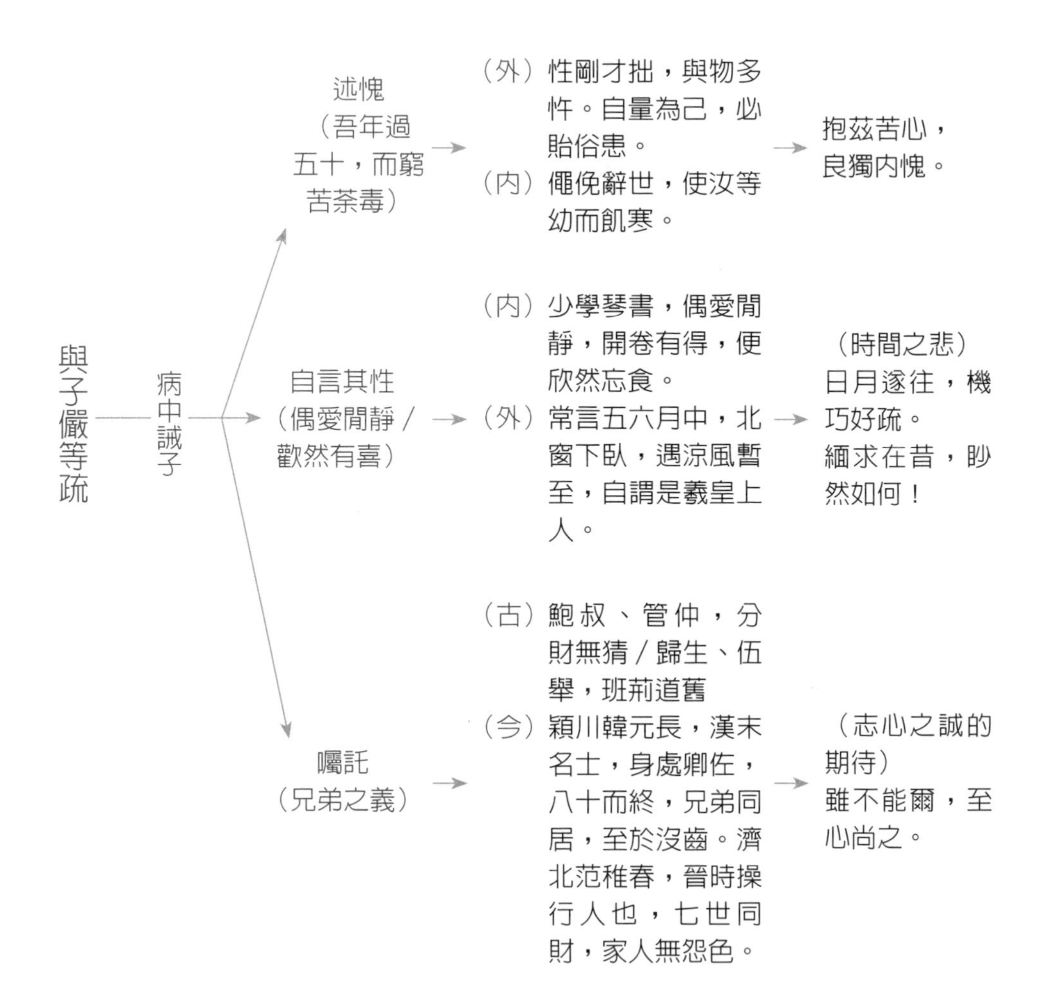

與子儼等疏
病中誡子
述愧
（吾年過五十，而窮苦荼毒）
（外）性剛才拙，與物多忤。自量為己，必貽俗患。
（內）僶俛辭世，使汝等幼而飢寒。
抱茲苦心，良獨內愧。
自言其性
（偶愛閒靜／歡然有喜）
（內）少學琴書，偶愛閒靜，開卷有得，便欣然忘食。
（外）常言五六月中，北窗下臥，遇涼風暫至，自謂是羲皇上人。
（時間之悲）
日月遂往，機巧好疏。
緬求在昔，眇然如何！
囑託
（兄弟之義）
（古）鮑叔、管仲，分財無猜／歸生、伍舉，班荊道舊
（今）穎川韓元長，漢末名士，身處卿佐，八十而終，兄弟同居，至於沒齒。濟北范稚春，晉時操行人也，七世同財，家人無怨色。
（志心之誠的期待）
雖不能爾，至心尚之。

請沿虛線剪下

七、文以感思、學以致用——教學活動設計

單元／	文本／陶淵明〈與子儼等疏〉		
組別：	姓名：	系級：	日期：

說明

1. 採訪自己的父親或母親（阿公阿嬤亦可），記錄他們的人生收穫、人生教訓，或是從各種人生經驗中學習了什麼？
2. 你覺得陶淵明對兒子的叮囑，有哪些依舊合乎現代人的價值觀？哪些已經不合乎現代人的價值觀了？為什麼？
3. 在親子衝突中是否會覺得委屈？如果換位思考，你成了你的父母，那麼若用父母的角度重新看待你被責備的行為，你會告誡自己什麼？

書寫內容

請沿虛線剪下

〈半個媽媽，半個女兒〉

朱國珍

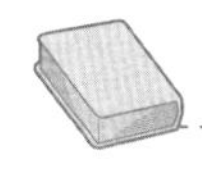

一、生活連結

1. 你理想中的家庭關係是怎樣的？
2. 莫瑞‧包溫醫師（Murray Bowen, M.D.）曾提出一個觀點：家庭是一個情緒單位，任何一個家庭成員的情緒功能改變，必然會自動地伴隨另一家庭成員的情緒功能改變，用以相互呼應。請回想一下，在你的家庭裡，通常誰是那一位影響家庭關係的情緒主導者？你下意識的回應又是甚麼？

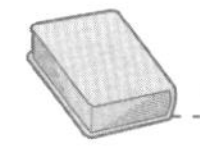

二、寫作背景

朱國珍（西元1967年～），出生於臺北，國立東華大學創作與英美文學研究所MFA藝術碩士。曾擔任空服員、新聞主播、製作人、記者、主持人等職，也曾從事教學工作。

因家庭因素，小學三年級即開始創作，欲以文學幻想逃遁現實。十四歲曾兩度自殺，高中重考，大學轉系再重讀。畢業後事業順遂，任職媒體工作時期，因長相甜美有「軍中情人」封號。然而，中年失業、失婚成為單親母親，加上情感深厚的父親去世，更使她人生跌盪谷底。

朱國珍長年持續創作，收穫各大文學獎項，並連續兩年獲得林榮三文學獎小說與新詩跨文類首獎。本文即爲第十二屆「林榮三文學獎」散文首獎作品，後收錄於散文集《半個媽媽，半個女兒》，屬自傳散文。輯一寫其身爲母親，與兒子相濡以沫的深情，輯二則回到女兒身分，回顧其於父親羽翼呵護與缺失母愛的成長歷程。本文敘述朱國珍母親的缺席與復歸；女兒從孺慕、怨懟到諒解的心路歷程。

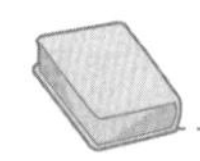

三、文本閱讀

她帶我坐公車，抵達吉林國小站，越過大馬路，走進小街，轉角口有個電線桿，釘貼「神愛世人」的標語，再經過公園，地上都是菸蒂。小麵攤掛著「油麵」招牌，隔壁做資源回收的阿婆正在堆報紙。她從來不牽我的手，任憑我安靜跟在身後，視線剛好望著她纖細的腰與雪紡紗裙襬，高跟鞋叩叩敲在瀝青地，若木琴回音。猛抬頭看到一五九巷六弄的路牌，再彎進去，整排老舊公寓，狹仄缺乏日照。她熟練地轉動鑰匙開門，帶我走入她的房間。我努力記憶這條路，她的一切，想像格林童話裡認路的小白石，在月光來臨時，我會再度找到她，一起回家。

妹妹常問我，媽媽在哪裡？我們嘗試尋回那條路。小學三年級與一年級的姊妹倆，只帶著公車票，在同樣的站牌下車、經過電線桿、小公園、油麵攤，終於找到公寓按門鈴。一位睡眼惺忪的長髮阿姨來開門，我們說媽媽的名字，她愣半晌，直到我說出媽媽的另一個名字「玲玲」，她才回應，喔！她昨天出去就沒看到人了。我們可以在她房間等她嗎？阿姨說好，但是不保證玲玲回來。

媽媽的房間香香的，起初我們什麼也不敢碰，直到妹妹捧著衣架上那件她常穿的雪紡紗洋裝，半天不說話，我們才各自抱著媽媽的衣服，靜靜躺在床上。醒來時竟已天黑，桌上鬧鐘指向十點半。此時段早已沒有公車，我喚醒沉睡的妹妹，牽著她的手，按照記憶中的公車路線走路回家。沿途只能從消防隊大堂或尚未打烊的小吃店牆壁掛鐘偷偷觀望時間，十一點，十二點，我們走了將近兩小時，我的腳好痠，我想妹妹也是，但兩個人都不敢吭聲。

回到家，客廳燈亮著，父親孤單端坐門旁板凳，彷彿一開門就會跌入他懷抱。他問我們去哪兒？我們囁嚅地說找媽媽。找著了？找到了，她不在，我們睡著了。怎麼回來的？走路。從哪兒走回來？吉林國小。父親沉默半晌，深呼吸，說：「我差點以為要永遠失去妳們。」然後低下頭，我聽到他吸鼻涕的聲音：「洗洗手，睡覺吧！」

她住過天水路、赤峰街、南京西路……。後來我才發現都是離六條通很近的地方。農曆新年前夕她會帶我們去百貨公司買新衣服，偶爾有陌生叔叔同行，她和他說流利的日語；母親節和中秋節，她會回家接受我們的卡片和祝福；每逢寒暑假把我們姊妹送到花蓮外婆家，月餘再接我們回台北。日子循環著，從我讀幼稚園開始，別人有媽媽做便當，我的媽媽像仙女，節慶才會出現。她很美麗，美到鄰居伯母對我說：「妳知道妳媽媽和妳爸爸相差多少歲？三十歲！眞是鮮花插在牛糞上。」

十二歲那年，我在外婆家跌入灌溉溝渠的小瀑布，沖擊力強大的水渦纏繞身軀，沉浮旋轉，睜眼看著水面翳光，捉不住任何依靠！瀕死邊緣，並不恐懼，只想跟爸爸再說一次話，他不是牛糞，他是世界上最帥最好的爸爸。話在嘴邊，說不出口，漩渦中只有寂靜，滔滔激流淹沒時間，淹沒愛。

當耳邊隱約傳來人聲，聽不懂的原住民族語，我以爲這是天堂。有人把我扶坐起，搖晃我的身體，我勉強睜開眼睛，看見她遠遠走過來，像飛翔的天使，心想：媽媽！我們終於團圓了。我渴望向她微笑，說沒事，別擔心！然而她快步蹲到我身邊，伸手啪啪左右兩耳光，嘶吼著凌亂激動的語言，那意思好像是，爲什麼不直接死了算了。她被其他人拖走，剩下我，清醒，更孤獨。

那次之後我不再那麼想她，拒絕去她去過的教堂。曾經我在花園裡跪求祈禱，用力掐捏自己單薄的手背肉，祈望母女連心，她感覺到我，和我一樣痛，願意回家團聚。溺水後，發現所有的依戀都是枉然，她的心不在，狂追也是迷路。

父親沒有再娶。生活簡單像月曆，撕掉上個月，下個月也類似，唯一的變化是我和妹妹長高長大，還有月經。我們失去手繪母親節卡片的童心，自己拿零用錢去地攤殺價買衣服。有時搭公車路過吉林國小，找媽媽的記憶淡淡翻湧，隨著回頭思望的次數愈來愈少，也就漸漸忘記回頭這件事。

直到，她突然出現在廚房裡，穿著拖鞋燒菜，布置花色窗簾，還幫我們洗衣服，連續在家裡住上一個禮拜，然後，她說要去買辣椒，又消失一個月。

有時她在深夜喝醉酒回家，先是亂丟東西，接著開罵。發酒瘋這件事令人厭惡，我們過去的生活很平靜，從未預料有媽媽的日子如此喧囂。剛開始我會頂嘴，她詞窮，只顧伸手打人，打我也打爸爸。爲平息爭端，父親總要我下跪道歉，我順從過幾次，直到抗拒繼續向一個酒鬼屈膝。之後，我視她爲魂魄，目中無人。我愈冷漠，她愈熱烈，將電話椅子全部丟向我，測試冷漠的底限。她總是泣訴自己多麼委屈，抓著我的頭髮，哭喊若不是爲了孩子她不會如此。我望著天花板，忍受頭皮的疼痛，身體髮膚受之父母，她要，就全部拿回去吧！

高中聯考徹底失敗，只有一所新成立的天主教高中願意收留我。頌讚聖母這件事，彷彿重啓她的童年記憶，部落幾乎信仰天主教，幼時即受洗的她，聖名也是瑪利亞。她的皮膚白皙，身材嬌柔，出現在家長會，修女見到她的第一句話：「妳是親生母親嗎？」這句話問得奇妙，卻對一半。她是忍受陣痛生產我的母親，也是在我襁褓時離家出走，直到青春期才出現的母親。當時她強作鎮定，面露疑惑，修女解釋很抱歉，因爲媽媽看起來太年輕。

她只比我大十八歲。她懷孕的時候，自己都還是個少女。

那段時光，三個少女會貼著一輛機車到南港火車站轉搭平快車去逛基隆夜市，只爲一碗鰻魚羹。夜晚在小花園裡起灶，就地烤些香腸肉片，聊解她的思鄉之情。她在電子公司找到焊接IC板的工作，朝九晚五，溽暑放學後，我偶而會繞過去看她，順便吹會兒冷氣。她幫我們做便當，隔天中午蒸過之後青菜變黝色，我覺得好親切，這是媽媽的味道。生活簡單到工作、上學、吃飯、睡覺，我們不曾有過家庭旅行，最奢華的享受是步行到街上館子用餐，熱炒幾道菜，沒有她做的好吃。一家四口，安穩過日子，平靜若永恆。

當我開始就業時，電子公司前進大陸，解聘所有女工。她才四十出頭，還是朵盛開的花，招蜂引蝶的花。

回部落蓋房子是個錯誤的決定。原以爲好山好水，父親可安心終老，卻在遷户定居之後發現，土地無法變更過户，我們花光所有的積蓄，圓成華麗的違章建築，房屋蓋在山坡上，出入依賴交通工具，七旬老翁猶如囚禁，她和年輕工頭傳出曖昧，又開始酗酒，甚至謠言嗑藥。父親右腳受傷化膿，直到我們返鄉探親嗅聞到腐臭味才發現，連夜帶他回台北就醫，糖尿病老字號，醫生說，再晚幾個小時可能截肢。

出院前夕，她翩翩來到四人病房，靠近父親，微笑說：「老頭子，我帶我們的兒子來看你。」我和妹妹正詫異，她敞開陳舊風衣，從懷中掏出一隻黑色博美狗，要小狗叫爸爸，鄰床的榮民伯伯和父親同樣高壽不踰矩，看狗像看戲，直到護士驅趕才結束。她轉身孤獨離去，這次，不是買辣椒或米酒，她帶著狗兒子消失近一年。

無論三口或四口，這個家像麻糬，可以捏，可以凹，靜靜安置不理會，總能夠恢復彈性，變回不圓滿的圓形。

她又出現在廚房，四菜一湯端上桌，青紅配色繽紛，還有紅燒牛肉湯。父親早已退休在家，想必是他開門讓她進來。用餐時她垂目不語，嘴角微微上揚，和牆壁張貼的聖母瑪利亞肖像有些相似。我們靜靜咀嚼食物彷彿含蓄禱告，媽媽回家了。她燒飯洗衣整理家務，照顧行動不便的父親，幫他洗澡，去醫院複診拿藥。日子，又回到撕月曆的恆常，那些沒人說出的記憶，一頁一頁，在歲月中撕去。

星期天我和妹妹固定回娘家，早晨她通常去教堂望彌撒，大部分時間會在中午以前回家做飯，偶爾還是會消失到傍晚。我們也不問，至少現在她回家時沒有酒味，這一點點周末的自由，留給她。

父親在睡眠中過世，太突然，禮儀師按照慣例請法師辦超渡會，不知所措的我們，跟著燒香念經。火化當天，族人說，父親是受洗的天主教徒，聖名保祿，在告別式禮佛之後，親戚們由大姨媽帶禱，獻唱〈奇異恩典〉。

她在那時候昏倒。

〈奇異恩典〉大合唱沒有中止，慌亂中她被扶至座椅，我瞥見她的塑膠拖鞋遺落在地上。

什麼時候開始，她的頭髮已全部花白，任憑身材臃腫？有時逛街看到雪紡紗洋裝還會想起她，她已胖得穿不下。外孫滿月餐會，她問我們在哪兒請客？跟她說明在某飯店「包廂」，她回應：「喔，現在你們吃飯都要『開房間』。」在日式料理店，她看著菜單上的「鮭」魚唸「鮪」魚。從花蓮探親回來，她說舅舅現在投資買「冰箱」專門幫別人家的雞蛋孵小雞。

那曾經在六條通出沒，婀娜嬌媚和男人説日語的玲玲，和老舊月曆上的胭脂女郎一樣，隨著時代消失了。她甚至把玲玲時期學會的抽菸習慣完全戒除。

「醫生説我的肺有黑點。」她説：「我在耕莘醫院當志工這麼多年，看到好多老人的晚年，我不想生病拖累妳們，所以就不抽菸了。」

我向她要剩下的菸，她一邊遞給我一邊説，這菸放太久，有點潮，妳還是少抽點！免得下一個男朋友又愛上年輕女人把妳拋棄。

我曾將婚姻失敗，中年失業，全部歸咎童年創傷，對她怨懟數十年，直到現在，同樣走過青春浪蕩，對愛情絕望，才有一點點懂得，她是我媽媽，卻更像我爸爸的女兒。十八歲就生孩子的女人，那個時候，也是不知所措吧。

「我有在爲妳和妹妹禱告。」她説。

我想起念高中時，我們一起望彌撒，一起在花園烤肉，一起搭火車去基隆吃鰻魚羹。

「我是中華聖母堂唱詩班的，要不要來聽我唱聖歌？」

我沒有去聽她唱聖歌，自己到住家附近的教堂望彌撒。她知道了説要陪我去，還出主意建議我登記堂區教友，可以多認識些朋友；一會兒又改口，説我現在這種心情不好的狀態，還是獨來獨往比較好。

儀式莊嚴祥和，我靜靜坐在大教堂，聽神父講道，關於棄絕自我，愛與被愛。她在旁邊一直翻書給我看，指點我應該回應的章節，卻在答唱詠時將「聖父聖子」唱成「神父神子」。當神父唸禱，請信友們舉臂手心向上，她突然伸出手，緊緊握住我的。

我的眼淚剎那間掉落。

她終於牽起我的手，這條路，我從九歲走到四十九歲，還是走到了。

在司琴的伴奏樂聲中，她大聲高歌天主經：「求主寬恕我們的罪過，如同我們寬恕別人一樣……。」領聖體之前，她特別叮嚀：「妳三十年沒進教堂，沒告解不能領聖體。」等到大家排隊時，她又改變心意：「其實妳出生就受洗，現在有來望彌撒，應該可以領聖體，讓天主保佑。」

我的眼淚又掉下來。看著她，輕聲說：「媽媽，謝謝妳。」

她轉過頭去，我聽到吸鼻涕的聲音。

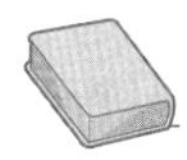

四、文本提問

1. 朱國珍的父親與母親相差幾歲？
2. 朱國珍的母親在女兒幾歲時離家？幾歲時歸家？
3. 朱國珍的母親在工作場域的名字是甚麼？
4. 朱國珍溺水獲救，其母親有何反應？
5. 朱國珍與母親和解的原因為何？
6. 本文以何種物品形容「家」？寓意為何？
7. 「我努力記憶這條路，她的一切，想像格林童話裡認路的小白石，在月光來臨時，我會再度找到她，一起回家。」文中引述的是哪一則童話故事？請簡述其故事內容，並分析作者以其故事所欲傳達的隱喻為何。

五、文本賞析

自古以來，華人社會便十分重視宗族家庭倫理。每個單一個體一落入家庭之內，便產生一個因人際連結而形成的身分：兒子／女兒；丈夫／妻子；父親／母親，每一個身分既與他人相連屬，也就有了專屬的義務與責任。

朱國珍原生家庭的組成可以說是1949年國民政府遷臺歷史下的產物。來自河南的流亡學生與花蓮原住民少女，以近三十歲的年齡差距結合成家。朱國珍的父親從中國來到臺灣，自然丟失了原生家庭中身爲兒子的身分與義務，在享受夠單身自由之後進入婚姻的他，完滿了丈夫與父親的責任。反之，朱國珍的母親卻在甫過叛逆期、青春正盛的十八歲，即轉換成妻子與母親的角色。未作好心理調適的躁動靈魂，渴望原該有的自由生活，最終選擇掙開家庭枷鎖，拋棄妻職與母職，往外追尋自我。

從此，朱母開啓了長期離家與短暫歸家的無限迴圈。對缺少母親的女兒而言，母親常常只是名詞一般的存在。在童年朱國珍眼裡，母親是節慶時才會出現的「仙女」，孺慕的女兒總渴盼仙女歸家；無奈，長年的失望累積成心寒，最終以叛逆的姿態漠視母親的存在，視之爲「魂魄」，在刻意的冷漠之下，母女之間言語、肢體衝突頻發。一直到朱國珍自己也「走過青春浪蕩，對愛情絕望」，經歷人妻人母的甘苦辛酸，才稍稍懂得並諒解當年那個18歲母親的不知所措，母女終於走上和解之路。

文中，朱國珍將「家」比喻爲「麻糬」，「可以捏，可以凹，靜靜安置不理會，總能夠恢復彈性，變回不圓滿的圓形。」每個家庭成員都是形塑麻糬或圓滿或扁陷的一份子，然而即便外形不完美，家終究是家，是倦遊之後唯一想回歸的地方。童年朱國珍雖然缺乏母愛，但是，父親的無條件寵溺，以及姊妹倆的相互扶持，仍然使她獲得「家」的庇護；中年之後與母親衷心和解，母親以其宗教信仰殷殷祝福一雙女兒的情意，何嘗不讓她重拾「家」的溫暖！朱國珍最後懂得，「諒解才能圓滿」，才是最好的救贖，成長之路即便跌跌撞撞，「那裏有最心愛疼惜的人，那裏就是家。」（文／洪英雪）

六、文章結構

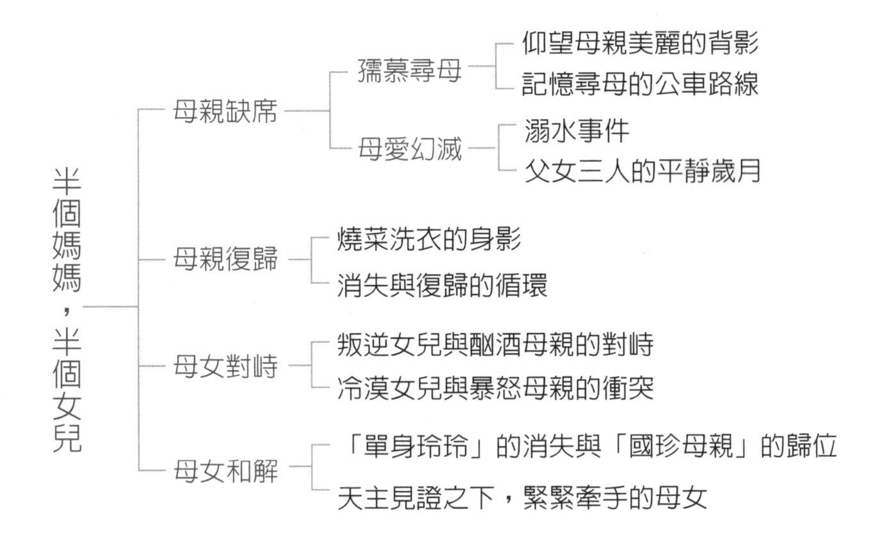

請沿虛線剪下

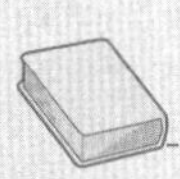

七、文以感思、學以致用——教學活動設計

單元／	文本／朱國珍〈半個媽媽，半個女兒〉		
組別：	姓名：	系級：	日期：

說明

1. 朱國珍以「麻糬」形容自己的家，張愛玲以「古墓的清涼」形容父親家的陰冷無生氣。對你而言，你的家帶給你怎樣的感受呢？請以一樣物品形容你的家，並解說緣由。
2. 由於傳統「男主外，女主內」的性別分工，造成女性被拘限於家庭內部，家務以及教養兒女被認為是妻子、母親的生命責任，影響了女性往開闊世界發展自我的機會。你覺得，母職與自我可能兩全嗎？

書寫內容

請沿虛線剪下

延伸閱讀

1. 陶淵明：〈責子〉、〈命子〉收錄於《陶淵明集箋注》（中華書局，2018年）。
2. 王文興：《家變》（洪範，2000年）。
3. 張輝誠：《家庭裡的對話練習：張輝誠的薩提爾實踐》（親子天下，2021年）。
4. 吳孟昌：《孩子越倔強，我越溫柔》（寶瓶，2022年）。
5. 霍建起：《那山那人那狗》（電影），1999年。
6. 提姆・波頓：《大智若魚》（電影），2003年。
7. 山田洋次：《母親》（電影），2008年。
8. 維琴尼亞・薩提爾，約翰・貝曼，珍・歌柏，瑪莉亞・葛茉莉著；林沈明瑩、陳登義、楊蓓譯：《薩提爾的家族治療模式》（張老師文化，1998年）。
9. 羅貝塔・吉爾伯特著；田育慈、江文賢譯：《解決關係焦慮：Bowen家庭系統理論的理想關係藍圖》（張老師文化，2016年）。
10. 朴又蘭著，林侑毅譯：《女兒是吸收媽媽情緒長大的：獻給世上所有女兒、母親、女性的自我修復心理學》（悅知文化，2021年）。
11. 李欣頻：《原生家庭木馬快篩：三步驟解鎖並拋棄繼承家族負向印記》（方智，2017年）。
12. 李安：父親三部曲～《喜宴》、《飲食男女》、《推手》（電影），1993年起。
13. 王穎：《喜福會》（電影），1993年。

五、情爲何物

情不知所起，一往而深

單元導讀

愛情是人生常需要經歷的過程，在文學作品或是庶民文化中，它都是創作的大宗。然而，愛情往往得不到教育體系或是嚴肅社會學家的重視。愛情是本能或者是需要被教導的？你是否明白自己的愛情觀？愛情在你人生的比重又應該如何衡量？

這是本單元所試圖思考的部分。聊齋〈瑞雲〉一篇，主角在身分地位無法匹配，也無法完成愛情時，選擇了等待與堅持。而褚威格〈一封陌生女子的來信〉，以女主角偏執熾烈的愛情觀，引導讀者思考愛情的模式，究竟應該如何去愛，才能讓雙方在愛情裡幸福且自在。

《聊齋誌異·瑞雲》

蒲松齡

一、生活連結

1. 你有戀愛經驗嗎？請描述你心目中的理想愛情樣貌。
2. 請介紹一部你印象深刻的愛情故事（小說、戲劇、電影……均可）並說明它讓你印象深刻的原因。
3. 如果你的人生比重滿分是十分，你會把愛情放幾分？為什麼？
4. 你覺得愛情可以讓你跨越哪些原則？種族、宗教、政治、距離、 美醜、年齡、性別……或是其它？

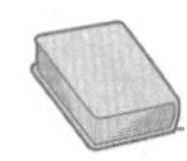

二、寫作背景

蒲松齡（西元1640～1715年），字留仙。山東淄川縣（今淄博市淄川）人，世稱「聊齋先生」。他在《聊齋誌異·自序》中提到：「雅愛搜神、喜人談鬼。」聽到怪異故事便搜集起來，累積成編，慢慢創作出《聊齋誌異》。但蒲松齡一生仕途不順，雖在十九歲時參加縣、府、道考試均奪得第一，但這一場輝煌過後便再也考不上了，一直到七十多歲才補爲貢生。也因爲如此，他把一生的寄託、怨誹、期待都放在《聊齋誌異》當中。在自序裡他便提到此是「孤憤之書」，並說：「寄托如此，亦足悲矣」！

《聊齋誌異》爲文言短篇小說，以近五百篇作品深廣而豐富地描繪了當時的社會生活。作者藉由各種神怪妖異來呈現他的人生觀，並且隱喻當時的社會。

而愛情題材，也是本書中迷人的存在。〈瑞雲〉這則故事，除了呈現當時女子命運身不由己的無奈之外，也呈現男女主角儘管困難重重，卻依舊對愛情堅貞。故事尾端峰迴路轉，圓滿動人，讓人看到了愛情的眞誠與美好。

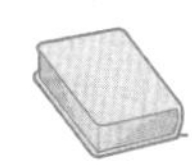

三、文本閱讀

瑞雲，杭[1]之名妓，色藝[2]無雙。年十四歲，其母蔡媼，將使女應客。瑞雲告曰：「此奴終身發軔[3]之始，不可草草。價由母定[4]，客則聽奴自擇之。」媼曰：「諾！」乃定價十五金，遂日見客。客求見者必以贄[5]，贄厚者，接一弈[6]，酬一畫；薄者，留一茶而已。瑞雲名譟已久，自此富商貴介[7]，日接於門。

餘杭賀生，才名夙著[8]，而家僅中貲[9]。素仰瑞雲，

---

1 杭：指浙江杭州。
2 藝：指才能。
3 發軔：軔，音ㄖㄣˋ凡事剛開始稱為發軔，此處指妓女初次接客。
4 價由母定：此處的價由母定，是指妓女初夜權的販賣。
5 客求見者必以贄：要求見瑞雲的客人必須帶有贈禮。贄，指見面的贈禮，音ㄓˋ。
6 接一弈：指陪下一盤棋。
7 貴介：尊貴的貴家子們。
8 夙著：夙，音ㄙㄨˋ，指素有的，舊有的。此處指才名一直很出色。
9 中貲：貲，音ㄗ，指財貨。表示家資僅中等。

固未敢擬鴛夢[10]，亦謁微贄，冀得一睹芳澤。竊恐其閱人既多，不以寒畯[11]在意，及至相見一談，而款接[12]殊殷，坐語良久，眉目含情。作詩贈生曰：「何事求漿者，藍橋叩曉關。有心尋玉杵，端只在人間。[13]」生得之狂喜，更欲有言，忽小鬟[14]白客來，生倉卒遂別。既歸，吟玩詩詞，夢魂縈擾。過一二日，情不自已，修贄復往。瑞雲接見良歡，移坐近生，悄然謂：「能圖一宵之聚否？」生曰：「窮踧[15]之士，惟有癡情可獻知己。一絲之贄[16]，已竭綿薄。得近芳容，意願已足，若肌膚之親，何敢作此夢想。」瑞雲聞之，戚然不樂，相對遂無一語。生久坐不出，媼頻喚瑞雲以促之，生乃歸，心甚邑邑[17]，思欲罄家[18]以博一歡，而更盡[19]而別，此情復何可耐？籌思及此，熱念都消，由是音息遂絕。

---

10 鴛夢：比喻男歡女愛。鴛指鴛鴦，古人認為鴛鴦雌雄不離，象徵夫妻和諧。

11 寒畯：音ㄏㄢˊ　ㄐㄩㄣˋ，指出身貧窮但有才的讀書人。

12 款接，猶款待。

13 何事求漿者，藍橋叩曉關。有心尋玉杵，端只在人間：這四句詩用的是裴鉶創作的《唐傳奇》，裴航與雲英的愛情典故。此詩前二句，以裴航在藍橋驛遇見雲英，想娶她為妻，比喻賀生遇見瑞雲，兩人結夫妻之好；後二句以裴航尋覓玉杵臼為聘，示意賀生備資與瑞雲歡聚。叩曉關，指清晨叩門。端，表確實之意。

14 小鬟，指小丫鬟。

15 窮踧：指窮困。踧，音ㄘㄨˋ

16 一絲之贄：表示贈禮的微薄

17 邑邑：指鬱悶不樂貌。

18 罄家：竭盡家財之意。

19 更盡：指古代的打更報時，五更（凌晨三至五點）是最後的打更時間，之後便天亮了，此處更盡便是指天亮後。

瑞雲擇婿數月，更不得一當，媼頗恚[20]，將強奪之而未發也。一日，有秀才投贄，坐語少時，便起，以一指按女額曰：「可惜，可惜！」遂去。瑞雲送客返，共視額上有指印，黑如墨，濯之益眞。過數日，黑痕漸闊，年餘，連顴徹準[21]矣。見者輒笑，而車馬之跡[22]以絕。媼斥去妝飾，使與婢輩伍，瑞雲又荏弱[23]，不任驅使，日益憔悴。賀聞而過之[24]，見蓬首廚下，醜狀類鬼。舉首見生，面壁自隱。賀憐之，便與媼言，願贖作婦。媼許之。賀貨田傾裝[25]，買之而歸，入門，牽衣攬涕，且不敢以伉儷自居，願備妾媵，以俟來者[26]。賀曰：「人生所重者知己，卿盛時猶能知我，我豈以衰故忘卿哉？」遂不復娶。聞者共姍笑之，而生情益篤。

居年餘，偶至蘇[27]，有和生與同主人[28]，忽問：「杭有名妓瑞雲，近如何矣？」賀以「適人」對。又問「何人？」曰：「其人率與僕等[29]。」和曰：「若能如君，可謂得人矣。不知價幾何許？」賀曰：「緣有奇疾，姑

20 恚：音ㄏㄨㄟˋ，指怨恨、憤怒。
21 連顴徹準：指臉上黑痕從額頭漫延至顴骨以及鼻樑。顴，顴骨。準，鼻樑。
22 車馬之跡：指慕名而來的客人。
23 荏弱：音ㄖㄣˇ　ㄖㄨㄛˋ，指柔弱、軟弱。
24 過之：指探望、拜訪她。過，訪。
25 貨田傾裝：指變賣田產，傾其所有。傾裝，猶言傾囊。
26 願備妾媵二句：意謂瑞雲自慚形穢，只願當一姬妾，留待正妻之位讓賀生另娶。媵：音ㄧㄥˋ，侍妾也。
27 蘇：指蘇州。
28 與同主人：指同住一處。主人，指旅店的房東。
29 其人率與僕等：意謂「這個人大約跟我差不多」。率，指大致。等，指相等。

從賤售耳。不然，如僕者，何能勾欄中買佳麗哉！」又問：「其人果能如君否？」賀以其問之異，因反詰之。和笑曰：「實不相欺，昔曾一覲[30]其芳儀，甚惜其以絕世之姿，而流落不偶[31]，故以小術晦其光而保其璞[32]，留待憐才者之眞鑑[33]耳。」賀急問曰：「君能點之，亦能滌之否？」和笑曰：「烏得不能？但須其人一誠求耳[34]。」賀起拜曰：「瑞雲之婿，即某是也。」和喜曰：「天下惟眞才人爲能多情，不以妍媸易念也。請從君歸，便贈一佳人。」遂與同返。既至，賀將命酒，和止之曰：「先行吾法，當先令治具者[35]有歡心也。」即令以盥器貯水，戟指而書之[36]，曰：「濯之當愈，然須親出一謝醫人也。」賀笑捧而去，立俟瑞雲自靧[37]之，隨手光潔，豔麗一如當年。夫婦共德之，同出展謝，而客已渺，遍覓之不可得，意殆[38]其仙歟？

---

30 覲：ㄐㄧㄣˋ，表拜見、拜訪。
31 不偶：指命運上的不幸。偶，偶數，古人認為代表好運。「不偶」表示時運極差。
32 晦其光：指隱晦其光。保其璞：指保守其璞光。
33 真鑑：指真正能賞識她的美好。
34 一誠求：一腔誠心拜求即可。
35 治具者：準備酒食之人，此處指瑞雲。
36 戟指而書之：指伸出手指書寫符籙。戟，音ㄐㄧˇ。戟指：伸出或豎起食指和中指。
37 靧：音ㄏㄨㄟˋ，指洗臉。
38 殆：音ㄉㄞˋ，大概、恐怕、也許之意，表不確定語氣。

四、文本提問

1. 故事中哪個部分的描寫烘托出瑞雲的色藝無雙？
2. 故事中哪個部分可以看出世態炎涼？
3. 和生是用什麼方式毀去瑞雲的容貌？
4. 瑞雲毀容後見到賀生的第一反應是什麼？
5. 賀生見到毀容後的瑞雲是什麼反應？
6. 如果說瑞雲與賀生有著知己間的了解與深刻的認識，你覺得哪個部分最能呈現他們的知己之愛？
7. 故事中的和生以一指按瑞雲的額頭說：「可惜可惜」時，他可惜的是什麼？
8. 和生用什麼方式幫瑞雲恢復容貌？

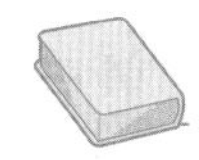

五、文本賞析

我們在愛情當中會堅持些什麼？或是會跨越些什麼？〈瑞雲〉這篇小說深刻地提出了這個問題。

女主角瑞雲在故事裡一出場就是色藝無雙的，從「名譟已久，自此富商貴介，日接於門」的形容就可以看出來。但她的命運也因爲她的美而有可能沉淪再沉淪，輾轉販售於各個想得到他的男人之手。所以色藝無雙的美，卻只能讓她囿限於命運的苦痛之中無法擺脫。但如果瑞雲失去了美，她就能改變她的命運嗎？或是得到愛情？或者也可以這麼問：她的愛情可以靠美貌來獲得嗎？失去了美貌，她還能擁有傾心的愛嗎？

當接近她的男性都因爲她的色藝無雙而趨之若鶩時，只有一個人對她的愛是超越美醜的，那便是男主角賀生。賀生在聽說瑞雲毀容、蓬首廚下、醜狀類鬼後，立刻「貨田傾裝」，把瑞雲從妓院贖回，並且堅持以夫妻之禮相待。他對瑞雲說：「人生所重者知己，卿盛時猶能知我，我豈以衰故忘卿乎？」並堅持不再娶妾。由此可知，在賀生心裡，瑞雲不只是愛人也是知己。他對瑞雲的情感並非出自瘋狂的愛情腦或是視覺上的美醜。此處也反向烘托出了爲何瑞雲在擇婿過程中，於所有的富商貴介中卻獨獨挑中窮踧貧困的賀生，願意以身相許。他們倆可以說都在外在的表象下，直指核心地看到了對方的眞誠。

知己難得、人生得一知己足矣。故事中神祕的人物「和生」，透過他的形容：「天下惟眞才人爲能多情，不以妍媸易念也。」呈現出他倆的愛情既有內在鍾情的堅持，又超越了外在的表象。

如果我們跟《聊齋誌異》裡另一個知名篇章：〈畫皮〉來對照著看，畫皮的女主角是二八姝麗，顏色明麗。但脫下那層皮後，卻是「一獰鬼，面翠色，齒巉巉如鋸。鋪人皮於榻上，……舉皮，如振衣狀，披於身，遂化爲女子。」當中男主貪戀美色，「明明妖也，而以爲美」。也因爲貪戀美色最後讓他失去了心、丟了性命。

兩篇對照，似乎可以讓讀者思考：容貌，有美有醜；皮相，可眞可假。當愛情裡考慮得太多、或是只重表象，是否情感也會跟著偏離？如果說喧囂的社會，讓愛情少了些許定力，或許〈瑞雲〉裡男女主角的堅持與超越，正是告訴了讀者某種愛情的本質吧！（文／周翊雯）

六、文章結構

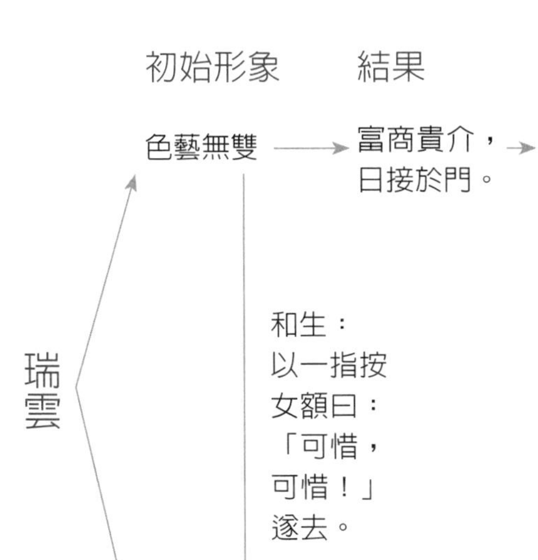

初始形象　結果　賀生反應

瑞雲

色藝無雙 → 富商貴介，日接於門。 → 夢魂縈擾。過一二日，情不自已……思欲罄家以博一歡，而更盡而別，此情復何可耐？籌思及此，熱念都消，由是音息遂絕。 → 瑞雲最後形象：隨手光潔，豔麗一如當年。

和生：以一指按女額曰：「可惜，可惜！」遂去。

過數日，黑痕漸闊，年餘，連顴徹準矣！ → 蓬首廚下，醜狀類鬼。舉首見生，面壁自隱。 → 貨田傾裝，買之而歸，入門，牽衣攬涕，且不敢以伉儷自居，願備妾媵，以俟來者。賀曰：「人生所重者知己，卿盛時猶能知我，我豈以衰故忘卿哉？」遂不復娶。 → 賀生相遇和生 → 賀起拜曰：「瑞雲之婿，即某是也。」和喜曰：「天下惟真才人為能多情，不以妍媸易念也。請從君歸，便贈一佳人。」

和生：以盥器貯水，戟指而書之，曰：「濯之當愈，然須親出一謝醫人也。」

七、文以感思、學以致用——教學活動設計

單元／	文本／蒲松齡《聊齋誌異．瑞雲》

組別：	姓名：	系級：	日期：

說明

1. 賀生從妓院贖回瑞雲後，瑞雲的反應是：「牽衣攬涕，且不敢以伉儷自居，願備妾媵以俟來者」。請查找當時的妻妾制度以及身分上的差異。說說為何瑞雲願意自甘為妾？
2. 請查找當時的社會，妓院女子的命運通常都是如何？
3. 請介紹一個古代名妓，並說說她的人生故事。

書寫內容

請沿虛線剪下

〈一封陌生女子的來信〉節選

褚威格

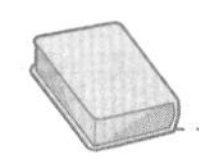

一、生活連結

1. 愛情在你生命中佔據何種地位？甚於親情？友情？事業？生命？
2. 你願意為愛情／愛人做哪些改變？
3. 張曼娟〈十二道愛的練習題〉有云：「人，並不是真的只能一次愛一個人。」電視劇「犀利人妻」中也有句臺詞：「在愛情中，不被愛的才是第三者。」你認同嗎？請說說你對愛情的看法。

二、寫作背景

史蒂芬·褚威格（Stefan Zweig，西元1881年～1942年），奧地利猶太裔作家。褚威格出生於維也納的富裕家庭，十六歲開始詩歌創作，一戰爆發時，於軍隊從事戰時新聞服務，抱持反戰與和平主義。納粹德國時期，褚威格作品遭到查禁，褚威格移民英國也爲避戰禍走上放逐之路，輾轉走訪美國、古巴、波多黎各、阿根廷與巴西等國，流亡時著作不輟，作品評價與銷售俱佳。1942年2月22日，褚威格痛心於「精神故鄉歐洲」的毀滅，與第二任妻子夏洛特於巴西服用鎮靜劑自殺。

褚威格曾被形容爲「人類靈魂裡永遠的旅人」，擅長人物心理描寫，除了小說之外，另有回憶錄《昨日的世界：一個歐洲人的回憶》以及巴爾扎克、羅曼·羅蘭、尼采、佛洛伊德等多部傳記作品。本文節選自中篇小說〈一封陌生女子的來信〉，描述一女子於臨終前所寫的一封長信，回溯自己爲愛而活的一生。

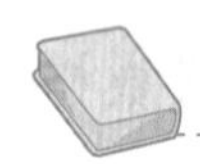

三、文本閱讀

大清早，名小說家阿爾結束了他的假期，回到維也納。當他在火車站時，買了份報紙，一看那日期，不禁想起今天是他的生日。已經四十一歲了。腦中很快地閃過這個數字，心中既不高興也不傷感。他迅速地把報紙翻閱了一下，招了部車，坐回家。僕人告訴他，當他外出時，曾有過兩次訪客及一些來電，並用托盤呈上一疊等著他看的信件。他漫不經心地翻看著這堆信，若對寄件人有興趣，就拆開來讀；剩下的信中有一封字跡陌生，厚厚的來信，被放在一邊。這時茶已端來，他舒適地靠在躺椅上，又翻了一遍報紙和一些印刷品；然後點了根煙，拿起那封剛才被放到一邊的信。

這封信大約二十四頁，字跡潦草，是陌生的、不安的女人筆跡，說是信，還不如說是手稿。他不自覺地又摸了下信封，看裡面是否還夾帶了卡片什麼的。但是裡頭是空的，而且在信封上也像在信上那樣，既沒寄信人地址，也沒留下名字。

眞奇怪，他想，於是把信拿在手中。「給你，那位從不認識我的你。」開頭的稱呼，以這句話當標題，令他有些訝異，是對他說的，還是指一位渴望的情人？他好奇地往下讀：

我的孩子死了——整整三個晝夜，我為稚嫩的小兒與死神對抗，當感冒帶著高燒侵襲他那可憐的、滾燙的身子時，我坐在他的床邊，陪了他四十個小時。在他熾熱的額頭上放了冷敷袋，日夜握著他不安的小手。第三個晚上我不支倒地，雙眼熬不下去，它們不由自主地閉上，我在硬椅上睡了三、四個鐘頭，這段期間死神把他帶走。

……

現在我在這世上，只剩下你，只有你，那個對我一無所知的你，曾毫無所謂玩過我的你，對事與人喜歡挑逗的你。只有你，那個從不認識我，卻永遠被我所愛的你。

我拿起第五根蠟燭，放在這張桌上，我就坐在桌旁給你寫這封信。因為在我的心意還沒吶喊出來之前，我無法與死去的孩子獨處，而我該去向誰訴說衷腸，在這個可怕的時刻？我只有對你說，因為你曾是我的，也永遠是我的一切呀！

……

我要與你一個人談話，第一次對你傾吐一切；要讓你知道我的一生，它總是屬於你的，而你卻從不知情。但我的秘密只有在我死後，你不須再回答我的時候，你才會知曉；只有像現在這樣，我四肢發冷發寒，該是完結的時候，你才會知曉。如果我還會再活下去，我會撕了這封信，繼續保持沈默，就像我一直保持著沈默。一旦你把信拿在手中，那麼你該明白，這裡有個已故者在對你訴說她的一生——她的，也是你的一生。

……

你搬來時，我才十三歲，就住在你現在住的同一棟房子裡。我曾和你住同一棟，正巧住在你寓所的對面。你一定已經記不得我們了，一個會計師寡婦（她總穿黑戴孝）和一個未成年、瘦弱的孩子——我們非常地安靜，好像隱沒在小市民的貧困中。

……

第二天你搬進來，我儘管千方百計地去窺視，卻沒見到你——這更增加了我的好奇。在第三天，我總算見到你了，心中不禁大吃一驚，你完全是另一個樣，與天真的孩子想像中的聖人形象沒有一點相似。我夢見的是一位戴眼鏡，可親的白髮老人；這時你來了，就像今天的你這樣，一個毫無改變的你，歲月在你身上沒留下任何痕跡！你穿了件淺褐色的，挺好看的運動衫，用你特有的方式，像男孩那樣，總是兩階一跳地上樓。你把帽子拿在手上，所以我能看見你明亮的、生動的臉孔和年輕的頭髮，心中有種說不出的驚訝。真的，我真是大吃一驚，因為你是這麼年輕，這麼漂亮，這麼瘦高敏捷而且高貴。真是不可思議！我在乍見你的幾秒鐘之內，居然很清楚地感受到，這是我以及其他人總驚喜地在你身上一而再地發現到的，這種與眾不同的風格：你是個雙面人，一方面是個熱情的、放蕩不羈的，專門喜歡玩弄感情和風流韻事的年輕人；另一方面你是個在學術界領域中治學嚴謹、有責任感，博覽古今的飽學之士。

……

那天我剛和同學散步回來，站在門口聊天。這時有輛車駛來，剛停下，你便迫不及待地跳了出來，你那敏捷的身影，直到今天都還吸引著我。看到你正想進門，我不由自主地上前，想為你開門，就這樣我擋住你的去路，我們差一點撞到一起。你帶著那種溫暖的、柔和的、包庇的眼神看著我，像是一種脈脈含情，你對我微笑——是的。除了含情脈脈之外，我找不到其他的字眼來形容。你用種輕輕的，幾近親密的聲音說：「小姐，多謝。」

事情就只這樣，親愛的。但是從這秒鐘開始，自從我感覺到你溫柔的、多情的目光之後，我就被你迷住。後來，我才知道你對任何一位接近你的女人都用這種特別的眼神，那是一種擁抱，一種吸引，一種天生風流者的目光。你把它獻給每一位女性，不管是與你擦肩而過的路人，賣東西給你的女店員，還是為你開門的女侍。然而它並不代表你要去征服她們，只是由於你對女人的柔情蜜意，而不自覺地使你的目光變得柔和、溫暖。但是我，一個十三歲的孩子，卻沒想到這點，我好像浸入火中，還以為這種多情是因我而起，只對我一個人而生。在這一剎那間，我從一個半大的孩子覺醒成為女人，而這個女人一輩子醉心於你。

……

父親早死，媽媽和我不親，她總陷在不開朗的沮喪和退休者的憂慮中；我的同學不是太笨便是太早熟，她們很輕率地玩弄著我所謂的愛情，這點使我非常不快，於是我和別人越離越遠。你就是我——我該怎樣對你説呢？每種單一的比喻都嫌不足——你是我的所有，我整個的生命。一切只要與你有關的，對我來説才存在；除了想到你的好惡，其他都沒有意義，你改變了我的一生。在學校成績一向平平的我，卻一下子拿第一名，我一本又一本地讀書，直到深夜，因為我知道你是愛讀書的人。連母親都感到驚訝，因為我突然帶著頑固的堅持去練琴，因為我知道，你喜歡音樂。我學著縫改我的衣服，為了留給你一個悦目、清潔的印象，在我的學生裙（是由媽媽的一件家居服改的）的左方有個四方形的補丁，這對我來説是非常可怕的，因為我怕你會看見它而因此看不起我。所以每次上樓時，總用書包擋著，害怕得發抖，惟恐你可能會看到。但這有多愚蠢呀！你幾乎沒有再看我一眼。我知道你的一切，你的生活習慣、你的每條領帶、你的每件西裝；我在不久之後就能區分你的每位訪客，而且還把他們分成我喜歡的與不喜歡的兩類。從十三歲到十六歲這段期間，我的每個鐘頭都是為你而過的。

……

終於，有天晚上你注意到我。遠遠地看你走來，我控制住自己，對自己說這次不可以再逃避。剛巧有輛車正在卸貨，使巷子變窄，所以你非得從我身邊經過不可。你不自覺地，心不在焉地掃了我一眼，幾乎還沒與你的雙目交接──往日的記憶便湧進腦海，使我多麼地大吃一驚呀，你那種風流的、溫柔的，同時又是大膽的、擁抱式的、愛撫的目光，是它把我從一個孩子喚醒而變成一個女人，變成一個戀人。這種目光在我身上停了一、兩秒，它不能也不想移走──然後你從我身旁走過。我的心都快跳出來了；不自覺地，我放慢腳步，當我抑制不住好奇而轉身時，看見你還站在那邊，目送著我，從你好奇、感興趣地注意我的那個模樣，我馬上知道：你沒認出我。

……

你當時不認識我。兩天後，在另一次的相遇中，你帶著親切的目光又網住了我，此時你仍沒認出我，那個愛你、被你喚醒的我，而你只是把我當個十八歲的少女，那個兩天前在同一個地方曾見過的少女。你有些吃驚地、友善地看著我，淺笑掛在嘴角，你從我身旁經過，卻把腳步放慢。我發抖、我歡呼、我祈禱你會向我打招呼。我感到，第一次為你活起來，我也放慢腳步，我沒迴避你，突然地，感覺到你就在背後，不用轉身，我就知道。現在我將第一次聽到你悅耳的聲音，對我說話。忐忑的等待使我的腳軟，心跳得好厲害——這時你走到我身邊，你帶著稍具輕鬆的口吻對我說話，好像我們是老朋友——啊！如此美妙，無拘無束地和我閒扯。我們一起走過長巷。然後，你問我可不可以一起去吃飯？我說好。我哪敢對你說不呢？

……

第二晚，我們約定了再見，一切還是那麼美好，然後你給了我第三個夜晚。那天晚上你說你必須出差——噢，我多恨你出去旅行啊！——你說一回來就會通知我，我給了你郵局信箱的地址，但沒告訴你我的名字。我守著我的秘密。分手時，你又給了我幾朵玫瑰。

過了兩個月，每天我都在問……不，我不要對你抱怨這種等待、絕望，這種如地獄般的折磨。我沒有怨你，我愛你，愛你的熱情、健忘、不忠。其實你早就回來了，我看見你的窗口有燈光，但你沒寫信通知我。在我臨死之前，從沒收到過片紙隻字，我把生命獻給了你，卻從沒接到過你寫的一句話，一個字。我等著，像個絕望的人那樣等著。但是你沒召喚我，沒給我寫信……沒有片紙隻字……

我的孩子昨天死了——他也是你的孩子。親愛的，他是你的孩子，那三夜中的一夜，我懷了他，我對你發誓，在死亡的陰影中我是不會說謊的。

……

一旦有了孩子之後，我有好長的一段時間躲著你，對你的渴望變得不再那樣熱烈，我想自從有了孩子以後，我對你的愛不再像以前那樣熱情如火，至少我不再愛得那麼痛苦。我不想把自己在你和他之間分成兩半，所以我沒把自己分給獨立快樂的你，而分給了我們的孩子，因為他需要我養育他，我可以親吻和擁抱他。那種因渴望你而引起的不安，以及我的命運，好像一下子得了救，得救於另外一個你，一個真正屬於我的你——僅只有少數幾次，我的感情逼迫自己謙卑地到你住處那裡去。我只做一件事：在你過生日時，我總送上一束白玫瑰。

……

我所認識的這些人，他們都對我很好，大家都疼愛我、縱容我。尤其是一位年紀稍長喪妻的伯爵，正是他想盡辦法讓這個沒有父親的孩子，能擠進貴族學校——他愛我就像愛自己的女兒那樣無微不至，他也向我求過好幾次婚。假如我答應，今天我就是伯爵夫人，一座豪華巨宅的女主人，可以過著無憂無慮的生活。這麼一來，孩子會有個寵愛他的慈父，而我也有個斯文高雅的先生——但我沒這麼做，儘管他一再地催促，我卻一而再地拒絕，傷了他的心。也許是愚蠢吧！否則我可以去過安逸的、保險的生活，而且我的孩子至今仍可以和我在一起。我不想對你隱瞞我拒絕的原因。因為我不想被婚姻束縛，我想隨時聽候你的召喚。在內心深處，在潛意識中那個青春期的舊夢仍在，也許你還會再一次來找我，哪怕一個鐘頭也好。為了這個可能出現的一個鐘頭，我把一切推開，只想無拘無束地等著你又一次的召喚。從孩童期覺醒以來，我整個的生命不都在等待嗎？等著委身於你嗎？而且這個時刻真的來到了。但是你不知道，根本沒料到，我親愛的！即使在那時，你也沒能認出我——不，永不，你永遠也不會認出我的！稍早前我就常碰到你，在劇院，在音樂廳，在遊樂場，在街上。每次見到你時，我的心都會抽緊一下，但是你從我身邊經過卻沒注意到我。

外表上我已完全變了樣，以前害羞的小女生變成了婦人。別人都說，我長得漂亮，穿著講究，有一大群護花使者。當年在臥室中昏暗的燈光下那個害羞的小女孩，你哪能聯想起那就是現在的我呢？有時和我在一起的某位先生會向你打招呼，你回禮，也朝我這邊看；但是你的目光帶著禮貌性的陌生，帶著讚許，但卻從沒認出來。它是那樣的陌生，可怕的陌生。

……

我不能再繼續寫下去……我頭昏沈沈的……四肢都覺得疼痛，我發燒……我想，我得馬上躺下。

……

多保重，親愛的，多保重，過去一切美好，儘管……但我要感謝你，直到嚥下最後一口氣。我已對你訴說了一切，現在你知道，不，你只能猜想，我是多麼熱愛著你，對這份愛你是沒有負擔的。你不會懷念我，在你美好、快樂的生活中什麼也不會改變：我的死不會給你帶來任何痛苦……這就是我的安慰。

但是誰……現在誰將會在你生日那天送上一束白玫瑰呢？啊，花瓶將會空著，我的呼吸，我的氣息，它們一年一度曾圍繞在你身邊，即使是它們也將凋零散去！

他發抖的雙手把信放下。然後他思考了許久。隱約中似乎記起一個鄰居孩子，一個少女，一個在舞廳中的少婦，但是記憶不清而且混亂，就像水底的一塊石頭那樣無形且閃閃發光。陰影流進又流出，但是構不成畫面。他感覺到感情的回憶，卻什麼也想不起。對他來說，就好像這所有的形象都是夢見的，經常且深沈的夢，但也只是個夢而已。

他的目光停在面前書桌上的藍色花瓶。裡面是空的，幾年以來過生日時它是第一次空著。他嚇了一跳，就好像突然有一扇門無形地打開，一陣過堂風從另一個世界吹到他的房間，他感覺到死亡以及永不死去的愛情：心中有什麼東西正開啓，他想著一個無實體的、熱情的隱形者，就像遠方飄來的音樂震撼著他的心靈。

四、文本提問

1. 女主角幾歲時愛上男主角？
2. 女主角愛上男主角之後，做了哪些改變？
3. 男主角有著怎樣的雙面人形象？
4. 女主角會在男主角生日時送上甚麼？為何要送這個物品？

5. 女主角即使已經懷孕生子，還是不願意找男主角告白，原因為何？
6. 請分析男、女主角對愛情的態度。

五、文本賞析

〈一封陌生女子的來信〉以作家阿爾生日當天收到一封陌生女子的長信展開故事。十三歲的女子對新搬來的鄰居阿爾一見鍾情，自此展開窺探暗戀的生活。不久因母親改嫁被迫搬離維也納，待成年後，女子再回維也納並製造與阿爾相識的契機，兩人共度三個日夜後，阿爾出差並忘卻這段風流韻事，而女子懷孕並於救濟院生下一男孩。女子視男孩爲阿爾的「再生」、「翻版」，傾盡全力甚至出賣肉體只爲供給男孩上等的物質生活，同時拒絕愛慕者求婚，欲以自由之身等待阿爾憶起自己。女子與阿爾住同一城市，生活圈也小有重疊，女子不相認不提舊事，一心只等阿爾認出自己。直到兒子病故，女子心力耗竭臨終前寫下長信揭示一切，首次告白也是最後的訣別。

小說名爲「一封陌生女子的來信」，不僅篇名引起讀者「信件內容爲何」的好奇，信件伊始垂死女子即訴說著「要讓你知道我的一生，它總是屬於你的，而你卻從不知情」，也引發讀者疑竇：一位爲愛而活而死，另一位卻從不認識？這該是怎樣的一段畸戀？最終，讀完故事更爲其中的愛情所震撼並引發對相關議題的深思。

1. 小說中兩個人物呈現出兩種愛情態度。男主角是學識淵博的知識份子，同時也是浪蕩情場的花花公子，對他而言，愛情只是「性」的華美包裝，此包裝選擇繁多可更替丟棄；而女主角則是愛情至上，尊嚴可捨生命可棄，臣服成愛情的奴隸。阿爾對愛的輕挑抹煞了愛的聖潔，而女子對愛的偏執熾烈卻也讓人如身負背後靈般的窒息恐懼。這兩種愛情態度進而引人思考：愛情該是兩廂情願的愛欲樂園？或是一人即可獨舞的劇場？愛情是否涵蓋著道德與責任？身懷生育特質的女性，是否可以因愛之故蓄謀地、祕密地孕育他人的血脈？

2. 擅長人物心理刻劃的褚威格，以書信體第一人稱讓女子暢所欲言表達狂烈愛意，獨白敘事使女子擁有了全然的話語權，爲愛而活、對男子的崇拜奉獻看似純粹出於自我意識。然而，若將作者的話語權及其男性身分一併考量，如此爲愛痴狂的女子，除了是對女性的「物化」，是否也反映了男性對愛情的渴望與自戀？（文／洪英雪）

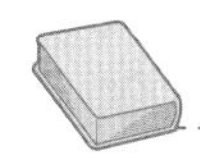

六、文章結構

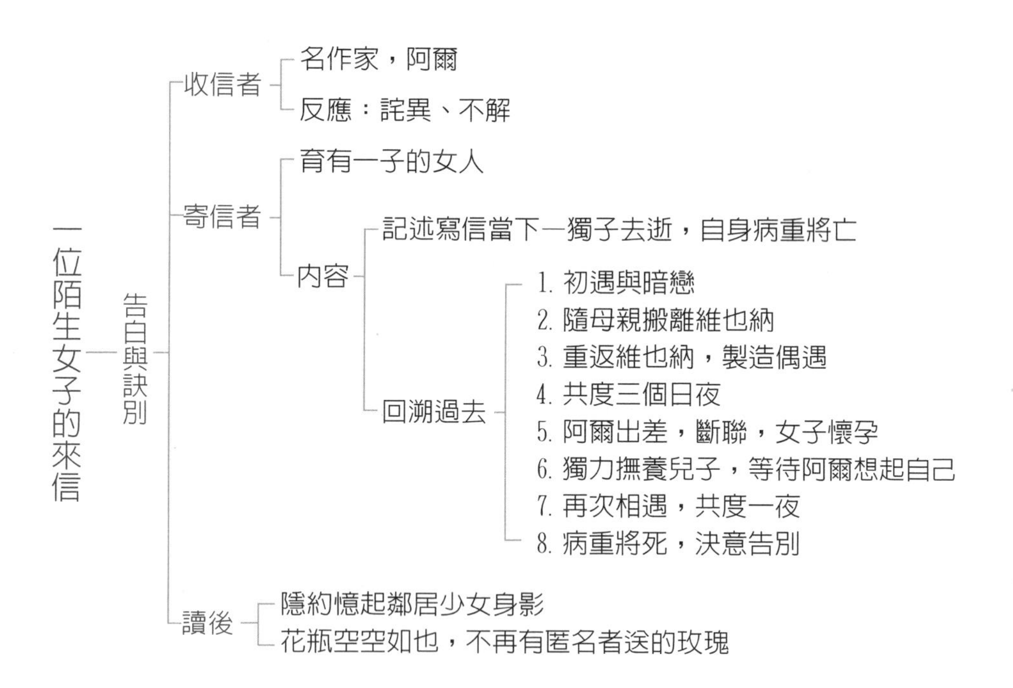

請沿虛線剪下

七、文以感思、學以致用——教學活動設計

單元／	文本／褚威格〈一封陌生女子的來信〉節選
組別： 姓名：	系級： 日期：

說明

1. 張愛玲小說〈第一爐香〉有一句話：「我愛你，關你什麼事，千怪萬怪，也怪不到你身上去。」盧梭則說：「愛情是排他的，是希圖對方偏愛自己的。……愛情是向對方提出了多少要求，而自己也給予對方多少東西，它本身是一種充滿了公平之心的情感。」你認為愛情是一個人的事，還是必須「確認過眼神」的雙方認可？在愛情當中，你會要求同等付出的公平性嗎？
2. 莎士比亞戲劇中有句臺詞：「愛情裡面要是摻雜了和它本身無關的算計，那就不是真的愛情。」請談談你的觀點。
3. 男性與女性對愛情常有不同的理解與認知，甚至產生誤會。你覺得男、女愛情觀裡最大的不同有哪些？
4. 請分享感動過你的有關愛情主題的歌曲，並舉歌詞分析其愛情觀。

書寫內容

請沿虛線剪下

延伸閱讀

1. 張岱：〈王月生〉、〈朱楚生〉，收錄於《陶庵夢憶》（紫禁城，2011年）。
2. 吳琦：《柳如是》（電影），2010年，https://www.youtube.com/watch?v=lprhOD1ksp8https://www.youtube.com/watch?v=lprhOD1ksp8。
3. 程小東：《倩女幽魂》、《倩女幽魂2之人間道》（電影），1987年、1990年。
4. 蜷川實花：《惡女花魁》（電影），2007年。
5. 陳嘉上：《畫皮》（電影），2008年。
6. 韓國JTBC：《愛上變身情人》（電視劇），2018年。
7. 史蒂芬・褚威格著，張莉莉譯：《一封陌生女子的來信》（遊目族，2016年）。
8. 張愛玲：《第一爐香：張愛玲短篇小說集之二》（皇冠，1991年）。
9. 張曼娟：〈十二道愛的練習題〉，見康健雜誌網站（commonhealth.com.tw）。
10. 徐靜蕾：《一個陌生女人的來信》（電影），（2004年）。
11. 許鞍華：《第一爐香》（Love After Love）（電影），2021年。

六 文化批判

千人之諾諾，不如一士之諤諤

單元導讀

我們置身文化之中、受其影響，卻總是忽略它的存在；我們是文化的創造者，卻往往沒有意識到渺小個人的潛在作用。文化，似乎只有在與其他差異者對比時才會凸顯而出。而知識份子的見識思考與自我期許，或受文化薰陶而內化為核心價值，或者能夠跳脫文化限圈，指出其不合時、不合理之處。

本單元所選可視為兩造極端，辛棄疾以「抗金復宋」作為人生目標，而秉持民族大義、鞏固國家至上的價值觀。〈狂人日記〉則是中國面臨新舊時代交接時，魯迅對中國傳統文化的檢討批判，疾呼莫受惡傳統挾制而扼殺人性。

稼軒詞選

辛棄疾

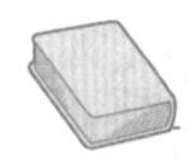

一、生活連結

1. 「少年不識愁滋味，愛上層樓。愛上層樓。為賦新詞強說愁。而今識盡愁滋味，欲說還休。欲說還休。卻道天涼好個秋。」這闋詞的作者是誰？你的閱讀感受如何？為什麼？
2. 從小到大，你曾堅持過什麼事？堅持的原因是什麼？
3. 生活中總有義憤不平想開口罵人的時候，罵人可以怎麼罵？請舉生活中的例子分享之。

二、寫作背景

辛棄疾（西元1140年～1207年），自號稼軒居士，歷城（今山東濟南）人；出生時，歷城已陷於金，祖父辛贊以「棄疾」命名之，期以先棄自身之疾，後去朝廷之病，許以恢復中原之志，一如西漢「驃騎將軍」霍去病。

辛棄疾資兼文武，慷慨有大略，年二十即率義軍抗金，在北方屢有戰績，後攜數千人渡江歸宋。平盜、賑災、整頓鹽政農政，皆著有成效，積極務實、利國便民。又平生志切國讎，以氣節自負、以功業自許、持論勁道、不爲迎合，頗爲當權者所忌。生命臨終，亦在大呼：「殺敵！」數聲後而卒，何其壯哉！

辛棄疾雖有吞吐八荒之概，但機會不來，復受讒謗、彈劾、落職，而強半閒廢，不爲時用，未盡其才。故退而將一腔忠憤之氣寄託於詞作，悲壯激烈，別立一宗，以豪放雄奇名家。

辛棄疾終其一生壯志難酬，故其詞極爲豪雄，其意極爲悲鬱。本單元所選三闋辛詞，抒發了「英雄無用武之地」之愁憤，同時基於對國族立場堅持，故對昏暗朝廷、主和／主降派表達了強烈的不滿與批判。

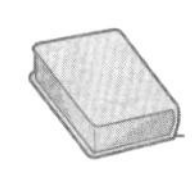

三、文本閱讀

(一)〈西江月・遣興〉

醉裡且貪歡笑，要愁那得工夫。近來始覺古人書。信著全無是處[1]。　昨夜松邊醉倒，問松我醉何如。只疑松動要來扶。以手推松曰：「去」。

(二)〈青玉案・元夕[2]〉

東風夜放花千樹[3]。更吹落、星如雨[4]。寶馬雕車香滿路。鳳簫[5]聲動，玉壺[6]光轉，一夜魚龍[7]舞。　蛾兒雪柳黃

---

[1] 信著全無是處：著，通「着」；此句化用自《孟子・盡心下》：「盡信書，則不如無書。」

[2] 元夕：元宵節的晚上。

[3] 花千樹：形容燈火之多，猶如千樹花開。

[4] 星如雨：星，比喻燈火；如雨，形容燈火流動之狀。

[5] 鳳簫：簫之美稱也。據《列仙傳》之載，弄玉嘗吹簫引鳳。或曰鳳簫即為排簫，蓋竹管排列參差有如鳳之翼，故得名。

[6] 玉壺：有二說。一說玉壺指「月」，如唐・朱華〈海上生明月〉：「影開金鏡滿，輪抱玉壺清。」一說玉壺為「燈」之美稱，此據南宋・周密《武林舊事》：「燈之品極多……福州所進，則純用白玉，晃耀奪目，如清冰玉壺，爽徹心目。」

[7] 魚龍：魚、龍為花燈之造型，即魚形、龍形的燈。北宋・夏竦〈奉和御製上元

金縷[8]。笑語盈盈暗香[9]去。眾裡尋他千百度。驀然[10]回首，那人卻在，燈火闌珊[11]處。

㈢〈摸魚兒〉

淳熙己亥[12]，自湖北漕移湖南[13]，同官王正之[14]置酒[15]小山亭[16]，爲賦。

更能消、幾番風雨[17]。匆匆春又歸去。惜春長恨花開早，何況落紅無數。春且住。見說道、天涯芳草迷歸路[18]。怨春不語。算只有殷勤，畫檐[19]蛛網，盡日惹飛絮。長門事，準擬佳期又誤。蛾眉[20]曾有人妒。千金縱買相如

觀燈〉：「魚龍漫衍六街呈，金鎖通霄啓玉京。」

8 蛾兒、雪柳、黃金縷：乃古代婦女於元宵節時頭上佩戴的各種裝飾品。借指盛裝的婦女。

9 暗香：幽幽的香氣。

10 驀然：忽然。

11 闌珊：衰殘、零落。

12 淳熙乙亥：即南宋孝宗淳熙六年（西元1179年），辛棄疾時年四十。

13 自湖北漕移湖南：漕，代指漕司，即宋代之轉運使，漕移，指辛棄疾以湖北轉運副使的官職調任湖南。

14 同官王正之：同官，同僚；王正之，名正己，為人重氣節、工詩文，知名於當世；與辛棄疾同任湖北轉運副使。

15 置酒：擺置酒席。

16 小山亭：即東漕衙之乖崖堂，位於湖北轉運司之衙門内。

17 更能消、幾番風雨：消，禁也，消受、經得起。此句暗指南宋國勢之危急。

18 見說道、天涯芳草迷歸路：見說道，聽說。此句意為：聽說芳草一直長到天邊，把你／春天的歸路都給遮住了。

19 檐：同「簷」。

20 蛾眉：屈原〈離騷〉：「眾女妒予之峨眉兮，謠諑謂予以善淫。」峨眉，本為佳人之代詞，辛棄疾借以自喻也。

賦，脈脈此情誰訴[21]。君莫舞[22]。君不見、玉環飛燕[23]皆塵土。閒愁最苦。休去倚危欄，斜陽正在，煙柳斷腸處。

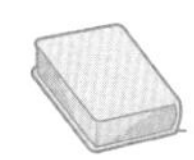

四、文本提問

(一)〈西江月・遣興〉

1. 辛棄疾為何要喝酒？
2. 從哪個句子可見辛棄疾對自我生命產生質疑？
3. 詞中提到哪一種植物？
4. 從哪個句子可見辛棄疾的狂傲不羈？

(二)〈青玉案・元夕〉

1. 辛棄疾以哪些語詞借指花燈？
2. 辛棄疾運用了哪些「動詞」寫活了熱鬧的燈會場景？
3. 此詞出現了哪些人？請把相關語詞圈出。
4. 辛棄疾筆下的「他／那人」形象鮮明，具備哪些特質？
5. 辛棄疾筆下的「他／那人」象徵意味濃、指涉性高，可能為誰？

---

[21] 長門事……脈脈此情誰訴：化典之句；長門，宮名；長門事，指漢武帝陳皇后（陳阿嬌）失寵之事。陳皇后失寵後，退居長門宮，愁悶悲思，聞司馬相如工文，奉黃金百斤為相如、（卓）文君取酒，相如作〈長門賦〉以悟主上，陳皇后復得寵幸。據西漢・司馬相如〈長門賦序〉：「孝武皇帝陳皇后時得幸，頗妒，別在長門宮，愁悶悲思。聞蜀郡成都司馬相如天下工為文，奉黃金百斤為相如、文君取酒，因於解悲秋之辭，而相如為文以悟主上，陳皇后復得親幸。」

[22] 舞：得意忘形。

[23] 玉環飛燕：玉環，即楊玉環，唐玄宗之妃，世稱楊貴妃；安祿山、史思明以討伐楊國忠、楊玉環兄妹為名，起事，而貴妃被玄宗賜死於馬嵬坡。飛燕，即趙飛燕，西漢成帝之后，後被廢為庶人而自殺。玉環、飛燕，皆以善妒出名；用以泛指善妒而排擠他人者。蘇軾〈孫莘老求墨妙亭〉：「短長肥瘦各有態，玉環飛燕誰敢憎？」

㈢〈摸魚兒〉

1. 詞中所寫「季節」為何？
2. 詞中寫到了哪種昆蟲？牠作了什麼事？
3. 「春」若作為受詞，則辛棄疾使用了哪些動詞？
4. 詞中提到了哪些人物？
5. 辛棄疾以哪些語詞自況？
6. 詞中所描繪、令辛棄疾「斷腸」的畫面為何？

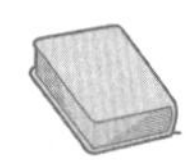

五、文本賞析

㈠〈西江月・遣興〉

辛棄疾此詞寫醉後感懷，充滿慨歎，亦樹立自己毫不妥協的狂態。

何以慨歎？辛棄疾受教、遵循於古人「修身、齊家、治國、平天下」之訓勉，以建功立業、匡時濟世爲人生之大志，一路成長不曾有疑；又豈料最後竟在政治場上受到打壓排擠，然而即使投閒置散，辛棄疾仍能堅持抗戰立場，不屈服於當權派／主和派的勢力，惟恐不免有「儒術於我何有哉」之慨歎了。

由慨而歎而愁，藉助於酒是必然之舉，蓋醉後方有虛幻的、逃離現實的歡愉可貪婪，然辛棄疾即使醉倒，亦堅持靠自己站立，而此一昏形醉態，何嘗不是對現實的一種反抗？眞正昏醉的或許不是辛棄疾，而是當時南宋朝廷中紙醉金迷的當權者。

㈡〈青玉案・元夕〉

辛棄疾此詞聚焦於元宵燈會之場景，並以對比手法凸顯了不同流俗、不隨波逐流的人物形象，同時訴說了孤芳自賞的幽獨情懷。

就「景」而言，上片以高懸於夜空的月亮、低掛於人間的花燈相互輝映，由此目不暇給的燦爛，加之以「鳳簫聲動」，繁華、熱鬧，極盡耳目之娛，由此與下片「燈火闌珊」的寥寥四字形成強烈反差。

就「人」而言，上片以「寶馬雕車香滿路」帶出富貴身家之氣象，串連到下片的「蛾兒、雪柳、黃金縷」，愈顯雍容華麗，加以「笑語（聽覺）、盈盈（視覺）、暗香（嗅覺）」，則如此出遊賞燈之婦人，能不引人目光？能不令人頻頻回顧？然而，同一個燈會現場之中，卻同時有個「他」選擇立於「燈火闌珊」之處，而有別於一般，對比分明。

梁啓超曾說此詞：「自憐幽獨，傷心人別有懷抱。」若說此傷心人所指乃辛棄疾本人，那麼對應到現實處境，其搭乘「寶馬雕車」、髮戴「蛾兒、雪柳、黃金縷」、「笑語盈盈」、沿途留香的諸人，即朝廷中的當權派／主和者，而所謂「那人」，則可視爲南宋當時寥寥無幾的主戰派，甚或辛棄疾之自況。

㈢〈摸魚兒〉

辛棄疾此詞透過「情景」交融的手法，書寫個人不滿於朝廷局勢與不甘於政治際遇的怨憤。

景者，用以指代朝廷局勢。上片的「春」字用以表政治上的大好局勢，又藉春殘之景，寫此一美好局勢正在逐漸消失殆盡，從而帶出個人從「惜春」到「留春」再到「怨春」的心理變化。此間，復以殷勤結網的蜘蛛自勉，雖力小勢薄，卻能奮力不懈，望爲這片天地盡其可能地留住春光。

然而，面對大好局勢終究是留不住的事實，辛棄疾雖滿懷抱負，卻毫無用處。因遭讒而屢被朝廷棄用的辛棄疾，無異於失寵於漢武帝之陳皇后。然而被幽禁於長門宮的的陳皇后畢竟還能請司馬相如作賦，盼能感悟漢武帝，而自己縱有滿腹衷心、一腔熱血，誰又肯見？故當他念及此中緣由，情緒便由「怨」進而轉「憤」，視毀謗、排擠自己者爲小人，並痛斥之，同時指斥謗己的小人可別得意忘形。

對辛棄疾而言，投閒置散是自己作爲無用之人的表徵，是最苦的事；而最令他不忍卒見的景，則是垂掛於煙柳之上的斜陽，即日薄西山的國勢也。

綜觀之，辛棄疾在當權者／主和派的排擠之下，直至歿世，終其一生壯志未酬，其詞作亦成了控訴侵略者、反抗主和派以及情緒照拂的出口，不僅劃清人我界線，亦形塑了鮮明的自我生命圖像。一言以蔽之，辛棄疾所關心者，乃國之運勢；其所批判者，蓋蔑視國族大義者；而其之憑藉，乃經教育過程內化的價值理念。（文／洪然升）

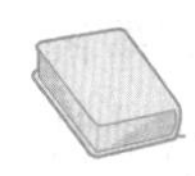

六、文章結構

(一)〈西江月・遣懷〉

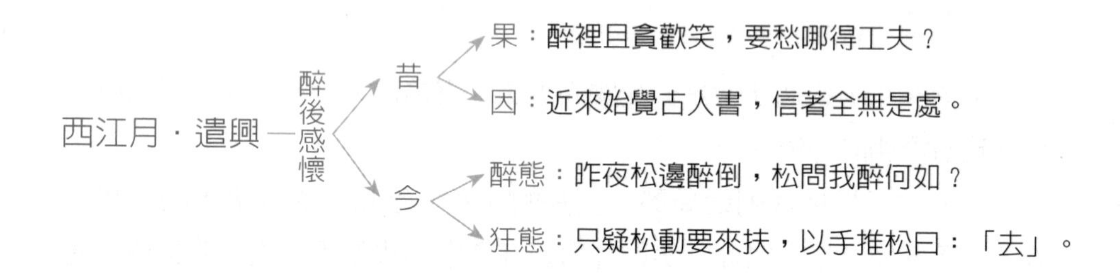

㈡〈青玉案・元夕〉

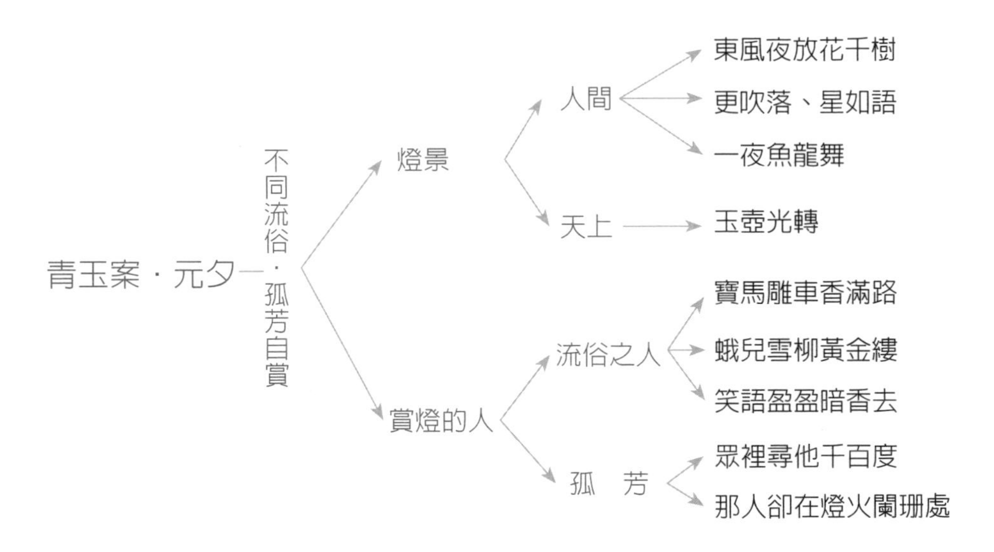
青玉案・元夕
不同流俗・孤芳自賞
燈景
人間
東風夜放花千樹
更吹落、星如語
一夜魚龍舞
天上
玉壺光轉
賞燈的人
流俗之人
寶馬雕車香滿路
蛾兒雪柳黃金縷
笑語盈盈暗香去
孤　芳
眾裡尋他千百度
那人卻在燈火闌珊處

㈢〈摸魚兒〉

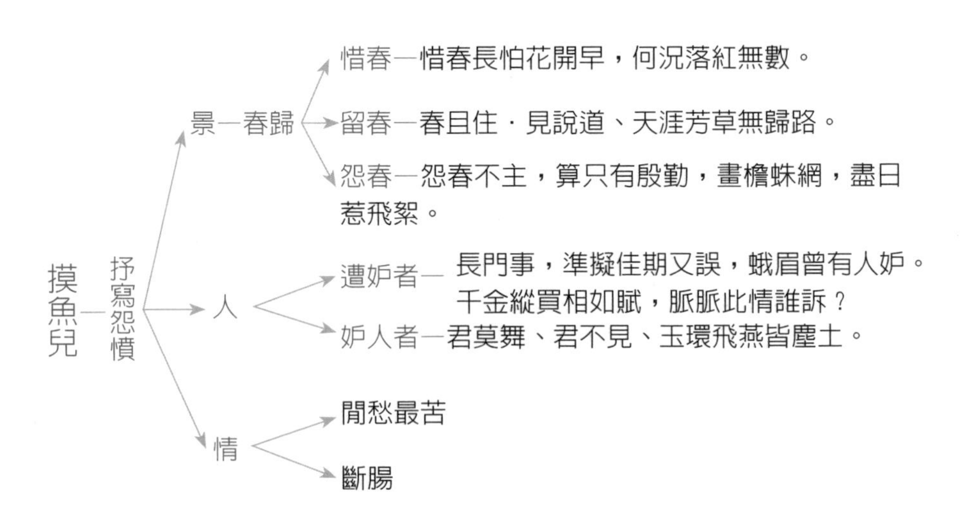
摸魚兒
抒寫怨憤
景—春歸
惜春—惜春長怕花開早，何況落紅無數。
留春—春且住．見說道、天涯芳草無歸路。
怨春—怨春不主，算只有殷勤，畫檐蛛網，盡日
惹飛絮。
人
遭妒者—長門事，準擬佳期又誤，蛾眉曾有人妒。
千金縱買相如賦，脈脈此情誰訴？
妒人者—君莫舞、君不見、玉環飛燕皆塵土。
情
閒愁最苦
斷腸

請沿虛線剪下

七、文以感思、學以致用——教學活動設計

【資料檢索】		
單元／		文本／稼軒詞選
組別： 姓名：	系級：	日期：
說明： 1. 文人似乎都慣於說愁，請透過資料查詢，任舉五位文人及其代表作品，並標明他們所抒發的「愁」的實際內容。		
姓名	作品	所抒發的「愁」的實際內容
例：辛棄疾	〈摸魚兒〉	閒愁——英雄無用武之地之愁
1.		
2.		
3.		
4.		
5.		

請沿虛線剪下

【生命書寫】

單元／		文本／稼軒詞選	
組別：	姓名：	系級：	日期：

說明

辛棄疾是個獨排眾議、堅持立場的人，你是否有過同樣的經驗？你當時為何、如何堅持立場的？請以「堅持與妥協」為題，書寫此一生命故事。（300字）

書寫內容

〈狂人日記〉

魯迅

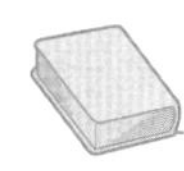

一、生活連結

1. 你覺得當今社會仍存有哪些不合時宜、有違人性的道德教條或文化風俗？
2. 你讀過魯迅的哪些文章？
3. 你覺得知識份子是否該有哪些社會責任？

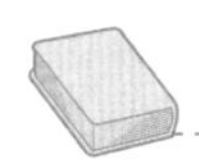

二、寫作背景

魯迅（西元1881年～1936 年），浙江紹興人。本名周樟壽，後改名周樹人。其祖父周介孚因科場案入獄導致家道中落，由此看盡世態炎涼。1902年考取官費留學，赴日習醫。在學期間，受「日俄戰爭教育」影片刺激而棄醫學文，冀以文藝改變國民精神。返國後投入文化改革運動，以文爲刃，以筆代戈，有「民族魂」之譽。

魯迅思想受赫胥黎《天演論》、尼采超人哲學等影響，其〈自嘲〉詩中「橫眉冷對千夫指，俯首甘爲孺子牛」兩句，可看出魯迅愛憎分明、孤高不屈的性格。筆鋒犀利冷峻，曾塑造「阿Q」形象以及以「鐵屋子」爲喻直斥民族、社會病態、推動白話文，對中國新文學運動貢獻極大。著有小說《吶喊》、《徬徨》，散文《野草》、《朝花夕拾》，古典小說評述以及翻譯作品等等。被譽爲中國現代文學之父。

〈狂人日記〉一文對傳統社會、吃人禮教的強烈批判，可說是魯迅以文藝改變國民精神的具體實踐。

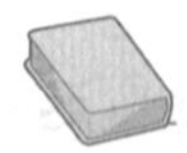

三、文本閱讀

〈狂人日記〉

某君昆仲，今隱其名，皆余昔日在中學校時良友；分隔多年，消息漸闕。日前偶聞其一大病；適歸故鄉，迂道往訪，則僅晤一人，言病者其弟也。勞君遠道來視，然已早愈，赴某地候補[1]矣。因大笑，出示日記二冊，謂可見當日病狀，不妨獻諸舊友。持歸閱一過，知所患蓋「迫害狂」之類。語頗錯雜無倫次，又多荒唐之言；亦不著月日，惟墨色字體不一，知非一時所書。間亦有略具聯絡者，今撮錄一篇，以供醫家研究。記中語誤，一字不易；惟人名雖皆村人，不爲世間所知，無關大體，然亦悉易去。至於書名，則本人愈後所題，不復改也。七年四月二日識。

一

今天晚上，很好的月光。

我不見他，已是三十多年；今天見了，精神分外爽

[1] 候補：清代官制之一。先通過科舉或捐納等途徑取得官銜，在未有實際職缺的狀況之下，先分發到某地等候委任。

快。才知道以前的三十多年，全是發昏；然而須十分小心。不然，那趙家的狗，何以看我兩眼呢？

我怕得有理。

二

今天全沒月光，我知道不妙。早上小心出門，趙貴翁的眼色便怪：似乎怕我，似乎想害我。還有七八個人，交頭接耳的議論我，張著嘴，對我笑了一笑；我便從頭直冷到腳根，曉得他們佈置，都已妥當了。

我可不怕，仍舊走我的路。前面一夥小孩子，也在那裡議論我；眼色也同趙貴翁一樣，臉色也鐵青。我想我同小孩子有什麼仇，他也這樣。忍不住大聲說，「你告訴我！」他們可就跑了。

我想：我同趙貴翁有什麼仇，同路上的人又有什麼仇；只有廿年以前，把古久先生的陳年流水簿子[2]，踹了一腳，古久先生很不高興。趙貴翁雖然不認識他，一定也聽到風聲，代抱不平；約定路上的人，同我作冤對。但是小孩子呢？那時候，他們還沒有出世，何以今天也睜著怪眼睛，似乎怕我，似乎想害我。這眞教我怕，教我納罕而且傷心。

我明白了。這是他們娘老子教的！

---

[2] 陳年流水簿子：泛指封建社會的長久歷史或者傳統規範。

三

晚上總是睡不著。凡事須得研究，才會明白。

他們——也有給知縣打枷過的，也有給紳士掌過嘴的，也有衙役占了他妻子的，也有老子娘被債主逼死的；他們那時候的臉色，全沒有昨天這麼怕，也沒有這麼凶。

最奇怪的是昨天街上的那個女人，打他兒子，嘴裡說道，「老子呀！我要咬你幾口才出氣！」他眼睛卻看著我。我出了一驚，遮掩不住；那青面獠牙的一夥人，便都哄笑起來。陳老五趕上前，硬把我拖回家中了。

拖我回家，家裡的人都裝作不認識我；他們的臉色，也全同別人一樣。進了書房，便反扣上門，宛然是關了一隻雞鴨。這一件事，越教我猜不出底細。

前幾天，狼子村的佃戶來告荒，對我大哥說，他們村裡的一個大惡人，給大家打死了；幾個人便挖出他的心肝來，用油煎炒了喫，可以壯壯膽子。我插了一句嘴，佃戶和大哥便都看我幾眼。今天才曉得他們的眼光，全同外面的那夥人一模一樣。

想起來，我從頂上直冷到腳跟。

他們會喫人，就未必不會喫我。

你看那女人「咬你幾口」的話，和一夥青面獠牙人的笑，和前天佃戶的話，明明是暗號。我看出他話中全是毒，笑中全是刀。他們的牙齒，全是白厲厲的排著，這就是喫人的傢伙。

照我自己想，雖然不是惡人，自從踹了古家的簿子，可就難說了。他們似乎別有心思，我全猜不出。況且他們一翻臉，便說人是惡人。我還記得大哥教我做論，無論怎樣好人，翻他幾句，他便打上幾個圈；原諒壞人幾句，他便說「翻天妙手，與眾不同」。我那裡猜得到他們的心思，究竟怎樣；況且是要喫的時候。

凡事總須研究，才會明白。古來時常喫人，我也還記得，可是不甚清楚。我翻開歷史一查，這歷史沒有年代，歪歪斜斜的每頁上都寫著「仁義道德」幾個字。我橫豎睡不著，仔細看了半夜，才從字縫裡看出字來，滿本都寫著兩個字是「喫人」！

書上寫著這許多字，佃戶說了這許多話，卻都笑吟吟的睜著怪眼看我。

我也是人，他們想要喫我了！

四

早上，我靜坐了一會兒。陳老五送進飯來，一碗菜，一碗蒸魚；這魚的眼睛，白而且硬，張著嘴，同那一夥想喫人的人一樣。喫了幾筷，滑溜溜的不知是魚是人，便把他兜肚連腸的吐出。

我說「老五，對大哥說，我悶得慌，想到園裡走走。」老五不答應，走了；停一會，可就來開了門。

我也不動，研究他們如何擺佈我；知道他們一定不肯放鬆。果然！我大哥引了一個老頭子，慢慢走來；他滿眼凶光，怕我看出，只是低頭向著地，從眼鏡橫邊暗暗看我。大哥說，「今天你彷彿很好。」我說「是的。」大哥說，「今天請何先生來，給你診一診。」我說「可以！」其實我豈不知道這老頭子是劊子手扮的！無非借了看脈這名目，揣一揣肥瘠：因這功勞，也分一片肉喫。我也不怕；雖然不喫人，膽子卻比他們還壯。伸出兩個拳頭，看他如何下手。老頭子坐著，閉了眼睛，摸了好一會，呆了好一會；便張開他鬼眼睛說，「不要亂想。靜靜的養幾天，就好了。」

不要亂想，靜靜的養！養肥了，他們是自然可以多喫；我有什麼好處，怎麼會「好了」？他們這群人，又想喫人，又是鬼鬼祟祟，想法子遮掩，不敢直截下手，眞要令我笑死。我忍不住，便放聲大笑起來，十分快活。自己曉得這笑聲裡面，有的是義勇和正氣。老頭子和大哥，都失了色，被我這勇氣正氣鎮壓住了。

但是我有勇氣，他們便越想吃我，沾光一點這勇氣。老頭子跨出門，走不多遠，便低聲對大哥說道，「趕緊喫罷！」大哥點點頭。原來也有你！這一件大發見，雖似意外，也在意中：合夥喫我的人，便是我的哥哥！

喫人的是我哥哥！

我是喫人的人的兄弟！

我自己被人喫了，可仍然是喫人的人的兄弟！

五

這幾天是退一步想：假使那老頭子不是劊子手扮的，眞是醫生，也仍然是喫人的人。他們的祖師李時珍做的

「本草什麼」[3]上，明明寫著人肉可以煎喫；他還能說自己不吃人麼？

至於我家大哥，也毫不冤枉他。他對我講書的時候，親口說過可以「易子而食」[4]；又一回偶然議論起一個不好的人，他便說不但該殺，還當「食肉寢皮」[5]。我那時年紀還小，心跳了好半天。前天狼子村佃戶來說喫心肝的事，他也毫不奇怪，不住的點頭。可見心思是同從前一樣狠。既然可以「易子而食」，便什麼都易得，什麼人都喫得。我從前單聽他講道理，也糊塗過去；現在曉得他講道理的時候，不但唇邊還抹著人油，而且心裡滿裝著喫人的意思。

六

黑漆漆的，不知是日是夜。趙家的狗又叫起來了。

獅子似的凶心，兔子的怯弱，狐狸的狡猾，……

七

我曉得他們的方法，直捷殺了，是不肯的，而且也不敢，怕有禍祟。所以他們大家連絡，佈滿了羅網，逼我

---

3 本草什麼：《本草綱目》，明代李時珍（1518～1593）名著。

4 易子而食：典出《左傳．宣公十五年》：「敝邑易子而食，析骸以爨。」宣公十五年，楚國久圍宋國，造成宋國城內糧盡，百姓交換子女炊食的慘況。

5 食肉寢皮：形容對敵人的深痛惡絕。典出《左傳．襄公二十一年》，晉國州綽對齊莊公說的話：「然二子（殖綽、郭最）者，譬於禽獸，臣食其肉而寢處其皮矣。」

自戕。試看前幾天街上男女的樣子，和這幾天我大哥的作爲，便足可悟出八九分了。最好是解下腰帶，掛在梁上，自己緊緊勒死；他們沒有殺人的罪名，又償了心願，自然都歡天喜地的發出一種嗚嗚咽咽的笑聲。否則驚嚇憂愁死了，雖則略瘦，也還可以首肯幾下。

他們是只會喫死肉的！——記得什麼書上說，有一種東西，叫「海乙那」[6]的，眼光和樣子都很難看；時常喫死肉，連極大的骨頭，都細細嚼爛，咽下肚子去，想起來也教人害怕。「海乙那」是狼的親眷，狼是狗的本家。前天趙家的狗，看我幾眼，可見他也同謀，早已接洽。老頭子眼看著地，豈能瞞得我過。

最可憐的是我的大哥，他也是人，何以毫不害怕；而且合夥喫我呢？還是歷來慣了，不以爲非呢？還是喪了良心，明知故犯呢？

我詛咒喫人的人，先從他起頭；要勸轉喫人的人，也先從他下手。

八

其實這種道理，到了現在，他們也該早已懂得，……

忽然來了一個人；年紀不過二十左右，相貌是不很看得清楚，滿面笑容，對了我點頭，他的笑也不像眞笑。我便問他，「喫人的事，對麼？」他仍然笑著說，「不是荒年，怎麼會喫人。」我立刻就曉得，他也是一夥，喜歡喫

---

6 海乙那：英語hyena音譯，即鬣狗，又稱土狼。

人的；便自勇氣百倍，偏要問他。

「對麼？」

「這等事問他什麼。你眞會……說笑話。……今天天氣很好。」

天氣是好，月色也很亮了。可是我要問你，「對麼？」

他不以爲然了。含含糊胡的答道，「不……」

「不對？他們何以竟喫？！」

「沒有的事……」

「沒有的事？狼子村現喫；還有書上都寫著，通紅斬新！」

他便變了臉，鐵一般青。睜著眼說，「也許有的，這是從來如此……」

「從來如此，便對麼？」

「我不同你講這些道理；總之你不該說，你說便是你錯！」

我直跳起來，張開眼，這人便不見了。全身出了一大片汗。他的年紀，比我大哥小得遠，居然也是一夥；這一定是他娘老子先教的。還怕已經教給他兒子了；所以連小孩子，也都惡狠狠的看我。

九

自己想喫人，又怕被別人喫了，都用著疑心極深的眼光，面面相覷。……

去了這心思，放心做事走路喫飯睡覺，何等舒服。這只是一條門檻，一個關頭。他們可是父子兄弟夫婦朋友師生仇敵和各不相識的人，都結成一夥，互相勸勉，互相牽掣，死也不肯跨過這一步。

十

大清早，去尋我大哥；他立在堂門外看天，我便走到他背後，攔住門，格外沉靜，格外和氣的對他說，

「大哥，我有話告訴你。」

「你說就是，」他趕緊回過臉來，點點頭。

「我只有幾句話，可是說不出來。大哥，大約當初野蠻的人，都喫過一點人。後來因爲心思不同，有的不喫人了，一味要好，便變了人，變了眞的人。有的卻還喫，——也同蟲子一樣，有的變了魚鳥猴子，一直變到人。有的不要好，至今還是蟲子。這喫人的人比不喫人的人，何等慚愧。怕比蟲子的慚愧猴子，還差得很遠很遠。

「易牙[7]蒸了他兒子，給桀紂喫，還是一直從前的事。誰曉得從盤古開闢天地以後，一直喫到易牙的兒子；從易牙的兒子，一直喫到徐錫林[8]；從徐錫林，又一直喫

---

7 易牙：春秋齊人，善烹調辨味。據《管子》記載：易牙蒸食親兒獻予齊桓公品嚐。夏桀、商紂與易牙時代有別。魯迅此言「易牙蒸了他兒子，給桀紂吃」，應該是要呈現狂人「語頗錯雜無倫次」、「荒唐之言」的狀態。

8 徐錫林：指徐錫麟（西元1873年～1907年），清末革命家，與魯迅同為浙江紹興人。1904年加入光復會。1907年，發動安慶起義刺殺安徽巡撫恩銘，激戰數小時，彈盡無援，以失敗告終。被捕後，先遭挖心（有一說挖心肝用以炒菜煮食）再斬首。魯迅此言「徐錫林」，同樣是刻意呈現狂人「語頗錯雜無倫次」、「荒唐之言」的狀態。

到狼子村捉住的人。去年城裡殺了犯人，還有一個生癆病的人，用饅頭蘸血舐。

「他們要喫我，你一個人，原也無法可想；然而又何必去入夥。喫人的人，什麼事做不出；他們會喫我，也會喫你，一夥裡面，也會自喫。但只要轉一步，只要立刻改了，也就是人人太平。雖然從來如此，我們今天也可以格外要好，說是不能！大哥，我相信你能說，前天佃户要減租，你說過不能。」

當初，他還只是冷笑，隨後眼光便兇狠起來，一到說破他們的隱情，那就滿臉都變成青色了。大門外立著一夥人，趙貴翁和他的狗，也在裡面，都探頭探腦的挨進來。有的是看不出面貌，似乎用布蒙著；有的是仍舊青面獠牙，抿著嘴笑。我認識他們是一夥，都是喫人的人。可是也曉得他們心思很不一樣，一種是以爲從來如此，應該喫的；一種是知道不該喫，

可是仍然要喫，又怕別人說破他，所以聽了我的話，越發氣憤不過，可是抿著嘴冷笑。

這時候，大哥也忽然顯出凶相，高聲喝道，

「都出去！瘋子有什麼好看！」

這時候，我又懂得一件他們的巧妙了。他們豈但不肯改，而且早已佈置；預備下一個瘋子的名目罩上我。將來喫了，不但太平無事，怕還會有人見情。佃户說的大家喫了一個惡人，正是這方法。這是他們的老譜！

陳老五也氣憤憤的直走進來。如何按得住我的口，我偏要對這夥人說，

你們可以改了，從眞心改起！要曉得將來容不得喫人的人，活在世上。

「你們要不改，自己也會喫盡。即使生得多，也會給眞的人除滅了，同獵人打完狼子一樣！——同蟲子一樣！」

那一夥人，都被陳老五趕走了。大哥也不知那裡去了。陳老五勸我回屋子裡去。屋裡面全是黑沉沉的。橫樑和椽子都在頭上發抖；抖了一會，就大起來，堆在我身上。

萬分沉重，動彈不得；他的意思是要我死。我曉得他的沉重是假的，便掙扎出來，出了一身汗。可是偏要說，

「你們立刻改了，從眞心改起！你們要曉得將來是容不得喫人的人，……」

十一

太陽也不出，門也不開，日日是兩頓飯。

我捏起筷子，便想起我大哥；曉得妹子死掉的緣故，也全在他。那時我妹子才五歲，可愛可憐的樣子，還在眼前。母親哭個不住，他卻勸母親不要哭；大約因爲自己喫了，哭起來不免有點過意不去。如果還能過意不去，……

妹子是被大哥喫了，母親知道沒有，我可不得而知。

母親想也知道；不過哭的時候，卻並沒有說明，大約也以爲應當的了。記得我四五歲時，坐在堂前乘涼，大哥說爺娘生病，做兒子的須割下一片肉來，煮熟了請他喫，

才算好人；[9]母親也沒有說不行。一片喫得，整個的自然也喫得。但是那天的哭法，現在想起來，實在還教人傷心，這眞是奇極的事！

十二

不能想了。

四千年來時時喫人的地方，今天才明白，我也在其中混了多年；大哥正管著家務，妹子恰恰死了，他未必不和在飯菜裡，暗暗給我們喫。

我未必無意之中，不喫了我妹子的幾片肉，現在也輪到我自己，……

有了四千年喫人履歷的我，當初雖然不知道，現在明白，難見眞的人！

十三

沒有喫過人的孩子，或者還有？

救救孩子……

一九一八年四月。

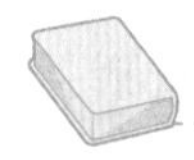

四、文本提問

1. 小說主角罹患的是甚麼病？請舉列其病狀。

[9] 古代曾有「割股療親」記載，即割取自己的肉煮湯或煎藥以侍奉父母。被譽為至孝行為。

2. 小說主角翻開歷史，發現每一書頁上寫著甚麼字？有何隱喻？
3. 文中提到哪些與「吃人肉」相關的古史記錄？
4. 「有了四千年喫人履歷的我」，這句話有何隱喻？
5. 「從來如此便對嗎？」這句話有何喻意？
6. 在小說主角眼中，「大哥」的行為與形象是怎樣的？
7. 小說主角最後結局如何？
8. 從哪一個情節可以發現，小說主角存有自我反省意識？

五、文本賞析

發表於1918年的〈狂人日記〉被定調爲中國第一篇白話小說，也被視爲五四文學革命的先聲。

本文就結構而言，可粗分爲序與日記正文兩大部分。「序」以文言寫成，使用倒敘法解說日記來源以及狂人現況——已痊癒，並轉赴他地候補官職。「正文」則是狂人的病中日記。正文白話部分文字樸拙，正呈現出文言過渡到白話文的痕跡。

魯迅曾言：〈狂人日記〉「意在暴露家族制度和禮教的弊害」。情節部分，十三則日記以狂人第一人稱，記錄自己懷疑鄰里親友密謀吃他始末。故事雖簡短仍可析爲：文化批判、反思自身、革命意識三層次，層層遞進批判與改革主題。首先，本文是小說也是「寓言」，以主角的妄想病症－吃人－隱喻傳統禮教吞噬人的主體性與生命活力。序與日記的內容，呈現的是對立的二元關係：文言／白話；健全者／瘋病者；理性／瘋癲；文明／原始；現實世界／妄想幻識，二元對立的相互否定，衝撞出故事張力並開啓思考，在狂人病中看透禮教噬人本質，以及癒後候補官職、重新融入社會的情節矛盾中，把寓言的諷刺推到最高點。其次，處於五四文化運動熱潮的魯迅，在尖刻地批評傳統文化之餘，同時不乏自我反思，亦即，自己身爲民族一員，亦受同種教育與薰陶，難保不曾因仁義道德之大蠹而壓迫過他人。由此帶出終極籲求「改革」之主題——「沒有喫過人的孩子，或者還有？」「救救孩子」，疾呼全面革新，根除封建禮教遺毒與民族劣根性。

再從人物形象來看，即使處於危機四伏的境地，狂人「我也不怕」、「有的是義勇與正氣」的鬥士形象，強化堅定的革命意志。狂人內心意識到「他們早已布置，預備下一個瘋子的名目罩上我」，更是透顯「瘋狂」的定義，除了是醫理診斷之外，更可能是外在權力或文化結構對社會秩序的掌控手段。

「革命無止境，倘使世上眞有什麼『止於至善』，這人間世便同時變了凝固的東西了。」身爲知識份子，魯迅不只是站在歷史縱深與世界宏觀的至高點提出民族／文化反省，也深信在進化法則之下，社會制度、禮教與群眾思想唯有保持活化與時俱進，人才能免於淪爲體制附庸而保有主體性。（文／洪英雪）

六、文章結構

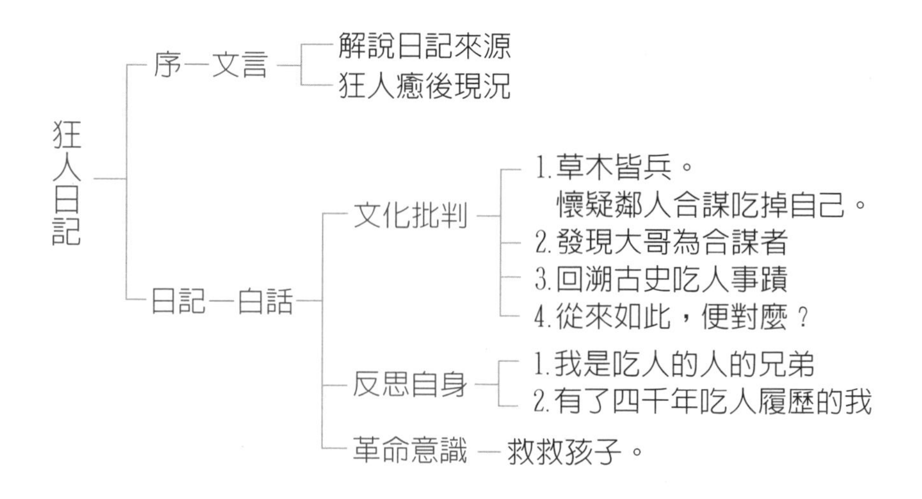

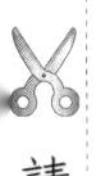
請沿虛線剪下

七、文以感思、學以致用——教學活動設計

單元／		文本／魯迅〈狂人日記〉	
組別：	姓名：	系級：	日期：

說明

1. 〈狂人日記〉提出「禮教喫人」的批判，魯迅在散文《朝花夕拾》也批判《二十四孝》中的「郭巨埋兒」是變態孝行。請以組為單位，找出古代中國還有哪些禮教迫害人性甚至殘害生命的記載？
2. 中西文學中存有許多瘋子的角色，作者所要探討的未必是生理上的精神病症，更多的是隱喻或者反映文化現象等等。請以組為單位，試圖找出有瘋子角色的文學，介紹其情節並解說該瘋子角色有何隱喻。
3. 對於國民精神改革，魯迅與錢玄同曾有「鐵屋子」的比喻討論：
   魯迅：「假如有一間鐵屋子，是絕無窗戶而難破毀的，裡面有許多熟睡的人們，不久都要悶死了，然而是從昏睡入死滅，並不感就死的悲哀。現在呢大嚷起來，驚起了較為清醒的幾個人，使這個不幸的少數者受無可挽救的臨終的苦楚，你倒以為對得起他們嗎？」
   錢玄同：「然而幾個人既然起來，你不能說絕沒有毀壞這鐵屋的希望。」
   你認同哪一位的觀點？請說明原因。

書寫內容

請沿虛線剪下

延伸閱讀

1. 王春庭：《醉裡挑燈看劍—辛棄疾傳》（東方，2001）。
2. 張哲：《辛棄疾1162》（網路電影），2019年，https://www.youtube.com/watch?v=U8wmFptq2-U。
3. 影片：一口氣看完辛棄疾一生，上馬擊賊能比岳飛，下馬寫詞不輸蘇軾，https://www.youtube.com/watch?v=jfY3Ed5Julc。
4. 影片：郁可唯《青玉案・元夕》把辛棄疾的詞唱成歌，https://www.youtube.com/watch?v=HW8idC-OyHE。
5. 影片：火星熊——青玉案（MV），https://www.youtube.com/watch?v=XAObbG_vpSE。
6. 影片：中國古代美人奢靡生活：身體每一寸都要打扮，精緻到不講理 The Luxury Life of Ancient Chinese Beauty，https://www.youtube.com/watch?v=4gIvDOdHo_M。
7. 魯迅：《魯迅小說全集》（好優文化：2021年）。
8. 蜜雪兒・福柯（Michel Foucault）：《瘋癲與文明》（生活・讀書・新知三聯書店：2019年）。
9. 羅伊・波特（Roy Porter），巫毓荃譯：《瘋狂簡史：誰定義了瘋狂？》（左岸文化，2018年）。

【用】：文學轉化、串接生活運用

七、地域書寫

一方水土一方人

單元導讀

人與空間的關係是交錯複雜的。人脫離不了空間，空間同時又會加注各種力量於人，形成制約。空間容或是一種客觀的存在，但人一旦透過特定管渠進行觀看，空間則會被人挹注了某些特定的意識或詮釋。因此，呈現在文字記錄或文學作品之中的地景風物、信仰習俗、地方特色、風土民情、歷史意義、人文肌理……，也都將著上程度不一的主觀色彩。

本單元編選了法顯《佛國記》以及顏嘉琪〈酸菜故鄉〉，二者皆涉及足跡移動和對地域的觀看、書寫。法顯的移動是一次壯遊，藉由求法的歷程考察了五世紀初的西域諸國、天竺、東南沿海，而為世界留下一部重要的宗教史。而顏嘉琪的移動寫的則是大學返鄉溯源的經驗，從中重新凝視再熟悉不過的地景、人情，並重新定義了何謂故鄉。

《佛國記》選

法顯

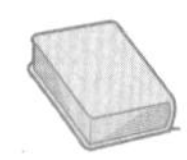

一、生活連結

1. 在現代社會中，遊是生活之必須。世界觀已然開啓，我們對遊的態度必然遠遠不同於過去。那麼你是如何看待「遊」？
2. 古人會在什麼情況下開啓一場「壯遊」，請就你的認知或透過資料搜尋，進行分享討論。
3. 你覺得文學裡的「遊」有什麼隱喻？請舉例說明。
4. 你曾經有過什麼印象深刻的「遊」？請就經驗敘述之。

二、寫作背景

魏晉南北朝乃一災禍不斷的亂世，藉宗教信仰慰藉心靈日趨普遍；同時，選擇出家的僧人又越來越多，而律藏的缺乏亦使得僧團缺少規範、無所依歸。此一時期的高僧法顯，因深感戒律制度對修持佛法之重要性，故而「隨信行」，踏上求法路途。

後秦姚興弘始元年（西元399年），時年六十二歲的法顯與慧景、道整、慧應、慧嵬等僧人，從長安出發，往西行。四人之中，惟法顯與道整二人在經歷三十餘國後到達中天竺。東晉安帝義熙八年（西元412年），法顯攜帶了許多經文從海路回國，自往至返，歷時約十四年。

法顯所攜回的《大般泥洹經》，證實了道生「一切眾生皆有佛性」（一闡提皆有佛性）之說，此一思維促致當時士人產生了強烈反思，並影響了玄學思想的發展。

歸國時的法顯已是年逾古稀的老僧，後又譯經十多年。年八十六歲，圓寂。可說法顯的一生心力都挹注在佛教經典上。此外，他亦將求法歷程寫成《佛國記》一書，過程波瀾壯闊、堅毅動人，影響了之後更多的求法僧。而法顯也成爲中國三大求法僧（法顯、玄奘、義淨）之首。

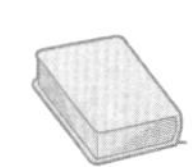

三、文本閱讀

（從長安出發）

法顯昔在長安，慨律藏[1]殘缺，於是遂以弘始二年[2]，歲在己亥，與慧景、道整、慧應、慧嵬[3]等同契至天竺尋求戒律。初發跡長安，度隴[4]至乾歸國[5]夏坐[6]。夏坐訖前至褥檀國[7]，度養樓山[8]至張掖鎮。張掖大亂道路不通，張掖

---

[1] 律藏：佛教關於戒律的典籍之總匯。

[2] 弘始二年：為後秦姚興的年號，等於東晉隆安三年（西元399年）。

[3] 慧景、道整、慧應、慧嵬：慧景：後死於小雪山。道整：後留在八連弗邑。慧應：死於弗樓沙國的佛鉢寺。慧嵬：其最終結果不明。

[4] 度隴：翻越隴山。今陝西隴縣西北，是古代經由今甘肅、新疆通往中亞、近東以及印度次大陸的要隘。

[5] 乾歸國：南北朝時十六國裡的西秦，統治者為乞伏乾歸。西秦的都城在今天的蘭州市西固區，統治範圍包括甘肅西南部和青海部分地區。

[6] 夏坐：佛教徒於每年雨季時於室內坐禪靜修，也稱安居、坐夏、坐臘。坐夏期大約三個月。坐夏期間不允許僧人外出，而且需與僧眾和合共居。

[7] 褥檀國：指東晉十六國時的南涼。當時繼位者是利鹿孤王，但實際掌權的為其弟耨檀，因此法顯稱此國為「褥檀國」。

[8] 養樓山：養樓山到底是哪座山，目前還沒有定論。有人認為，養樓山可能是大通回族土族自治縣境內的老爺山，因為老爺山處於絲綢之路青海道西平張掖道

王殷勤[9]遂留，爲作檀越[10]。於是與智嚴、慧簡、僧紹、寶雲、僧景等相遇，欣於同志，便共夏坐。夏坐訖，復進到燉煌。有塞[11]東西可八十里、南北四十里，共停一月餘日。法顯等五人隨使[12]先發。復與寶雲等別。燉煌太守李浩供給度沙河[13]。沙河中多有惡鬼熱風[14]，遇則皆死無一全者。上無飛鳥下無走獸，遍望極目欲求度處則莫知所擬，唯以死人枯骨爲標幟耳。行十七日計可千五百里，得至鄯鄯國[15]。其地崎嶇薄瘠，俗人[16]衣服粗與漢地同。但以氈褐[17]爲異。其國王奉法，可有四千餘僧悉小乘學。諸國俗人及沙門盡行天竺法，但有精粗。從此西行所經諸國類皆

上，地理位置十分重要。也有人認為，養樓山可能是西寧北山，又名土樓山。崔永紅、畢豔君、張生寅撰寫的《絲綢之路青海道志》中記載：養樓山，很有可能是養女山和土樓山的合稱，即今天的達阪山。

9 張掖王殷勤：張掖本為後涼統治者呂光屬地，東晉隆安二年被段業奪取，第二年段業即位於張掖，法顯途經於此時正是段業統治時期。根據日本學者足立喜六的考證，殷勤應該為段業，中國學者大多從之。但若用殷勤兩字來看也並無不可，表當時統治者對於求法僧的殷勤供養。

10 檀越：施主之意。佛教中向寺廟僧眾施捨財物者尊稱為施主。

11 有塞：塞指要塞。指軍事設施。邊境要地之處的城郭。

12 隨使：一說為敦煌太守李浩所派遣，一說為北涼王段業所派遣。

13 沙河：指敦煌以西至鄯善國之間的沙漠地帶。《漢書．地理志》、《漢書．西域傳》、《三國志．東夷傳注》分別稱之為白龍堆沙、白龍堆、三隴沙。在新疆省羅布泊以東至甘肅省玉門關間。

14 惡鬼熱風：這是法顯對沙漠風暴的誇飾性說法。或者，也可能有當地的傳說做基礎，例如《大唐西域記》裡的說法：「沙則流漫聚散隨風。人行無迹遂多迷路。四遠茫茫莫知所指。是以往來聚遺骸以記之。乏水草多熱風。風起則人畜惛迷。因以成病。時聞歌嘯或聞號哭。視聽之間怳然不知所至。由此屢有喪亡。蓋鬼魅之所致也。」

15 鄯鄯國：即古樓蘭國，約於今新疆維吾爾自治區若羌縣東境。

16 俗人：指未出家的人。

17 氈：通「氊」，指用獸毛製成的衣物。褐：指粗布或粗布衣服。

如是，唯國國胡語不同。然出家人皆習天竺書天竺語。住此一月日。

……

（度蔥嶺）

自山以東俗人被服類麤[18]與秦土[19]同。亦以氈褐爲異。沙門法用轉轉勝[20]，不可具記。其國當葱嶺[21]之中。自葱嶺以前，草木果實皆異。唯竹及安石榴甘蔗三物與漢地同耳。從此西行向北天竺國。在道一月得度葱嶺。葱嶺山冬夏有雪。又有毒龍[22]。若失其意則吐毒風。雨雪飛沙礫石。遇此難者萬無一全。彼土人即名爲雪山人也。

……

（進入北天竺）

順嶺西南行十五日。其道艱阻，崖岸險絕。其山唯

---

18 麤：音「ㄘㄨ」，同「粗」。

19 秦土：指後秦，是十六國時期的後秦。

20 沙門法用轉轉勝：轉轉勝指越來越好、越來越多的意思。

21 蔥嶺：《西河舊事》曰：蔥嶺在敦煌西八千里，其山高大，上生蔥，故曰蔥嶺也。今稱帕米爾高原。蔥嶺是中國西行者探索天下邊界時必須跨越的一道巨大障礙。西漢的張騫，西元前140年，展開首次西域探險旅行，翻越蔥嶺，找到了大夏國，大月氏，大宛（大概在今日費爾干納盆地）和康居（今哈薩克斯坦東部及錫爾河中下游）。東漢的班超，長年駐守喀什附近，統領整座西域都護府。

22 毒龍：指的應該是雪崩，古代度蔥嶺極度艱辛困難，因此也有許多傳說想像發生，《洛陽伽藍記》裡便有段跟蔥嶺毒龍相關的故事：「後魏宋雲使西域，至積雪山，中有池，毒龍居之。昔有三百商人止宿池側，值龍忿，汎殺商人。盤陀王聞之，捨位與子。向烏場國學婆羅門呪。四年之中，善得其術。還復王位。就池呪龍。龍化為人，悔過向王。王即徙之蔥嶺山。」

石，壁立千仞。臨之目眩。欲進則投足無所。下有水，名新頭河[23]。昔人有鑿石通路施傍梯[24]者，凡度七百。度梯已，躡懸絙[25]過河。河兩岸相去減[26]八十步。九譯[27]所記。漢之張騫、甘英皆不至此。

……

（度小雪山）

住此冬三月。法顯等三人南度小雪山[28]。雪山冬夏積雪。山北陰中遇寒風暴起，人皆噤戰。慧景一人不堪復進[29]。口出白沫，語法顯云：「我亦不復活。便可時去，勿得俱死。」於是遂終。法顯撫之悲號[30]：「本圖不果[31]，命也！奈何！」復自力前，得過嶺南[32]。

---

23 新頭河：又譯信度河、新陶河，即印度河。發源於西藏岡底斯山脈西麓，流經印度、巴基斯坦、注入阿拉伯海，全長3180公里，為亞洲著名大河。

24 傍梯：指依山勢在懸崖峭壁上開鑿的登山石階。2011年學者胡海燕提出，傍梯亦極有可能是北天竺山區經常使用的「楔子路」，亦即以九十度的角度把帶尖的一端打入懸崖壁面，而暴露在外的一截楔子即可安定。

25 懸絙：絙，音「ㄍㄥ」，指在大河上懸掛的索橋。

26 減：「咸」之意，古代減、咸二字可通用，指全部。

27 九譯：指需要通過多種語言的輾轉翻譯才能彼此溝通。

28 法顯等三人南度小雪山：法顯、慧景和道整在那竭國（今天阿富汗的賈拉拉巴德境內）度過了冬季。在春季（西元403年）開始之時，從那竭國出發向南前進，準備翻越小雪山。小雪山，就是今天賈拉拉巴德南部的賽費德科雪山山脈。這裡冬夏兩季都有積雪，常年白雪皚皚，景色巍峨壯麗。

29 慧景一人不堪復進：翻越小雪山時正值春寒，而慧景才剛大病初癒，身體仍舊虛弱，因此面臨小雪山的艱困時，不敵狂風暴雪的肆虐，最終圓寂。

30 法顯撫之悲號：法顯性格堅毅，在西行取經的十四年間九死一生、困難重重，不管遇到什麼困難，他依舊堅持著本來願望，將生死置之度外。而《佛國記》中他總共寫出了自己的三次哭泣，慧景的寂滅便是其中的一次。

31 本圖不果：你的最初志願尚未達成啊！

32 嶺南：此處指小雪山南麓。

……

（中天竺記遊：與道整分別）

道整既到中國[33]，見沙門法則，眾僧威儀觸事可觀[34]。乃追歎秦土邊地眾僧戒律殘缺。誓言自今已去至得佛[35]，願不生邊地[36]。故遂停不歸。法顯本心欲令戒律流通漢地。於是獨還。

……

（獅子國記遊）

法顯去漢地積年[37]，所與交接悉異域人。山川草木，舉目無舊。又同行分披[38]，或留或亡，顧影唯己，心常懷悲。忽於此玉像邊見商人以晉地一白絹扇供養，不覺淒然，淚下滿目。

四、文本提問

1.《佛國記》裡記錄了法顯的三次流淚，本選文中選了兩次，請說說看

33 中國：即佛教傳統的「中心之國」，亦即中天竺。

34 見沙門法則，眾僧威儀觸事可觀：指道整見到中天竺的沙門戒律嚴整，出家人威儀莊重，更對比出當時後秦的戒律殘缺。

35 誓言自今已去至得佛：得佛指得生佛國，亦即道整發誓，希望自己從今起至得生佛國時，都不再轉世到佛法不到之處。

36 邊地：指佛法不到的邊緣之地。

37 積年：此時應是西元409年，距離法顯的出行時間後秦姚興弘始元年（西元399年），已經十年之久了。

38 分披：指分開。法顯出行時曾有的同行法侶，來來去去最多時有十人之多，但最後僅剩法顯一人獨還。

是哪兩次。

2. 承上題，這兩次的流淚各自是為了什麼？
3. 法顯大師的同行友伴道整大師，最後選擇留在天竺的原因是什麼？
4. 法顯大師從天竺回到中土的過程波瀾壯闊，完全不遜色於去程，請搜尋資料，查找他的回程，並請簡單敘述。
5. 法顯的地景書寫裡你印象最深刻的是哪些？為什麼？

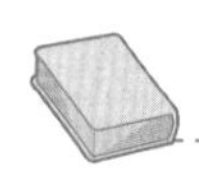

五、文本賞析

法顯以自敘的形式寫成的西行求法著作，全面地記錄了五世紀初中亞、南亞、東南亞地區的地景、政治、宗教、風俗習慣、經濟狀況，對佛教的發展情形以及佛陀遺蹟的記敘尤其詳細；同時補充了印度文化裡史地記錄闕如的問題，成爲研究五世紀之前印度歷史最爲可信的材料。因此，《佛國記》的價值早已超越了佛教史範圍，而具有世界史的價值與意義。

雖然法顯的西行求法不如玄奘之聲名大噪，但是包括唐朝的玄奘以及其後的義淨大師等，數十位僧侶先後的西行求法，卻都是受到法顯《佛國記》的鼓勵。玄奘便曾言：「昔法顯、智嚴亦一時之士，皆能求法，導利羣生，豈使高跡無追，清風絕後？大丈夫會當繼之！」（《大慈恩寺三藏法師傳》）義淨也曾提到：「顯法師則創闢荒途，玄奘師及中開王路。」（《大唐西域求法高僧傳》卷上）因此，法顯《佛國記》除了鼓勵了漢地僧人的求法志願，也拓展了其後的中土視野。

值得一提的是，法顯從天竺取經後，從獅子國（今斯里蘭卡）乘商船東歸，越過印度洋，航向耶婆提國（今蘇門答臘），途中遭遇大風，在海上漂流了三個多月，歷經了種種艱難險阻；而此時支撐法顯的信念，便是觀世音菩薩。因此在《佛國記》成書之後，也加廣了觀音信仰在民間的流傳，促致觀世音菩薩成爲佛教在民間影響最大的神靈之一。此外，這段海上記錄，也保留了當時的海上通航、貿易，以及海上國家等記載。讓後世讀者能夠一窺當時的海上航行樣貌。

可以說，法顯的這場「遊」在整個中國歷史上，甚至世界史上，都是一場擲地有聲的壯遊。（文／周翊雯）

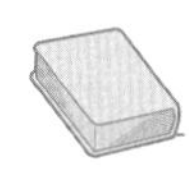

六、法顯求法路線圖

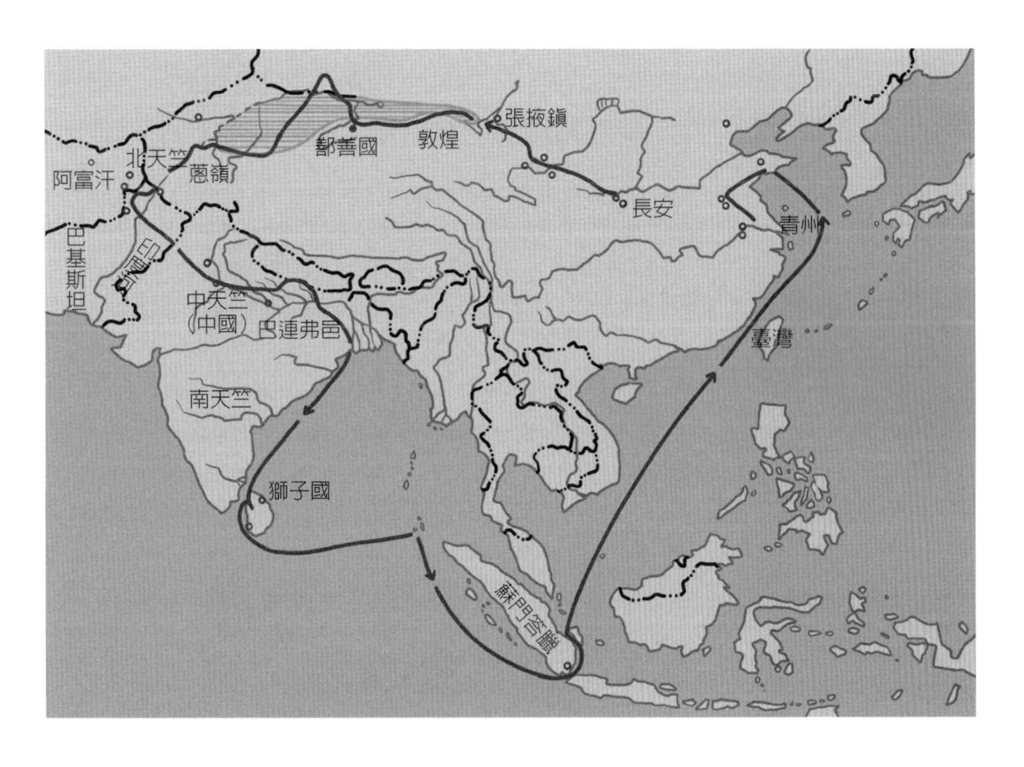

七、文以感思、學以致用——教學活動設計

單元／	文本／法顯《佛國記》選
組別：　　姓名：	系級：　　日期：

說明

1.《佛國記》的書寫很有畫面感，請任選一個段落，在腦海裡想像它的場景，並把它圖像化。（可以用漫畫、油畫、海報、水彩、水墨、素描……等任何方式，請自由發揮。）
2. 在法顯的書寫裡，取經是如此的九死一生、困難重重，請問，如果你現在要走一趟法顯當時的路程，你會如何計劃行程？會攜帶哪些東西？請試著寫一份旅遊企畫書。
3. 法顯大師回程時曾漂流到一個叫做「耶婆提」的地方，耶婆提到底是哪裡眾說紛紜，請找找關於耶婆提的資料，並查找洋流的流向，試著推測耶婆提有可能是哪裡。

書寫內容

請沿虛線剪下

〈酸菜故鄉〉

顏嘉琪

一、生活連結

1. 你的故鄉／家鄉在哪裡？（○○市○○區；○○縣○○鄉／鎮），它有哪些在地特色？（人文、物產、地景、自然生態、美食、觀光資源……）
2. 日常生活中，你可在哪一道食物中間接吃到酸菜？
3. 對你而言，「故鄉／家鄉」的定義是什麼？

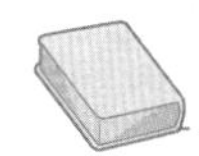

二、寫作背景

顏嘉琪（西元1982年～），雲林縣大埤鄉人，畢業於臺灣師範大學地理系，臺北教育大學語文與創作學系碩士班。現居木柵，任教於臺北市立木柵高工。喜歡烹飪、游泳、慢跑，自言最大的成就是把貓養胖。曾獲全國學生文學獎、基隆海洋文學獎、打狗文學獎、教育部文藝創作獎、臺北文學獎、時報文學獎、葉紅女性詩獎。詩集《B群》入圍2019年臺灣文學獎金典獎。

〈酸菜故鄉〉一文榮獲第三十屆時報文學獎（2007年）「鄉鎮書寫獎」評審獎。酸菜是雲林縣大埤鄉的重要物產，提供了全臺八成以上的需求量，作者即以酸菜爲意象，帶出對故鄉土地、人情、族群的相關書寫，歸結出一己對故鄉的認知：「只要落地生根，那裡都是故鄉。」有對自我的叩問、探索，亦具備細膩的觀察以及深刻的體悟，實爲故鄉書寫的範文佳作。

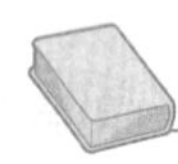

三、文本閱讀

我住在一個既不靠山也不靠海的地方，因此這裡不產山蔬，亦不流行海味。若你走進這個地方，沿途是綿延不絕的腐朽味，以及一個個的大圓桶錯落在田間。這裡享譽盛名的便是從腐化中生出新味的酸菜。

是的，酸菜的製造過程就像是悲劇過後衍生的欣喜，一個借屍還魂的奇蹟。

每當走廊角落堆著幾包濕潤的醃漬菜，鹹酸味混合體汗味撲面而來，我便知道那是舅婆，她總是穿著膠鞋，身披花袖套和洗舊了的素棉麻衫，上身駝的和地面近乎平行是家族遺傳。躍上生鏽鐵馬，她又要回到酸菜桶那邊忙碌去了。

打開塑膠袋，裡面果然是幾棵酸菜。阿嬤如獲至寶，毫不顧忌從中飄出的餿味，一邊拿起顏色青綠的酸菜嗅著，猜測它們醃漬的時節，一邊喚我進屋去拿甕和鹽巴出來，準備將這些酸菜再醃漬一段時日。

這是我幼時最漫長的時光，密封的菜甕裡，佝僂[1]的酸菜一放就是好幾個月。

---

[1] 佝僂：音ㄎㄡˋ　ㄌㄡˊ，短醜的樣子。

然而比酸菜醃漬更久的是家族被覆蓋的歷史。

過去二十幾年裡，我以身爲福佬人，講的一口流利的福佬話而自豪著。不負家人盼望，我好不容易考上北部的國立大學，在多數沒有母語認同的同學中，獨樹一格，聊備讀書人神往的豪邁之姿。年少得志，甚至籌組福佬話研究社，努力學習拼音，欲將故鄉耆老們口中逐漸難辨意義的字句記錄下來，作爲文化延續的根本。

這是一個平疇萬野的地方。風雨欲來前，我能嗅出西面有海不安的氣味，雨過放晴，我可以看見東隅有山的輪廓。無風無雨的日子，這就只是一個與世隔絕，安靜的小村落。

堤防包圍了氾濫幾個世代的大溪，石子路可以通往所有地方。對孩童們來說，這更常是一個捉迷藏遊戲裡，見光的地方。除非你鼓起勇氣躲進水泥桶中，忍受那周遭腐爛的氣味，與披頭散髮的酸菜一同等待生命輪迴。

然而酸菜桶的深度是當時我們無法測量的，總覺得某個時候，比如深夜，它將直通地獄，一個恐怖的入口。即便如此，白日時光裡，它確實是想像中唯一隱密的地方。但記憶中即使再調皮的孩子也沒膽爬進，這些逼熟青春芥菜，酸菜老朽偷生的深穴裡。

農機開進農村那幾年，我爸才剛國中畢業，脫離了撿蕃薯偷甘蔗的歲月。他被這場以農業培養工業的革命[2]

[2] 以農業培養工業的革命：指臺灣「經濟建設四年計畫」（1953年～1968年），採取了「以農業培養工業，以工業發展農業」的發展策略。

帶進都市裡，耳邊繚繞著的也許是林強[3]幾年後的歌曲，向前行，啥米攏不驚。或許對村裡大多數青年來說，酸菜桶確實是個入口，也是出口。他們一個個像隆冬盛開的芥菜，離鄉背井，連根拔起，用勞力一天天醃漬，重鹹的鄉愁。

這是一個人口大量外流，鄉音無改，只剩黃髮垂髫的村落。

我新的生命始於大學的台灣地理課。課堂上教授探問每個學生故鄉之名，在此之前，他舉例很多老地名，來告訴我們環境識覺的意義，其中有許多是各地常見的，比如台北的公館和苗栗的公館。大埤[4]的地名則是因爲灌溉池塘的緣故。全台皆有埤。當我刻意操著福佬口音，自鳴得意地說出「大埤」兩字時，教授不僅立即讚美故鄉酸菜的美味，還丟給了我一個生命中早有定案的命題：「你是福佬人，還是福佬客呢？」

我只知道，阿嬤爲灌輸我勤儉精神，常憶起恰俗過鹹菜的歲月。我只心疼，阿嬤總是把酸菜湯裡的鴨肉留給我吃，說是酸菜渡肉油，只撿些酸菜尾下飯。

---

[3] 林強：本名林志峰（西元1964年～），臺灣歌手、電影演員、作詞家、作曲家、電影配樂製作人。1991年，林強以一首〈向前走〉成名。〈向前走〉以搖滾樂編曲，打破了舊有臺語歌曲一貫的悲情曲風，故被視為「新臺語歌運動」的代表作之一。

[4] 大埤：位於臺灣雲林縣南端中段位，北臨虎尾，東接斗南，南鄰嘉義大林、溪口，西連元長、土庫，居民多以務農為業，乃一典型的「農業鄉」，因芥菜種植面積與產量居全國之冠，全國有超過八成的酸菜出自該區，故有「酸菜故鄉」之稱。

青春早發的年月，我總是和包藏巨心，青澀的芥菜共度寒假。那是村裡孩童少有的掙錢機會。將芥菜拔起，就地曝曬一整天，目的是爲了讓它枯萎，讓它柔軟、屈服，將它盛開的葉完整收斂。返老還童似的折磨。

像我這樣無經驗，體力旺盛的少年，主要的工作是將田裡一棵棵的乾芥菜揚上貨車。這份工作常常讓人感覺沮喪，因爲經過了一整天，數片田地的採收，除了手臂酸疼，腰桿幾乎難以挺直起來，更何況是整個季節都彎在菜田上的老工人們。這是一個不平衡的角度，和人類進化相反的姿勢，讓人卑微，逼迫人退化到遠古時代，有歷史以前。

教授的問題令人心生疑竇，我決定返鄉探源。

深冬的家鄉仍是一片清朗，酸菜桶下巴生滿綠苔，腐朽氣味像病入膏肓的患者，有數量漸增的趨勢。浸泡在死水裡的酸菜，利潤遠遠高於一生純淨的稻米，以致多數鄉民紛紛將減少稻米耕作次數，改植能帶來買氣的芥菜。產業道路旁，數百個工人包圍一個個巨大酸菜桶，這是家鄉最壯觀的風景。

三山國王廟前，老先生揭開了我們家族遺落之史。

他說，清代以來，閩粵、漳泉等族群械鬥紛爭，逐漸在土地拓墾上形成地域性的區隔，部分廣籍，漳域的客籍人士置身於福佬族群中者，逐漸忘卻或失憶自己「客」家人的身份。簡單來說，就是不講客家話的客籍人士就叫福佬客。

原來我生長在一個閩客雜沓的地方，因爲福佬人較多，日久則將少數的客家人同化了。所以我一句客家話也不會講，也不曾聽聞鄉野間有人説客語。老先生又說了許多證據，比如三山國王便是客家原鄉祭祀之山神，而芥菜醃漬也是刻苦勤儉的客家子弟擅長之手藝。

廟公要我到祖墳去看看墓碑上的籍貫。我滿腹狐疑之下也顧不得荒煙蔓草，撥開墓草，撥開意識的自我抵抗，碑上竟刻著「福建饒平」。這是身世的錯置，我感覺到有些什麼在內心悄悄崩毀。

我正是被同化的福佬客後代。

走回村裡，舉目所見盡是酸菜桶。工人們，男女老少紛紛跳上隆起的芥菜堆裡，在晶亮的鹽巴中奮力踩著，好像踏著生命水車，命運之田便會盈滿幸福。人的重量將使芥菜多餘的水分迅速流失，以便桶子裡能塞入更多。最後，還得在最外面的塑膠帆布上鋪上大石，持續施壓。

要回去當年祖先來此定居的景色是不可能了。幾十年間，村民紛紛因酸菜的獲利而將矮房子拆掉，在原地建起樓房。雨後春筍的酸菜樓，多少也湮滅了一些原味的歷史。我從福佬人，還魂客家人，其如酸菜和芥菜，一酸鹹，一苦澀，竟也是生命兩種滋味。

酸菜醃漬期將近兩個月，甚至更久。即便南方冬日少雨，期間的風吹日曬，酸菜桶表面常常蓄積一灘難聞的鹹水。久之，這刺鼻的味道便成了記憶中故鄉的味道。難以想像，開封之後，會令多少人口齒留香。

然這聞名全台的風味，其實是一種對土地的緩刑。隨著酸菜桶周遭的田地逐漸鹽化，村莊主要糧食：稻米，收成已大不如前，米質更是無法和他鄉競爭。這是一種無可償還的犧牲，用村莊一脈相承的水源和血緣去和生活相賭。

近幾年冬至前後，順應政府一鄉一特色[5]的規劃，鄉公所爲本地熱熱鬧鬧舉辦了「酸菜文化季」。籌措經費建立酸菜文化園區，引進新技術，希望將酸菜集中此地醃漬，以減少對土地的傷害。

故鄉的長輩們，以芥菜之沒，換取酸菜盛名遠播。以早生華髮，揮別滿堂子孫。

與此同時，大埤福佬客的分布也受到學者關注。

爲了促進族群和諧以及多元文化的認同，客委會亦開始推動「福佬客文化節」，幾個分佈的主要縣市紛紛以當地具有福佬特色的食材上桌，諸如宜蘭的卜肉、南投的豆腐、台中的小魚干，以及本地的酸菜。族群眾多宛如一場美食饗宴，每一種認同各有滋味，合起來便是一種本土的風味。

三山國王在這股客家文化潮下，像標示我身份的胎記。然酸菜桶深處，難以尋回的不只是舊日時光，更是幾

5　一鄉一特色：經濟部中小企業處自1989年起，在臺灣319鄉鎮中挖掘深具當地特色的產業及產品，以「一鄉鎮一特色」為發展目標（One Town One Product，簡稱OTOP），用知識經濟、創新創意、品牌的概念提高產品的附加價值，創造當地的就業機會，有效地與當地的生態、觀光、節慶作結合，形成更具規模並且可永續經營的經濟體。

代人的母語音腔。

就像芥菜成爲酸菜過程中，擠出的水分，久已滲入土地的脈搏。閩客於此同流。

忙於酸菜採收的舅婆，比平時更頻繁地送酸菜給我們家。幾個月內，阿嬤會視需求陸續取出濃淡不一的酸菜。村裡許多辛勞如舅婆的人，經年操勞下，就像一棵棵久漬甕中的酸菜，背大多駝了。而僵硬背脊，其實是柔軟的線條，生命綿延的微笑。

族群邊界在駝了的背上，在生死的氣味間，左右擺盪。比起落葉歸根，尋找一個消逝的家鄉，我寧願相信，只要落地生根，那裡都是故鄉。閩客居此，如芥菜與酸菜，在歲月之井裡，用生命醃漬出一個新的原鄉。

四、文本提問

1. 「酸菜的故鄉」指臺灣何地？
2. 酸菜是以哪一種蔬菜醃製而成？
3. 文中提到歌手林強的哪一首歌曲？
4. 作者用哪一種味道形容鄉愁？
5. 作者認為她故鄉最壯觀的風景為何？
6. 為什麼作者會說：「我新的生命始於大學的台灣地理課」？
7. 在教授問了作者：「你是福佬人，還是福佬客？」這個問題後，作者決定做什麼事？
8. 何謂「福佬客」？
9. 種植芥菜再醃漬成酸菜，為什麼會是「一種對土地的緩刑」？
10. 作者對「故鄉」的定義為何？

五、文本賞析

故鄉／家鄉的定義往往因人而異，例如蘇軾：「此心安處是吾鄉！」（〈定風波〉引柔奴之言）、周作人：「凡我住過的地方都是我的故鄉。」（〈故鄉的野菜〉）、朱天心：「一個地方有親人埋骨，才算是家鄉。」（《想我眷村的兄弟們》引《一百年的孤寂》中老約瑟之語）。而，顏嘉琪也有自己的看法。

雲林大埤是顏嘉琪的故鄉／家鄉，此地「既不靠山，也不靠海」、「人口大量外流」，是一座「與世隔絕，安靜的小村落」，一幅窮鄉僻壤景象，在臺灣倒也無甚特殊。然而，「產業道路旁，數百個工人包圍一個個巨大酸菜桶」，便成了顏嘉琪所說的：「這是家鄉最壯觀的風景。」放眼全臺，獨一無二。

大埤原先以稻米爲主要經濟作物，後經農業改革，且因「浸泡在死水裡的酸菜，利潤遠遠高於一生純淨的稻米」，「以致多數鄉民紛紛將減少稻米耕作次數，改植能帶來買氣的芥菜」，芥菜復經曝曬、揀選、分類、切塊等步驟，而後再靜置於大桶中，撒上粗鹽、鋪石施壓、靜待時間的醃漬（酸菜醃漬期將近兩個月，甚至更久），最終化爲經濟來源的農產品。

有「酸菜故鄉」之名的大埤，承載了顏嘉琪自幼即有、習以爲常的相關記憶，然而本文最突出之處，更在於透過酸菜爲書寫主軸，在時代背景下，連結土地描繪、生命成長、族群融合。而「醃漬」是酸菜產出的重要步驟，故在寫作上，即爲顏嘉琪用以綰合各個層面的重要語彙，例如寫人口外流——「或許對村裡大多數青年來說，酸菜桶確實是個入口，也是出口。他們一個個像隆冬盛開的芥菜，離鄉背井，連根拔起，用勞力一天天醃漬，重鹹的鄉愁。」寫族群融合——作者自言：「我正是被同化的福佬客後代」，「原來我生長在一個閩客雜沓的地方……而芥菜醃漬也是刻苦勤儉的客家子弟擅長之手藝」；「比酸菜醃漬更久的是家族被覆蓋的歷史」、「我從福佬人，還魂客家人，其如酸菜和芥菜，一酸鹹，一苦澀，竟也是生命兩種滋味」、「就像芥菜成爲酸菜過程中，擠出的水分，久已滲入土地的脈搏。閩客於此同流」。

而最終作者帶出對故鄉／家鄉的新認知：「比起落葉歸根，尋找一個消逝的家鄉，我寧願相信，只要落地生根，那裡都是故鄉。閩客居此，如芥菜與酸菜，在歲月之井裡，用生命醃漬出一個新的原鄉。」「醃漬」一詞的運用，可謂極具意識，亦成了顏嘉琪用以表徵其故鄉／家鄉的最重要語彙，而源於對其特產——酸菜的細膩觀察與深刻思考。（文／洪然升）

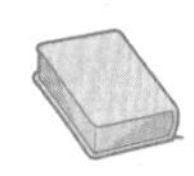

六、文章結構

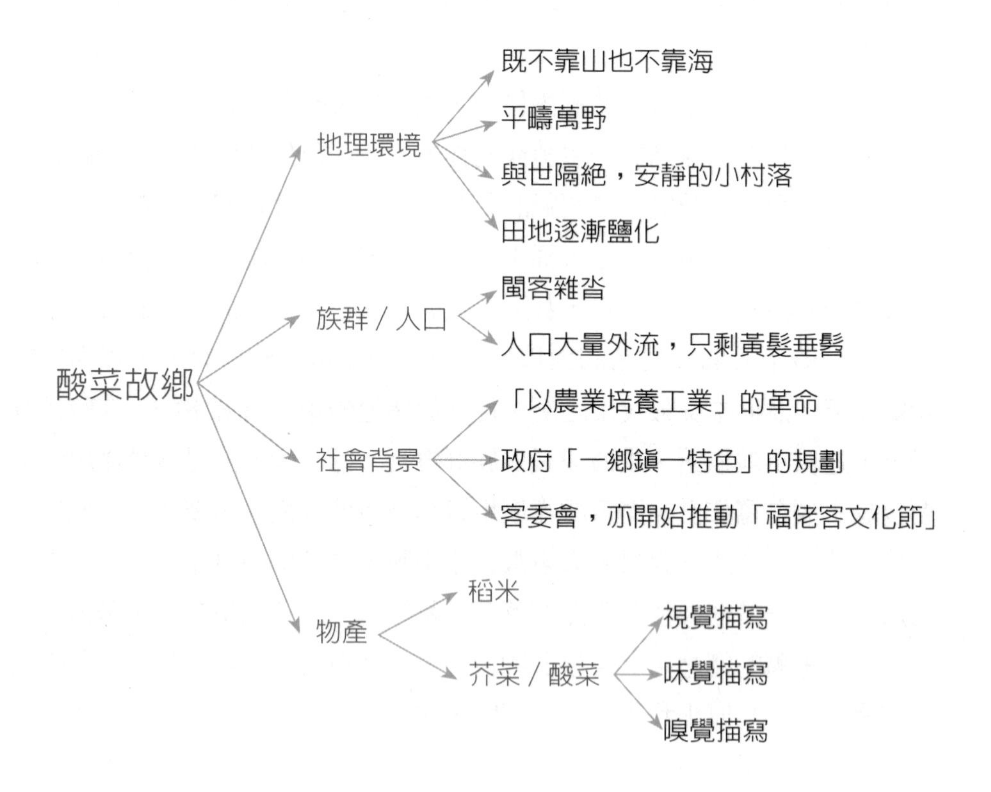

請沿虛線剪下

七、文以感思、學以致用——教學活動設計

單元／		文本／顏嘉琪〈酸菜故鄉〉	
組別：	姓名：	系級：	日期：

說明

你的故鄉／家鄉在哪裡？（○○縣○○鄉／鎮；○○市○○區），請依「變／不變」、「五感」分類，盡可能羅列出你對故鄉／家鄉的重要認知／記憶，同時請將你想極力維護或保留的部分特別用筆圈出來。

我的故鄉／家鄉

變					不變				
視覺	聽覺	嗅覺	味覺	觸覺	視覺	聽覺	嗅覺	味覺	觸覺

請沿虛線剪下

單元／		文本／顏嘉琪〈酸菜故鄉〉	
組別：	姓名：	系級：	日期：

說明

顏嘉琪〈酸菜故鄉〉：「產業道路旁，數百個工人包圍著一個個巨大的酸菜桶，這是家鄉最壯觀的風景。」請仿照顏嘉琪句法進行你的「故鄉／家鄉書寫」。文字中要有「這是我家鄉（縣市／鄉、鎮、區）最○○的風景」，文字敘述中可帶出人、地、時、事、物、感受、反思，並附上相關照片一張。（100～150字）

書寫內容

延伸閱讀

1. 陳舜臣：〈求法僧：踐流沙之漫漫〉，選自《西域余聞》（廣西師範大學，2009年）。
2. 法顯：《佛國記》（佛光，1999年）。
3. 謝旺霖：《轉山》（時報，2021年）。
4. 謝旺霖：《走河》（時報，2018年）。
5. 影片：《佛國記—法顯西行》，https://www.youtube.com/watch?v=pEur2YuBKsg。
6. 霍建起：《大唐玄奘》（電影），2016年。
7. 影片：台灣1001個故事——雲林大埤鄉酸菜故鄉　超大圓桶保存醃製古法，https://www.youtube.com/watch?v=8bnZ4ZkKBm0。
8. 影片：微笑台灣／深度旅遊／小鎮〈酸菜故鄉、稻草王國都在這！前往全台稻米最大產地雲林大埤，體驗富麗農鄉風情〉，https://smiletaiwan.cw.com.tw/article/5144。

八、鑑往知來

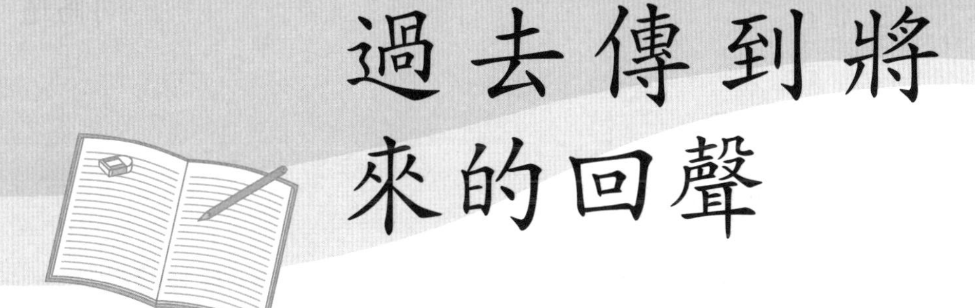

過去傳到將來的回聲

單元導讀

從小學到高中，約略十多年的歷史課程裡，我們學習到了什麼？或者叛逆地說，我們從歷史教育裡被灌輸了什麼價值觀？身處文化、社會、國家之中，為何我們非讀歷史不可？歷史，不只可以作為個人或群體未來行事的參考，鑑往知來，以避免重蹈覆轍；歷史，更是建構個人文化認同的來源之一，甚至影響個人的族群、國族認同。歷史向來是複雜的，它雖是發生過的事實，看似鐵錚錚無可質疑，卻可能因不同的立場與史觀而有不同的詮解。

談史論今是議論文學之大宗。本單元從司馬遷〈伯夷列傳〉觀察歷史書寫的多元面向；以南方朔〈發生了什麼事？〉反思今人看待歷史暴力事件的態度。

〈伯夷列傳〉

司馬遷

一、生活連結

1. 你覺得歷史課本展示的都是真實的過去嗎？你知道為何要讀歷史嗎？
2. 認識伯夷、叔齊對你來說有何意義？
3. 在史學領域具有至尊地位的《史記》，是否嚴謹客觀？

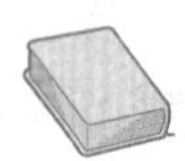

二、寫作背景

司馬遷，字子長，左馮翊夏陽（今陝西）人，生卒年約於漢景帝到昭帝期間（西元前145年～86年）。司馬氏累世襲太史官。司馬遷學於大儒孔安國、董仲舒門下，十歲便研讀《尚書》、《春秋》等艱澀經典，二十歲離家壯遊。元封元年，約三十六歲任職郎中，常侍從武帝巡按。元封三年，繼任爲太史令。後卻因「李陵事件」遭逢生命大厄，雖逃死劫，卻陷於宮刑大辱。然而也因此堅定其寫作《史記》的決心，完成父親遺命以及繼承周孔的個人使命。

《史記》共具本紀、表、書、世家、列傳等五大體例，亦是開創通史與紀傳體述史的先河。作爲歷史著作，司馬遷欲「究天人之際、通古今之變、成一家之言」；文末以「太史公曰」爲該人事定論；列傳之首的〈伯夷列傳〉，更有史家觀感多於傳主記錄的特點，從中可觀鑑歷史寫作過程中的非客觀因素。

三、文本閱讀

夫學者載籍極博，猶考信於六蓺[1]，詩書雖缺，然虞夏之文可知也[2]。堯將遜位，讓於虞舜。舜禹之閒，岳牧咸薦[3]，乃試之於位，典職數十年，功用既興，然後授政。示天下重器，王者大統，傳天下若斯之難也。而說者曰：「堯讓天下於許由，許由不受，恥之逃隱。及夏之時，有卞隨、務光者。」此何以稱焉？太史公曰：「余登箕山，其上蓋有許由冢云。孔子序列古之仁聖賢人，如吳太伯、伯夷之倫詳矣。余以所聞，由、光義至高，其文辭不少槩見，何哉？」

孔子曰：「伯夷、叔齊不念舊惡，怨是用希[4]。」「求仁得仁，又何怨乎？」余悲伯夷之意，睹軼詩可異焉。其傳曰：伯夷、叔齊孤竹君之二子也。父欲立叔齊。及父卒，叔齊讓伯夷。伯夷曰：「父命也。」遂逃去。叔齊亦不肯立而逃之。國人立其中子。於是伯夷、叔齊聞西伯昌善養老，盍往歸焉。及至，西伯卒。武王載木主[5]，

---

1 六蓺：即「六經」。指《詩》、《書》、《禮》、《樂》、《易》、《春秋》。

2 《尚書》雖經秦火而殘逸，尚存的〈堯典〉、〈舜典〉、〈大禹謨〉等，仍載有虞夏禪讓的經過。

3 岳牧：四岳十二牧的合稱，分掌政務與四方諸侯。咸：都。

4 怨是用希：即「怨用是希」。希：同「稀」。意為怨恨因此就少了。

5 木主：靈位牌。

號爲文王，東伐紂。伯夷、叔齊叩馬而諫曰：「父死不葬，爰及干戈，可謂孝乎？以臣弒君，可謂仁乎？」左右欲兵之，太公曰：「此義人也。」扶而去之。武王已平殷亂，天下宗周。而伯夷、叔齊恥之，義不食周粟，隱於首陽山，采薇而食之。及餓且死，作歌。其辭曰：「登彼西山兮，采其薇矣。以暴易暴兮，不知其非矣。神農虞夏忽焉沒兮，我安適歸矣？于嗟徂兮，命之衰矣！」遂餓死於首陽山。由此觀之，怨邪？非邪？

或曰：「天道無親，常與善人。」[6]若伯夷、叔齊，可謂善人者，非邪？積仁絜行[7]如此而餓死！且七十子之徒，仲尼獨薦顏淵爲好學，然回也屢空，糟糠不厭，而卒蚤夭[8]；天之報施善人，其何如哉？盜跖[9]日殺不辜，肝人之肉，暴戾恣睢，聚黨數千人，橫行天下，竟以壽終；是遵何德哉？此其尤大彰明較著者也。若至近世，操行不軌，專犯忌諱，而終身逸樂富厚，累世不絕；或擇地而蹈之，時然後出言，行不由徑，非公正不發憤，而遇禍災者，不可勝數也。余甚惑焉，儻所謂天道，是耶？非耶？

---

6 天道無親，常與善人：出自《老子》第七十九章。意為天道無偏私之親，總會幫助善者。

7 絜：同「潔」。累積仁義，品行高潔。

8 卒蚤夭：最終早死。傳說顏淵約三十二歲去世。

9 盜跖：春秋時大盜。《莊子．雜篇》記載：「盜跖從卒九千人，橫行天下，侵暴諸侯，穴室樞戶，驅人牛馬，取人婦女，貪得忘親，不顧父母兄弟，不祭先祖。所過之邑，大國守城，小國入保，萬民苦之。」

子曰：「道不同，不相爲謀。」[10]亦各從其志也。故曰：「富貴如可求，雖執鞭之士吾亦爲之；如不可求，從吾所好。」[11]「歲寒，然後知松柏之後凋。」[12]舉世混濁，清士乃見。豈以其重若彼，其輕若此哉？

「君子疾沒世而名不稱焉。」[13]賈子曰：「貪夫徇財，烈士徇名，夸者死權，眾庶馮生。」[14]「同明相照，同類相求，雲從龍，風從虎，聖人作而萬物覩。」[15]伯夷、叔齊雖賢，得夫子而名益彰；顏淵雖篤學，附驥尾而行益顯。巖穴之士，趨舍有時[16]若此，類名堙滅而不稱。悲夫！閭巷之人[17]，欲砥行立名者，非附青雲之士，惡[18]能施於後世哉！

---

[10] 道不同，不相為謀：出自《論語．衛靈公》。意為理念不同，彼此便不須相商、合作。

[11] 「富貴如可求」等句：出自《論語．述而》。如果追求富貴合乎道義，即使是執鞭的低階差事，我也願意去做；如果不合於道義，那就根據自己的喜好去生活。

[12] 歲寒，然後知松柏之後凋：出自《論語．子罕篇》。

[13] 君子疾沒世而名不稱焉：出自《論語．衛靈公》。君子憂慮沒有好作為、好名聲得以稱揚後世。

[14] 「貪夫徇財」等句：出自賈誼《鵩鳥賦》。徇：同「殉」。貪財者為財而丟失性命，壯烈之士為名而獻出生命，自命不凡、好威勢者為權勢而死，一般百姓珍視自己的性命。

[15] 「同明相照」等句：出自《易．乾．文言》。原文為「同聲相應，同氣相求，水流濕，火就燥，雲從龍，風從虎，聖人作而萬物睹。」意為物以類聚，同類事物互相感應。「覩」：同「睹」，顯露、昭著之意。

[16] 趨舍有時：舍：同「捨」。趣舍有時：意為出仕或退隱符合恰當的時機。

[17] 閭巷：小街里巷。閭巷之人：意指民間鄉里之平民百姓。

[18] 惡：讀音「ㄨ」，如何，怎麼。

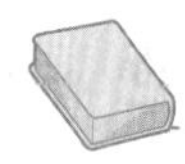

四、文本提問

1. 伯夷、叔齊為何都不願意繼任成為孤竹國的新君？他們各自的考量是什麼？
2. 從武王欲興兵伐紂時的勸諫，乃至後來隱居首陽山的決定，可以看出伯夷、叔齊所堅持的人生價值信念為何？
3. 孔子與司馬遷對伯夷、叔齊的結局分別有何評價與感悟？
4. 本文列舉顏回與盜跖的故事，要表現什麼觀感？
5. 司馬遷認為伯夷、叔齊、顏回等人，為何可以名留後世？
6. 《史記》的「列傳」共有幾篇？〈伯夷列傳〉排序第幾？
7. 請上網搜尋、閱讀「李陵事件」始末，並歸納重點繪製成心智圖。（須包含該事件對司馬遷的影響）
8. 歷史、傳記書寫應該是客觀公正，不含帶個人情感，〈伯夷列傳〉是否有達到此標準？若無，司馬遷偷渡了什麼私人牢騷？
9. 作為一篇歷史記錄、傳記文章，〈伯夷列傳〉有何特色？請舉出其優、缺點。

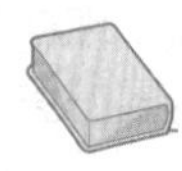

五、文本賞析

〈伯夷列傳〉作爲一篇歷史與傳記，它能給後世讀者帶來什麼啓示？

首先，因爲《史記》的記述，千年前的聖賢事蹟才得以流傳至今。其次，該文樹立起「生命誠可貴，孝悌仁義價更高」的聖賢典範，也由「從其所志」、「歲寒，然後知松柏之後凋」的引述裡，傳達出儒家堅定道德操守的處世信條。最後，從伯夷、叔齊「重義輕利」的性格，讀者得以返回自身，思考自己是否有哪些豁出性命也要保全的價值堅持？從伯夷、叔齊善人惡報的結局下，讀者也可以反問自己，當理想與現實扞格不得兩全之時、當舉世汙濁之時，自己將如何權衡取捨？認識過去、流傳文化、鑑往知來淬鍊成生命智慧，僅是歷史諸多作用的一二項而已。

然而，作為一篇歷史／傳記，〈伯夷列傳〉又洩露了什麼？

首先，司馬遷於〈太史公自序〉說道：「末世爭利，維彼奔義，讓國餓死，天下稱之，作〈伯夷列傳〉第一。」即，司馬遷刻意選擇以重義輕利的伯夷、叔齊擺放於「列傳」之首，這行為，是否透露出即便以紀實客觀為第一要務的歷史記錄，也免不了有人為篩選編排的隱形特點！其次，更為玄妙的，〈伯夷列傳〉中關於傳主的敘述約只有四分之一，其餘四分之三竟然是司馬遷因傳主故事而延伸出的個人感慨與疑惑。我們甚至精明地讀出了司馬遷以伯夷、叔齊善人惡報的遭遇，來偷渡自己遭受李陵事件池魚之殃的哀怨；也宏觀地連結出司馬遷對於巖穴之士與閭巷小民，因無歷史記錄而可能湮滅於時間長河不為人識的憂慮。

再怎麼客觀中立的史學家，也有其或普世或獨特的價值觀／史觀，如同司馬遷展示／灌輸給我們的是儒家思想體系。試想，若是改由莊子或墨子來寫史，可能另有不同評價吧！再怎麼公正的歷史記錄，起筆之前，也必須先從龐雜的資料中篩檢出具備入史資格的人與事，將原本不具意義的事件予以詮釋、賦以意義，甚至有意無意地強調或忽略某些事件的影響力。可以說，史書脫離不了人為的編排，免不了撰述者的主觀甚或其他意圖。因此，讀者宜懷信史、疑史的態度，融入其中又隔著距離審視，多方參酌多元思考，方能從歷史寶藏中攫取生命智慧。（文／洪英雪）

六、文章架構

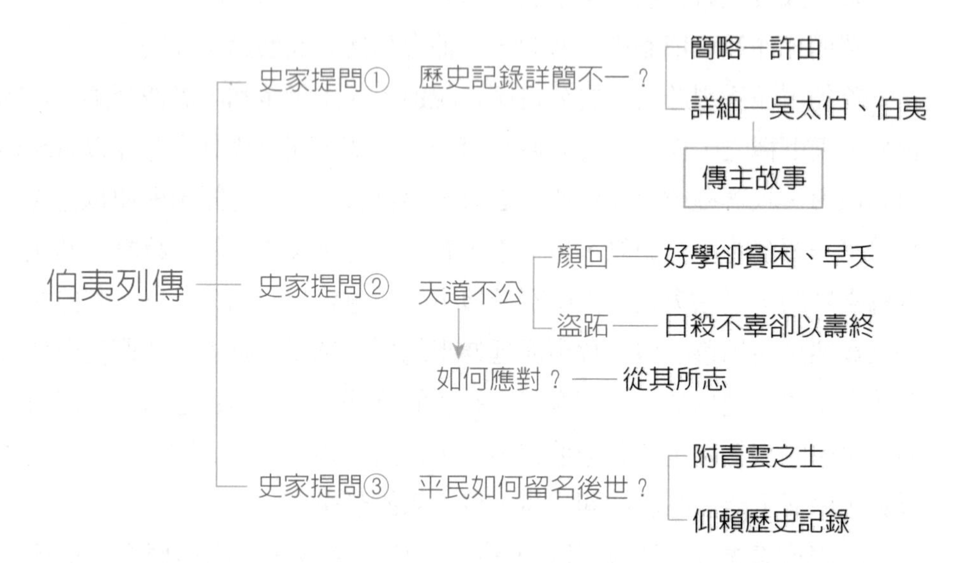
伯夷列傳
史家提問①
歷史記錄詳簡不一？
簡略—許由
詳細—吳太伯、伯夷
傳主故事
史家提問②
天道不公
顏回——好學卻貧困、早夭
盜跖——日殺不辜卻以壽終
如何應對？——從其所志
史家提問③
平民如何留名後世？
附青雲之士
仰賴歷史記錄

七、文以感思、學以致用——教學活動設計

單元／	文本／司馬遷〈伯夷列傳〉

組別：	姓名：	系級：	日期：

說明

1. 文中提到許多古人，如許由、卞隨、務光、盜跖、顏回、周文王、周武王、姜太公等，請任選一位人物，搜尋資料整理其簡歷，上臺講述人物故事。
2. 從〈伯夷列傳〉可以看出其二人忠、孝、義的道德信仰。你呢？是否有哪些道德堅持或價值選擇？
3. 你相信歷史嗎？你是否曾對哪一段歷史書寫有過疑慮？請說明之。

書寫內容

請沿虛線剪下

〈發生了什麼事？〉

南方朔

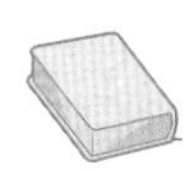

一、生活連結

1. 你看過哪些納粹相關改編電影？
2. 二戰期間，納粹以哪些理由大規模屠殺猶太民族？
3. 你知道為何要讀歷史嗎？你相信歷史嗎？你是否曾對哪一段歷史書寫有過疑慮？請說明之。

二、寫作背景

南方朔（西元1946年～），本名王杏慶。幼年喪父，家境清貧，以閱讀爲樂，走過叛逆的青春期，考上臺大森林系、所。因不滿臺美斷交而放棄留美機會，被冠上「愛國青年」頭銜。畢業後初任報社記者，創生臺灣媒體史上第一個「專欄」（《中國時報》），曾任多家報刊之主編、主筆。解嚴前已於黨外雜誌發表多篇社論並參與民主、言論自由抗爭運動，後與王健壯等人創辦政論刊物《新新聞》。南方朔以其廣博閱讀累積成深厚的文化、文學底蘊，能撰寫犀利的社論，也能創作知性的詩、散文與書評，被譽爲「最用功的民間學者」。

〈發生了什麼事？〉選自南方朔《靈犀之眼》，是南方朔對英格·蕭爾（Inge Scholl）《白玫瑰一九四三》的書評，由評介該書而回朔納粹德國屠殺猶太歷史，引出人類反抗邪惡與堅持自由價值的重要性。

三、文本閱讀

它業已發生
而且正在發生
也將再次發生
如果沒有任何阻擋的事發生
無知者一無所知
因爲他們太過無知
罪人也一無所知
因爲他們都太有罪
窮人注意不到這些
因爲他們太窮
而富人也不理會
只因爲他們太富
笨人只是聳聳肩膀
因爲他們太笨
聰明人一樣只是聳肩
他們太過聰明
年輕人不關心這種事
只因爲他們太年輕
而老人也不關心
因爲他們都已太老
這就是沒有任何事發生

來阻擋的原因
也是它過去發生
仍在發生，還會再發生的理由。

上面這首詩，題名爲〈發生了什麼事〉（What Happens），奧地利猶裔詩人艾立克·福萊德（Erich Fried, 1921-1988）[1]所寫。在他貌似詼諧繞口令的文辭下，所談的其實是二十世紀裡最嚴肅的大問題：爲什麼當年的納粹會替人類帶來如此巨大而不可思議的災難？德意志民族有著極爲優秀的文化積澱，近代更是人文、藝術、哲學鼎盛，爲何竟然任由納粹崛起猖狂，而未加以阻擋？德意志民族究竟發生了什麼事？或者，二十世紀的人類究竟發生了什麼事？

二十世紀乃是社會極端化與政治極端化的時代，而納粹則是這種極端主義的最高點，它不但引發死傷及破壞慘重的第二次世界大戰，屠戮的猶太人亦達六百萬。當一九四五年一月二十七日奧許維茲集中營[2]被解放時，發

[1] 艾立克·福萊德（Erich Fried，西元1921年～1988年）：二十世紀著名德語詩人。生長於維也納，1938年流亡並定居於英國。早期作品偏向抒情，後轉向政治詩，除了詩歌之外，也有小說、散文和翻譯作品。「他的詩歌採用文字遊戲來揭露非人道和意識形態的矛盾。他的作品運用象徵、隱喻等手法，揭露資本主義制度的罪惡。他的立場是人道、和平和自由，他的詩作也常借用古代格言和童話形式，反對帝國主義和猶太復國主義，從而經常引發評論和爭議。」（《德語文學辭典》）

[2] 奧許維茲集中營：位於波蘭南部，營建於1940年，是二戰時期最主要的猶太集中營。約有110萬猶太人於此喪生。1947年，波蘭國會將此改為博物館，用以見證納粹德國罪行。1979年，聯合國將之列入世界文化遺產，內部保留大

現的是七千多瘦若鬼魅、垂垂待斃的猶太囚徒；以及尚未掩埋有若山堆的骨骸；而從婦女受難者頭上剪下的頭髮多達七噸。這是亙古以來從未曾有的暴行。今天世人都會義正辭嚴斥責那樣的暴行。但我們卻也不能忽略了，那就是當年希特勒自仇恨政治學竄起時，它其實是得到德意志各階層人民廣泛支持的。它的極端主義不但使教會保持緘默、龐大的軍人及文官體制附從，甚至許多二十世紀德國重要思想人物如哲學家海德格[3]、法學泰斗許密特[4]等也爲之背書。如果我們回頭重看納粹的那段歷史，不妨假設一下，如果納粹僥倖的能夠在第二次世界大戰時獲得勝利，它的邪惡與暴行又會怎樣被解釋？除了成王敗寇的因素外，我們對邪惡與暴行是否能有非關成敗的更高評斷標準？

所有上述問題，都困惑著人們的心靈，並引發許多深刻的反省。人們察覺到，仇恨式的煽動政治學，經常是很有效的政治工具，它會造成集體亢奮式的盲從和「政治正確」的威嚇力量；人們也發現到，知識分子在抗拒政治的邪惡上，經常是低能甚至無能的，原因即在於當他們用概念來思考問題，而不是用生命的共感來思考問題時，他們的抽象概念就很容易被操弄，反而混淆了是非與善惡的分

量當年被移送至此的猶太人的遺物。

3 馬丁．海德格（德語：Martin Heidegger，西元1889年～1976年）：德國哲學家，著有《存有與時間》（Sein und Zeit）等。

4 卡爾．許密特（Carl Schmitt，西元1888年～1985年）：德國法學家及政治思想家。信奉納粹主義。

際；而更令人覺得恐怖的，乃是面對納粹這種民粹極端主義時，它會形成一種強迫性的體制，而每一個參與行動的人則在「我只是奉公守法的辦事，而不是下達命令的人」之心態下，寬恕了自己，政治極端主義的罪惡，印證了「共犯結構」的存在，這乃是「後納粹政治學」與「後納粹社會學」的驚人發現：二十世紀裡，「善良的個人」與「邪惡的體制」經常並存，原因即在於人們的冷漠疏離，已使得他們對別人的受到威脅及受苦失去了感覺而只耽於一己的苟存中；也正因此，在德國的「後納粹神學」裡，遂特地將「緘默」視爲罪惡。德國主教團近年來已多次發表自我譴責的教諭，承認當年面對邪惡卻緘默，已使得教會成了納粹罪惡的共謀。而正因理解到緘默是罪，數年前當德國的新納粹又蠢蠢欲動，以驅逐德國的新移民爲訴求時，法蘭克福的市民們遂舉行浩大的燭光遊行，矢志保衛新移民。法蘭克福市民的行動，所顯示的乃是一種深刻的覺悟：那就是當邪惡只要一露出訊息，就必須加以阻擋，主動去阻擋邪惡，已成了公民的責任。

今天的德國人，在遭受到納粹暴行的侵害後，已有了更深的覺悟。今天的覺悟，更襯托出當年納粹勢如中天時，那極少數敢於挺身而出，拒絕以及反抗納粹的人物。與德國絕大多數被集體亢奮所席捲的納粹支持者和緘默者相比，他們是極少的少數，但卻無疑是人性史上最偉大的榜樣。英國首相邱吉爾就曾如此讚揚道：

「在整個德國曾經存在著反抗運動，其成員可廁身於人類政治史上最高貴偉大人物之林而無愧。這些人在沒有國內外支援的情況下獨立奮鬥，而推動他們的力量僅來自良心上的不安，他們在世時必須掩飾自己的身分，所以我們不知其爲何許人，但是我們可以從死難者身上看見反抗運動的存在。雖然這些犧牲者無法爲德國所發生的一切事情做出辯解，然而他們卻爲現在的新建設奠下了不可磨滅的基礎。」

而今這本敘述納粹時代偉大反抗者的《白玫瑰一九四三》，終於有了中文版。這本書所說的重點，乃是當時最重要的慕尼黑大學反納粹組織「白玫瑰」；著墨最多的乃是該組織被發現逮捕後，最先被處死的六名勇士。但在整本書裡其實也概略提到當時其他的反抗組織及反抗者，包括一九四四年七月二十日意圖行刺希勒特未遂，只炸死希特勒參謀兩人的上校軍人施陶芬堡伯爵，他當時是德國本土防衛部參謀長；著名的新教牧師迪特利希・邦赫佛爾；德國名將毛奇的的侄孫赫爾穆特・馮・毛奇等。

由本書所述「白玫瑰」組織的人物、事蹟以及當年他們所印發的地下傳單等文件，我們已可知道這個以慕尼黑大學醫學院學生爲主體的反抗組織，眞的可以說是近代人類心靈的奇蹟。他們開始反抗納粹暴政時，諸如集中營等殘酷暴行尚少爲人知。但他們由於廣闊的人道心靈與對自由的堅持，已從價值上知道了納粹的其他小邪惡裡所潛藏的大邪惡。自此，他們遂在納粹勢力如日中天之際，就開始了地下反抗活動。他們是反納粹的先行者，最早看出民粹主義的政治極端主義是德意志民族的惡性精神病。「白玫瑰」的故事印證了反抗運動的鐵律：只有開闊的人道自由心靈，始能產生智慧，預見邪惡及災難。「白玫瑰」雖然抵擋暴政未曾成功，但他們留給後人的卻是至高的警惕：不能對邪惡減壓，要在它萌芽之際，就奮力的去阻擋，對知識分子尤然。

《白玫瑰一九四三》是本重要的人道反抗之書。它提醒了我們，堅持自由價值的重要！

——出自《魔幻之眼》，聯合文學出版社股份有限公司出版

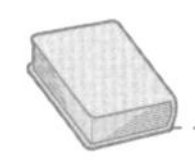

四、文本提問

1. 本文一開始，南方朔引用〈發生了什麼事？〉一詩要表達什麼意義？
2. 為何知識份子無能抗拒政治的邪惡？
3. 為何「善良的個人」與「邪惡的體制」可以共存？
4. 納粹德國屠殺猶太人的原因為何？
5. 「白玫瑰」組織由哪些成員組成？該組織要反抗的對象是誰？結局如何？
6. 「白玫瑰」組織的行為留給後世的警惕為何？

五、文本賞析

南方朔寫作書評有其特有的理念，即，除了評介該書之外，更著重在閱讀該書所必備的歷史背景與所能連結的知識脈絡。本文先引述艾立克．福萊德一詩以之爲小序，揭示人們漠視他人之苦，便是悲劇發生、且將再重複發生的原因。進而，說明極端主義、仇恨煽動政治學的政治背景

與社會氛圍，使得文化積澱深厚的德意志民族放任納粹猖狂的罪行；再從教會、哲學家的緘默、默許罪行的發生，點出習慣「用概念來思考問題」的知識份子缺乏生命的共感。最後稱許勇於反抗暴政的白玫瑰成員高貴偉大。

在那一段由納粹德國帶領的集體瘋狂期間，約有六百萬猶太生命喪生。暴力與死傷已然發生，後人該如何面對這一段悲劇？除了納粹軍官的法律責任與國家賠償之外，更重要的是施暴方願意擔起暴行的責任。德國歷任領導者接連承認錯誤並「請求寬恕」，例如特奧多爾．豪斯承認「這段歷史現在和將來都是我們全體德國人的恥辱」（1949年）；威利．布蘭特甚至在華沙猶太人殉難者紀念碑前雙膝下跪默哀（1970年），如同梅克爾所言：「正視歷史是和解的前提。」正視錯誤，與過去決裂，使仇恨有了化解的可能，也是德國重新被國際接納的前提。

除了認錯與賠償之外，後人又該從悲劇中獲得什麼啓示？執行滅絕計畫的軍官以「服從上級命令」爲由，不願／無能思考該行爲的是非以及將造成何種無可挽回的災厄，讓人們警醒邪惡的平庸性。[5]而其他爲數更爲廣大的旁觀民眾呢？如同德國主教團爲當時的沉默所發表的自我譴責，在邪惡面前保持緘默，便形同共謀。遏止邪惡，不只是個人的道德勇氣，更應該是公民的責任。

逝者已矣，奧許維茲集中營裡成山的遺骨、數噸的頭髮、衣鞋眼鏡等遺物，仍舊栩栩如生地展示著那一段駭怖歷史。傳述與記憶，不是爲了持續仇恨，而是避免遺忘，唯有記住曾經發生的事，才能讓同樣的悲劇不再發生。（文／洪英雪）

---

[5] 漢娜．鄂蘭提出：邪惡並非專屬於極權殘虐的暴君，它更可能隱身於一個平凡忠誠、奉公職守的小職員身上。關鍵點不在於是否心存惡念蓄意傷人，只要是盲目信奉某種美德而不經思考評斷，便是一種思考無能的平庸，而這種平庸將可能造成巨大的毀滅。

六、文章架構

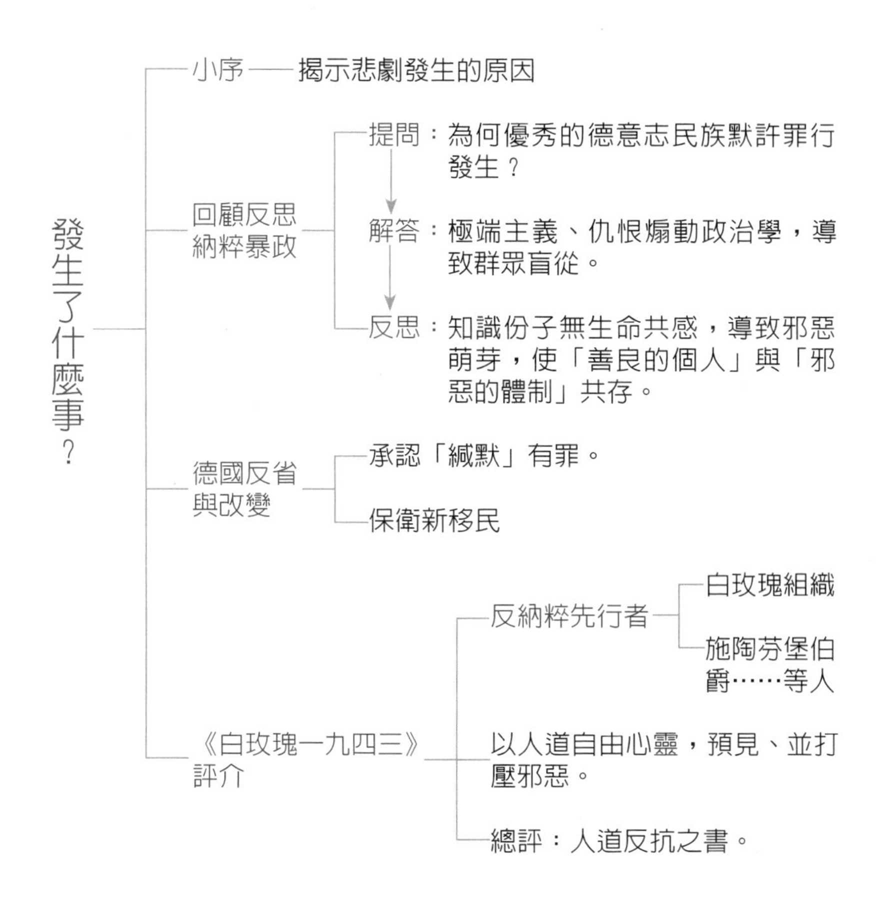
發生了什麼事？
小序
揭示悲劇發生的原因
回顧反思
納粹暴政
提問：為何優秀的德意志民族默許罪行發生？
解答：極端主義、仇恨煽動政治學，導致群眾盲從。
反思：知識份子無生命共感，導致邪惡萌芽，使「善良的個人」與「邪惡的體制」共存。
德國反省
與改變
承認「緘默」有罪。
保衛新移民
《白玫瑰一九四三》
評介
反納粹先行者
白玫瑰組織
施陶芬堡伯爵……等人
以人道自由心靈，預見、並打壓邪惡。
總評：人道反抗之書。

請沿虛線剪下

七、文心感思、學以致用——教學活動設計

單元／		文本／南方朔〈發生了什麼事？〉	
組別：	姓名：	系級：	日期：

說明

1. 滅絕猶太計畫中，納粹黨衛軍少校阿道夫・艾希曼（Otto Adolf Eichmann）作為「猶太人問題最終解決方案」執行者，將百萬猶太人送入死境，其於西元1960年受到逮捕審判。法庭上，艾希曼稱自己具有守法的美德，他表示自己並不憎恨猶太人，一切只是「服從上級命令」、「履行任務」而已。
   你如何看待此一說詞？道德良知與服從命令，何者為上？這其中是否又將因當事者的智能、道德標準而有差異？
2. 戰爭固然殘暴，然，人類史上曾發生過的群體暴力不僅只來自於帝國侵略的軍事交戰，舉凡宗教信仰、種族歧視、獨裁統治等等都曾引發過視人命如草芥的屠戮。你還知道哪些曾經發生過的暴力屠殺事件？請以組為單位，搜尋整理該資料，上臺介紹該歷史。
3. 《自由時報》：「臺灣某高中學生前天在校慶的變裝遊行活動中，穿戴納粹衣帽、手持納粹旗幟，化身納粹軍團，導師甚至登上戰車比出希特勒手式，引發爭議。」這一樁引發國際關注的納粹扮裝行為，有人批評為是無視他人苦難的歷史無知，也有人持「開開玩笑不行嗎？」、「不能談論惡嗎？」的態度相挺。你又如何看待此事件？請同學依據自身觀點與立場分成正方與反方，進行一場簡易版班際辯論活動。

書寫內容

請沿虛線剪下

延伸閱讀

1. 司馬遷：〈太史公自序〉，收錄於《史記》（藝文印書館，2005年）。
2. 影片：呂世浩「學歷史的大用」 at TEDxTaipei 2014，https://www.youtube.com/watch?v=Ap0w3PgSK7g。
3. 影片：「穿越時空的正義？轉型正義」—木擊者，https://www.youtube.com/watch?v=muaelzRYzII。
4. 南方朔：《靈犀之眼——閱讀大師2》（聯合文學，2004年）。
5. 英格．蕭爾（Inge Scholl）著，周全譯：《白玫瑰一九四三》（左岸文化，2003年）。
6. 安妮．法蘭克（Anne Frank）著，呂玉嬋譯：《安妮日記》（皇冠，2013年）。
7. 漢娜．鄂蘭（Hannah Arendt）著，施奕如譯：《平凡的邪惡》（玉山社，2013年）。
8. 梅兆榮：〈銘記歷史 警示未來：德國如何反省二戰侵略歷史〉（《人民日報》，2015年07月13日22版）。
9. 史帝芬．史匹柏（Steven Allan Spielberg）：《辛德勒的名單》（電影），1993年。
10. 史蒂芬．戴爾卓（Stephen Daldry）：《為愛朗讀》（電影），2008年。

九、社會關懷

誰在遠方哭泣

單元導讀

人權意識之具備已是當今社會的基本道德，無論是性別平等或是弱勢關懷等議題，皆已滲透到日常生活中，並享有法律的保障。然而這一切的觀念認知，並非一蹴可幾的，而是透過許多血淚交織的過程才能逐步發芽茁壯，進而在現代社會中落地生根。

就女性地位而言，在長久的歷史中，都是由男性所定義，女性淪為次等的附庸存在，甚且無異於物。連同其他社會中的弱勢族群，皆不具備應有的權利，甚而遭受歧視、剝削、欺辱、霸凌。

本單元所編選的幾篇文章，白居易〈賣炭翁〉、張岱〈揚州瘦馬〉、陳俊志〈人間．失格——高樹少年之死〉皆凝眸於社會中未能受到平等對待的族群，在揭露相關現象之餘，並寄予無限同情，希冀能引起社會關注，匯聚並觸發社會的關懷能量。

〈賣炭翁〉

白居易

一、生活連結

1. 唐代詩壇出現哪些詩派？寫作特色為何？各有哪些代表詩人？
2. 對於社會不同階級之間常存在著不平等或矛盾對立的現象，你有何觀察或感受？
3. 政府的存在必然是照顧人民、服務百姓的嗎？你的認知為何？

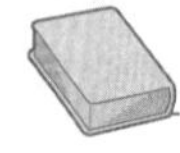

二、寫作背景

白居易（西元772年～846年）字樂天，中唐詩人。德宗貞元十六年（西元800年）舉進士，憲宗元和十年（西元815年）因上書言事，貶爲江州司馬。晚年好佛，往來龍門山香山寺，自號香山居士，亦放意詩酒。

白居易文章精切，尤工於詩筆，主張「文章合爲時，歌詩合爲事而作」，故其詩繼承「《詩》三百之義」，以反映社會、指陳時弊爲本，對中唐的社會問題有深刻性的揭露，「欲見之者易諭也」，故文辭清新平易，婦嫗能解；內容含血帶淚，風行一時。

白居易作品分爲諷諭、感傷、閒適、雜律四項。大抵自元和初至貶謫江州之間，爲其撰作諷諭詩時期，意欲箴時之病、補政之缺。總言之，「惟歌生民病，願得天子知」，乃「爲君爲臣爲民爲物爲事而作，不爲文而作也」。〈賣炭翁〉即「諷諭詩」代表作之一，用以「苦宮市」也。

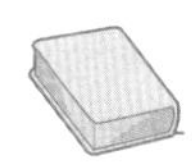

三、文本閱讀

賣炭翁，伐薪燒炭南山[1]中。滿面塵灰煙火色，兩鬢蒼蒼十指黑。賣炭得錢何所營[2]？身上衣裳口中食。可憐身上衣正單，心憂炭賤願天寒。夜來城外一尺雪，曉駕炭車輾冰轍。牛困人飢日已高，市南門外泥中歇。翩翩[3]兩騎來是誰？黃衣使者白衫兒[4]。手把文書口稱敕[5]，回車叱牛牽向北。一車炭，千餘斤，宮使驅將惜不得[6]。半疋[7]紅綃一丈綾[8]，繫向牛頭充炭直[9]。

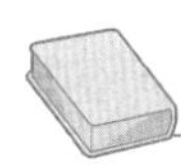

四、文本提問

1. 賣炭翁的工作場域在哪？
2. 賣炭翁的工作內容為何？
3. 賣炭翁作為勞動者，其形象為何？
4. 賣炭翁辛苦工作的目的為何？

---

[1] 南山：即終南山，地處長安之南。
[2] 營：謀求。
[3] 翩翩：輕快的樣子。
[4] 黃衣使者白衫兒：黃衣，借代皇帝；白衫兒，借代太監。
[5] 手把文書口稱敕：手拿公文，言稱奉皇帝命令。把，持；敕，敕令，皇帝的命令。
[6] 宮使：從皇宮來的使者，即太監；驅將，驅行，逼著走；惜不得，愛惜不得。
[7] 疋：或作「匹」，一匹四丈。
[8] 綾：輕薄有綵紋的織品。
[9] 直：值，價錢。

5. 詩中所出現的剝削者為誰？

6. 賣炭翁最終所獲得的工作報酬為何？

7. 白居易在〈賣炭翁〉中，透過哪一個句子傾注了他的同情之心？

8. 為凸顯此詩的諷諭性，白居易頻仍地使用「反襯」手法，相關句子有哪些？

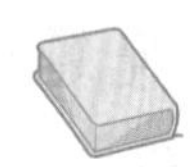

五、文本賞析

白居易作新樂府詩〈賣炭翁〉，於題下自注云：「苦宮市也。」所謂「宮市」，即宮廷向民間直接採購日常用品，以供生活所需，而以太監專管其事。但當這群太監巡行街市時卻往往狐假虎威，作威作福，或強行購買或蠻橫掠奪，不給予合理的報酬，無異於剝削，行徑惡劣，此韓愈所謂：「名爲宮市，其實奪之。」（《順宗實錄》）故白居易之「苦宮市」除了揭露宮市現象之外，更重要的是反映了人民的痛苦，並寄予無限的同情。

「賣炭翁」即深受其害的社會底層代表人物，可反映出民間疾苦的深度和廣度，亦具有普遍性意義。白居易首先塑造其「滿面塵灰煙火色，兩鬢蒼蒼十指黑」的鮮明形象，並又填滿極其「辛苦」的工作內容，以「伐薪」、「燒炭」、「運輸」等複雜工序、漫長勞動過程示現「所得不易」，又以「身上衣裳口中食」交代生活的卑微滿足，更以「可憐身上衣正單，心憂炭賤願天寒」刻畫心理矛盾，透顯生命的無奈。因此對賣炭翁而言，「炭」除了是心血的凝聚，更是希望的象徵。

「賣炭得錢」，再以所得之錢換得衣食的願望有沒有可能實現呢？在故事軸線上，白居易則以「天從人願」、「事與願違」的相承、相對，增添了情節的曲折性。

天從人願的部分——以「夜來城外一尺雪」滿足了賣炭翁的「願天寒」，可以不必心憂炭賤了，因此即使要「曉駕炭車輾冰轍」，縱然「牛困人飢」，但希望的存在讓人充滿動機，不以爲苦。只要炭車能行至長安城，長安城中的達官、貴人、富商、巨賈就會是豪氣的消費者。然而，故事的最終卻以「半疋紅紗一丈綾」作爲「一車炭、千餘斤」的工作報酬，如此懸殊的不成比例，讓賣炭翁所盼大打折扣。白居易給了一筆「事與願違」的跌宕。此「半疋紅紗一丈綾，繫向牛頭充炭直」、「手把文書口稱勑」，即是剝削行爲的鐵證，更無情之處在於它來自於「人」、來自於「宮廷」，出自「皇帝」之令；怎能不令爲基本生活溫飽問題而努力的底層老百姓心灰意冷、仰天長嘆？

然後呢？後來的賣炭翁怎麼了？他又將懷抱著什麼樣的心情去面對他的生活現實？白居易一筆未著，留了白，而開啓了讀者無限想像。文字已盡，意蘊卻無窮，此白居易含蓄卻有力的諷諭之筆，其「用」如映射之鏡，足令讀者心生唏噓，而主政者又豈能不深自警惕乎？（文／洪然升）

六、文章結構

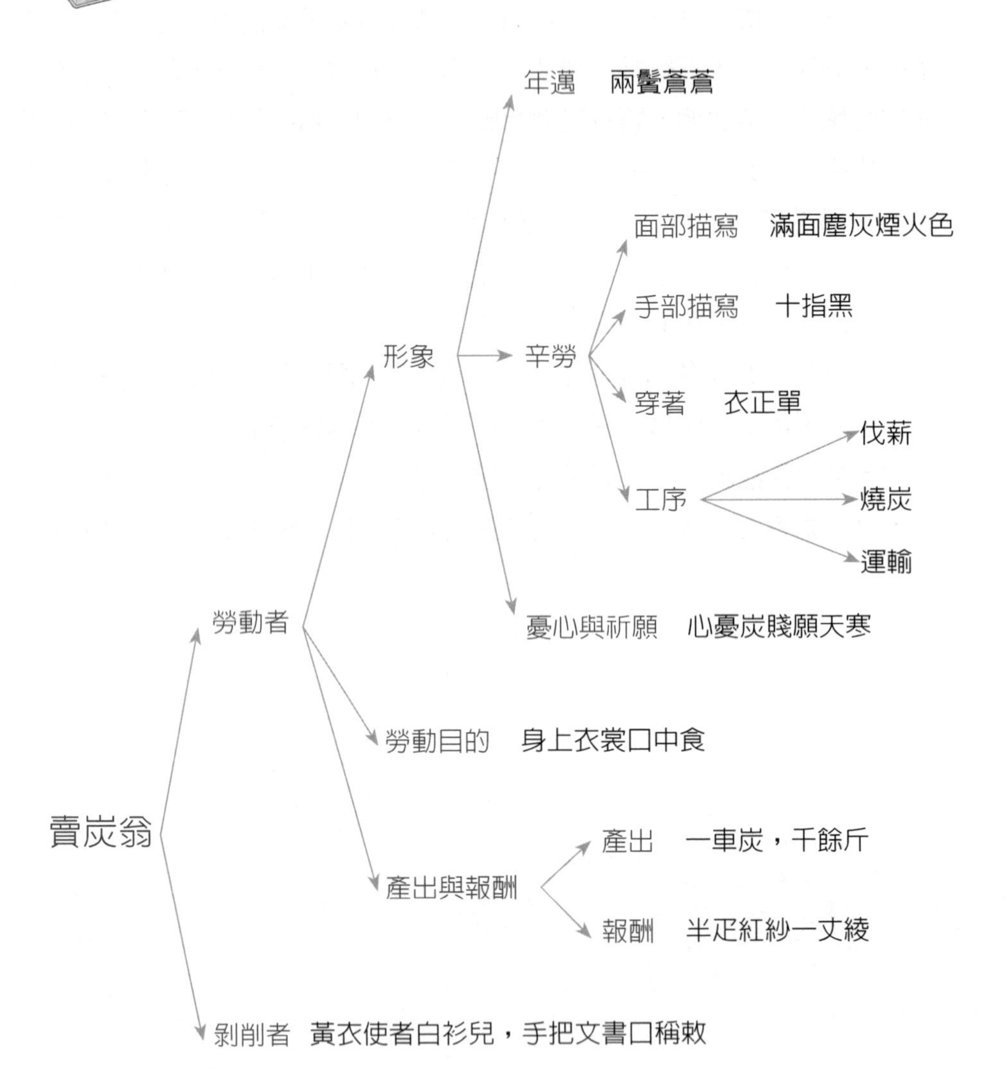

年邁　兩鬢蒼蒼
面部描寫　滿面塵灰煙火色
手部描寫　十指黑
形象
辛勞
穿著　衣正單
伐薪
工序
燒炭
運輸
勞動者
憂心與祈願　心憂炭賤願天寒
勞動目的　身上衣裳口中食
賣炭翁
產出　一車炭，千餘斤
產出與報酬
報酬　半疋紅紗一丈綾
剝削者　黃衣使者白衫兒，手把文書口稱敕

請沿虛線剪下

七、文以感思、學以致用——教學活動設計

單元／	文本／白居易〈賣炭翁〉
組別：　姓名：	系級：　日期：

說明

1. 〈賣炭翁〉詩中「可憐身上衣正單，心憂炭賤願天寒」兩句，呈現出賣炭翁的辛酸無奈——生意興隆的願望得由自身受寒受凍的代價換來。請透過小組討論，古今社會上還有哪些行業，其興隆的生意是建立在自我或他人的苦難之上？
2. 白居易〈賣炭翁〉留給讀者極大的想像空間，例如他來自於什麼樣的家庭，為什麼會讓年邁的老翁出門從事艱辛的工作？除了他家裡還有誰？他這樣的工作樣態持續多久了？詩中的境遇是他的日常嗎？在以「千餘斤」的「一車炭」換得不成比例的報酬之後，他懷著什麼樣的心情？又將何去何從？是回到終南山繼續工作，還是回到家中面對家人的期待落差？……請透過小組討論，以「故事接龍」進行補白。

書寫內容

請沿虛線剪下

〈揚州瘦馬〉

張岱

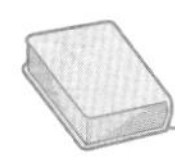

一、生活連結

1. 你曾經遇到過性別歧視嗎？
2. 你覺得現代社會是否有物化女性的現象？若有，請敘述之。
3. 查詢古代的「妾」她們的生活狀態以及社會地位。
4. 晚明時期，富商養瘦馬也是一種炫富手法，現代社會中亦常出現炫富現象，讓你印象最深刻的炫富行為有哪些？

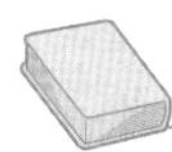

二、寫作背景

張岱（西元1597年～1689年），字宗子，號陶庵。晚明著名散文家。山陰（今浙江紹興）人。他出生於仕宦之家、書香門第。早年生活優渥，培養出極高的品鑑能力，也精通各種玩樂之道。但繁華靡麗的生活在他四十八歲那年，隨明代滅亡而消失，人生轉向動盪痛苦。此後，張岱隱居山林，窮困而終。他於〈自爲墓誌銘〉寫道：「年至五十，國破家亡，避跡山居。所存者，破床碎几，折鼎病琴，與殘書數帙，缺硯一方而已。布衣蔬莨，常至斷炊。回首二十年前，眞如隔世。」

張岱的寫作風格集公安、竟陵兩派之長，文筆清麗優美，是晚明小品文集大成者。著有《陶庵夢憶》、《西湖夢尋》。〈揚州瘦馬〉是張岱對當時買賣女性的社會現象進行的記錄，從中可看到明清時期女性地位的低下，以及這些進入人口販賣市場女性的可悲與可憐。

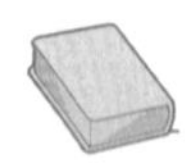

三、文本閱讀

揚州人日飲食於瘦馬之身者數十百人。娶妾者切勿露意，稍透消息，牙婆[1]駔儈[2]，咸集其門，如蠅附膻，撩撲[3]不去。黎明，即促之出門，媒人先到者先挾之去，其餘尾其後，接踵伺之。至瘦馬家，坐定，進茶，牙婆扶瘦馬出，曰：「姑娘拜客。」下拜。曰：「姑娘往上走。」走。曰：「姑娘轉身。」轉身向明立，面出。曰：「姑娘借手睄睄[4]。」盡褫[5]其袂[6]，手出、臂出、膚亦出。曰：「姑娘睄相公。」轉眼偷覷[7]，眼出。曰：「姑娘幾歲？」曰幾歲，聲出。曰：「姑娘再走走。」以手拉其裙，趾出。然看趾有法，凡出門裙幅先響者，必大；高繫其裙，人未出而趾先出者，必小。曰：「姑娘請回。」一人進，一人又出。看一家必五六人，咸如之。看中者，用金簪或釵一股插其鬢，曰「插帶」。看不中，出錢數百

---

1 牙婆：三姑六婆之一種，專做人口販賣、居中介紹的女性。

2 駔儈：音ㄗㄤˇ　ㄎㄨㄞˋ，原指馬匹販賣的仲介，後泛指居中介紹買賣的中間商。

3 撩撲：指揮打、揮趕。

4 睄睄：音ㄑㄧㄠˊ，同瞧瞧。

5 褫：音ㄔˇ，脫掉、卸下、革除之意，此處指捲起袖子。

6 袂：音ㄇㄟˋ，衣袖。

7 覷：音ㄑㄩˋ，指偷看。

文，賞牙婆或賞其家侍婢，又去看。牙婆倦，又有數牙婆踵伺之。一日、二日至四五日，不倦亦不盡，然看至五六十人，白面紅衫，千篇一律，如學字者，一字寫至百至千，連此字亦不認得矣。心與目謀，毫無把柄，不得不聊且遷就，定其一人。「插帶」後，本家[8]出一紅單，上寫彩緞若干，金花若干，財禮若干，布匹若干，用筆蘸墨，送客[9]點閱。客批財禮及緞匹如其意，則肅[10]客歸。歸未抵寓，而鼓樂、盤擔[11]、紅綠[12]、羊酒[13]在其門久矣。不一刻，而禮幣、糕果俱齊，鼓樂導之去。去未半里，而花轎花燈、擎燎[14]火把、山人[15]儐相[16]、紙燭供果牲醴之屬，門前環侍。廚子挑一擔至，則蔬果、肴饌湯點、花棚糖餅、桌圍坐褥、酒壺杯箸、龍虎[17]壽星、撒帳[18]牽紅[19]、小唱弦索之類，又畢備矣。不待覆命，亦不待主人命，而

8 本家：指瘦馬家。
9 送客：指欲買妾者。
10 肅：迎送、恭送之意。
11 盤擔：婚俗當中男方要準備的總禮之一種，內裝盤饌的禮盒擔子。
12 紅綠：新郎、新娘穿紅戴綠。
13 羊酒：羊與酒，是明清時期定親禮品之一種。女方接受了男方的羊酒，就意味著承認了親事；反之，就意味著親事不成。所以羊酒在古代婚俗中非常重要。
14 擎燎：手持的火炬。
15 山人：一般指隱士高人或與世無爭的人，也指山野之人。此處指的是以山醫命相卜五行算命為職業的人。
16 儐相：指結婚典禮中，引導新郎、新娘行禮的人。
17 龍虎：吳越風俗裡，成婚時要在喜堂左右牆上貼上書寫龍虎二字的紅紙，作為鎮壓邪魔之用。
18 撒帳：指在新房內撒穀物、喜果到新床上的習俗，寓意早生貴子、多子多孫。
19 牽紅：指婚禮時男女雙方各執一端的紅色長巾。

花轎及親送小轎一齊往迎，鼓樂燈燎，新人轎與親送轎[20]一時俱到矣。新人拜堂，親送上席，小唱鼓吹，喧闐[21]熱鬧。日未午而討賞遽去，急往他家，又復如是。

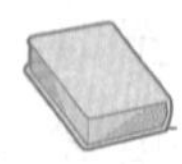

四、文本提問

1. 張岱在本文中提到：「娶妾者切勿露意」，請問為什麼？
2. 〈揚州瘦馬〉一文反映了明代怎樣的社會現象？可以條列之。
3. 文中男性挑選瘦馬所根據的項目有哪些？
4. 文中提到的晚明納妾儀軌有哪些？請試著找找看。
5. 文末「日未午而討賞遽去，急往他家，又復如是」，可以看出當時瘦馬行業的哪些特色？

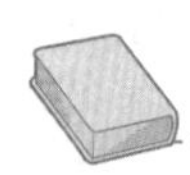

五、文本賞析

揚州從唐代以後一直是重要的經濟、文化中心，到明清時期更是發展旺盛，是多條要道匯聚之處。而鹽商也匯聚於此。鹽商們富可敵國、腰纏萬貫。在巨大的財富下，這些商人們便把注意力轉移到養瘦馬這件事情上。

瘦馬指的不是馬，而是年輕女子。

在當時，有一種人口販賣行業，販售年輕女子給富戶或是想要彰顯身份地位的男人們當小妾，以賺取暴利。其中以揚州最盛，因此稱「揚州瘦馬」。

[20] 送轎：古代婚俗除了新人乘轎之外，有些地區也會分別為男方的迎親婆和女方的送親婆或喜娘準備轎子。

[21] 喧闐：音ㄒㄩㄢ　ㄊㄧㄢˊ，形容熱鬧，聲音喧囂之意。

那麼，這些被販賣的女子，其來源又是如何呢？

清人吳熾昌在《客窗閒話》中曾經提到：「金陵匪徒，有在四方販買幼女，選其俊秀者，調理其肌膚，修飾其衣服，延師教之，凡書畫琴棋、簫管笛弦之類，無一不能。及瓜（十六歲），則重價售與宦商富室爲妾，或竟入妓院，名之曰『養瘦馬』。遇有貧家好女子，則百計誘之。」

這些人口販子用極低的價格，就能從貧困的親生父母處買入小女孩。或直接拐賣落單的女孩子，經過七、八年的訓練後再高價賣出。一等一的瘦馬，甚至可以賣出上千兩以上的價格。這些利潤扣除這些女孩五六年間的生活開銷以及調理訓練等等，是一樁高暴利的行業。因此張岱在文中才提到：「揚州人日飲食於瘦馬之身者數十百人」，藉販賣女孩就可以養活數十百人身家。

再根據張岱的敘述：「看一家必五六人……一日、二日至四五日，不倦亦不盡……」可以知道，當時進入到販賣人口系統中的小女孩數量是驚人的。從這樣的販賣人口行爲，也可以看到當時貧富的差距：貧人賣女兒、富人買瘦馬的現象。從〈揚州瘦馬〉中，也看到了晚明時期的社會畸形。

而富戶們買瘦馬就像去市場買牲口一樣，要慢慢挑選。看儀態、看皮膚、看眼睛、聽聲音、看金蓮小腳……。完成挑選、交易成功後，人牙子們會一條龍式的幫買主辦好所有的迎親禮、宴客辦桌等等瑣事，完全不用買主操煩。所以瘦馬買賣在當時已經是極端成熟、並且走向系統化的商業流程了。

但年紀漸長卻始終未被挑走的瘦馬們，人生命運又是如何呢？

張岱在〈二十四橋風月〉寫道：「夜分，不得不去，悄然暗摸如鬼。見老鴇，受餓、受笞，俱不可知矣。」她們大多被賣入妓院，在秦淮河畔流離、失所、暗摸如鬼。（文／周翊雯）

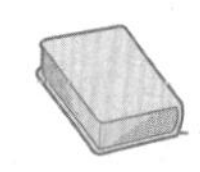

六、文章結構

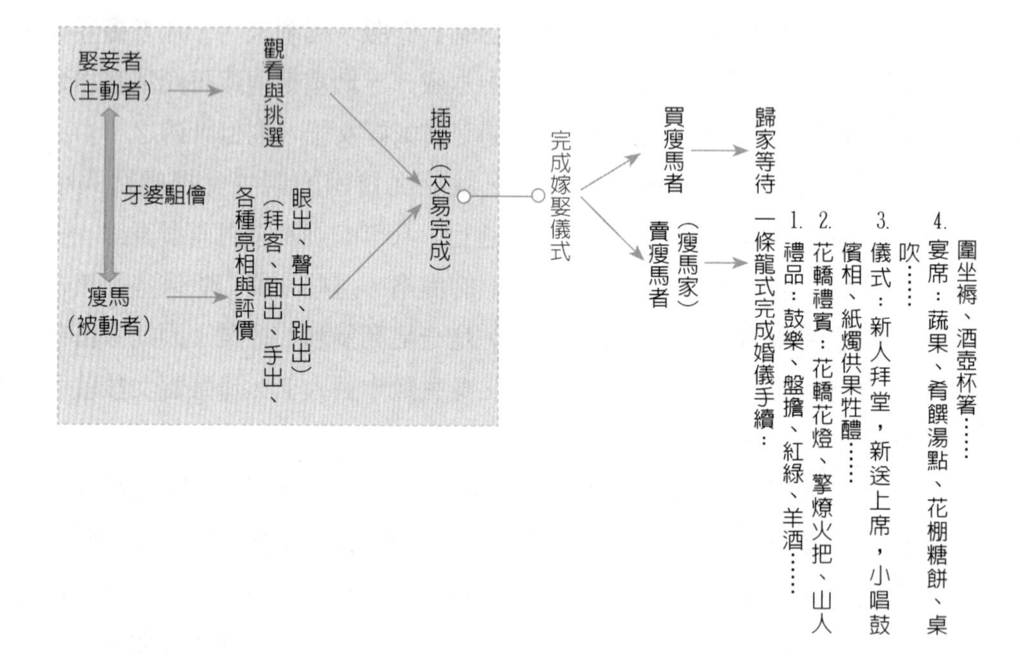

娶妾者
（主動者）
觀看與挑選
牙婆駔儈
瘦馬
（被動者）
眼出、聲出、趾出
（拜客、面出、手出、各種亮相與評價
插帶（交易完成）
完成嫁娶儀式
買瘦馬者
歸家等待
賣瘦馬者（瘦馬家）
一條龍式完成婚儀手續：
1. 禮品：鼓樂、盤擔、紅綠、羊酒……
2. 花轎禮賓：花轎花燈、擎燎火把、山人儐相、紙燭供果牲醴……
3. 儀式：新人拜堂，新送上席，小唱鼓吹……
4. 宴席：蔬果、肴饌湯點、花棚糖餅、桌圍坐褥、酒壺杯箸……

請沿虛線剪下

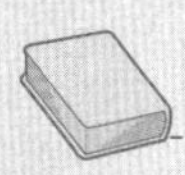

七、文以感思、學以致用——教學活動設計

單元／		文本／張岱〈揚州瘦馬〉	
組別：	姓名：	系級：	日期：

說明

1. 你有看過哪些關於瘦馬或妓女的電影或劇目？請分組評述之。
2. 你贊成性工作者合法化嗎？請分組討論之。
3. 目前有些回教國家仍容許一夫多妻制，請尋找他們一夫多妻制的限制與標準。而你贊成一夫多妻制嗎？為什麼？
4. 買賣人口在現代社會是違法的行為，那麼你贊成買賣動物嗎？贊成，為什麼？不贊成，為什麼？

書寫內容

請沿虛線剪下

〈人間・失格——高樹少年之死〉

陳俊志

一、生活連結

1. 翻閱報紙或者觀看新聞，哪一類型的事件最吸引你關注？甚至引起你或喜或怒的情緒？
2. 以你身邊的親友、同學來看，他們是否仍有性別的刻板印象？
3. 在你成長過程裡，你有見過校園霸凌嗎？

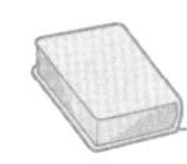

二、寫作背景

陳俊志（西元1967年～2018年），英文名Micky，暱稱琪姊。畢業於紐約市立大學電影製作研究所。陳俊志父親爲臺灣爵士彩色沖印店創辦人，曾有七家連鎖店，後因債務問題倒閉，母親獨自遠走美國。成年後，因父親無法接受其同志身分而決裂離家，曾自稱是「無家無父之人」，數年後才得以和解歸家。陳俊志不只長年關注性別平等與弱勢議題，更是以影像、文字爲劍的社會實踐家。他曾說：「紀錄片會拍到文字看不到的東西，文字則能寫出紀錄片無法碰觸的殘酷且危險的祕密。」陳俊志紀錄片作品頗多，例如《美麗少年》同志三部曲等等，也有多部文字著作，例如獲得時報文學獎第三十一屆「報導文學組」首獎的〈人間・失格——高樹少年之死〉；講述臺美移民家族史的《台北爸爸，紐約媽媽》等。2018年

12月10日因心因性休克於自家意外死亡。

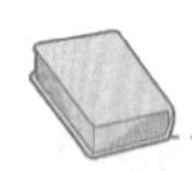

三、文本閱讀

葉永鋕的悲劇發生在二〇〇〇年初夏的早上，屏東高樹國三學生葉永鋕，在音樂課上舉手告訴老師他要去尿尿，那時距離下課還有五分鐘。這個男孩從來不敢在正常下課時間上廁所，他總要找不同的機會去。葉永鋕再也沒有回來過。

尋找葉永鋕

室友阿哲激動地告訴我屏東有一個國中生在廁所離奇死亡，死因不明，但他因舉止女性化在學校常被欺負。這是報紙一角社會版新聞透露的微弱的訊息。我擔心遺體火化後，任何可能的線索從此消失。深夜搭上統聯，出發前往陌生的高樹。

我在風沙飛塵的省道上徬徨地問路，沒有任何線索，只能相信手上的攝影機會帶給我力量。

葉媽媽回憶兒子出事的那天早上，葉永鋕喝了兩瓶優酪乳，精神抖擻地在音樂課上唱歌唱得好大聲。上課中，他向老師請求去上廁所，一邊還快樂地嚼著口香糖。葉永鋕在廁所被發現倒臥在地，只能發出微弱的聲息，掙扎著試圖爬行，鼻子嘴巴流血，外褲拉鍊沒有拉上。

葉媽媽憤怒極了，「他們都說他娘娘腔，在廁所脫他褲子檢查看他是不是查甫子。我跟他爸爸都告訴他，要看就讓他們看……。」「他小學時，我和他爸爸就帶他去高雄醫學院檢查，結果醫生告訴我們孩子沒有病，有病的是我們。」

從此，葉爸爸葉媽媽帶著讀小學的兒子，每個禮拜三搭乘顛簸的屏東客運，一家三口到高醫進行家族治療。不是要矯正葉永鋕的娘娘腔，而是試著讓全家人接受這個不同的男孩。禮拜三的家族治療，進行長達半年，成爲務農的葉家記憶中難得悠閒的旅行。

廁所

高樹國中在悲劇發生當下，立刻清洗廁所。甚至到命案發生第二天，法醫到廁所勘驗時，校方都沒有封鎖現場，刑事案件最重要的直接證據，已被校方破壞殆盡。

從一年級開始，葉永鋕因爲聲音尖細，愛比蘭花指，喜歡打毛線、烹飪，常和女同學在一起，就被一些同學強行脫褲以「驗明正身」。葉永鋕害怕上廁所再被欺負，不是趁上課時去，就是偷偷用教職員廁所，或要同學陪他去。

葉永鋕國二一整年沒睡過午覺，每天中午被汽修班的中輟生強迫代寫國文作業。葉永鋕留紙條給媽媽，說有人在放學途中要打他，要媽媽保護他。有同學說，葉永鋕因爲怕被打，要他陪他繞遠路回家……。

高樹派出所和里港分局刑事組，一接到報案電話，第一個反應都是，「高樹國中又發生打架，欺負事件了……」

葉永鋕死後，更多的謎團浮現。

解剖

……最後，請您要做就做得徹徹底底！邊跪著，邊打字以示對您的支持！搞噱頭的話，可別怪我啐你一口！

——2000年六月同志網站上轉來給我的留言

BBS上轉來一封又一封的信。我讀到蒼老的同性戀者一代又一代繼承著，縈繞著一個又一個被欺負娘娘腔男孩的縮影，過去，現在與未來，不斷放大收縮，如瞳孔遭遇強光。

我撐著眼睛逆光看去，恍惚中想起端午節那天悶熱的細節。

這天葉家人引頸期盼，終於盼到臺權會的顧立雄律師來到高樹國中的廁所現場勘查。我試著保持客觀，冷靜拍攝，攝影機實在無能承載現場的殘酷。我沒有想到，顧律師會詳細問到解剖屍體時的種種細節。永鋕的舅舅一樣一樣講著法醫如何將永鋕的心肝切下，在法碼秤上看是否有病變跡象……我知道另一頭的葉爸爸葉媽媽眼淚撲簌落下，我鏡頭不敢移動，我一動也不敢動。我沒有權利干擾這一刻。

在高樹鄉拍攝完的客運夜班車上，我心思凌亂地越來越覺得我也是劊子手，我手上沾滿了鮮血。在殘忍的永鋕死亡的眞相背後，我手上和每個潛意識裡歧視娘娘腔的臺灣人一樣，我手裡也淌著永鋕身上汨汨流出的血。我從小到大也總是被嘲笑娘娘腔，總是被欺負，爲什麼我做得不夠多？！

葉爸爸從永鋕死去那天開始耳朵聽不清楚了。葉爸爸罹患身心轉化症，失去兒子的悲痛讓他選擇性暫時失去聽覺。法醫鑑定孩子的遺體，解剖過程中殘忍的細節，葉爸爸完全聽不見法醫告訴他的任何話。

永鋕在學校死去的巨大悲傷，時時侵襲葉媽媽。「我生他的時候，揹斷了兩條背帶，下田也揹著他，做家事也揹著他，永鋕就好像是在我的背上長大的。如果知道送他到學校會讓他死掉，我要一輩子把他揹在我的背上。」

家的毀損

「他在殯儀館的時候，我每天都去看他，換新的花。我公公和村裡一些人，一直罵我，『小孩子都那麼絕情，不要我們了，妳還整天這樣失魂落魄。』火化以後他的骨灰放在高樹的廣修禪寺，我在田裡工作，想到他，就跑去那裡哭一哭，跟他說說話，再回田裡做事。」

「我一到黃昏心就痛，很像有一把刀在戳，來來回回不曉得戳多少次。高樹的診所開藥給我吃，都是安眠藥，醫生說我這是心病，什麼藥都沒用。晚上睡不著，我很想一口氣吞下所有藥丸，再也不要讓自己那麼痛苦。是想到我先生跟小兒子，我才沒有跟他走了。」

永鋕剛過世的第一年，葉媽媽強烈希望想要再生一個小孩，她希望是女孩。她希望永鋕投胎變成女孩，有緣份再來當她的小孩，讓她永遠照顧保護，不必像這輩子因爲娘娘腔受苦。

只是，每天黃昏一到，葉媽媽還是不由自主地整個心揪痛起來。那是以前每天永鋕差不多該放學回家的時候。葉家門口種了一棵很大的芒果樹，枝葉繁茂，永鋕很黏媽媽，老遠老遠就會大叫：「媽媽，我回來了！」

這一天的黃昏，下完田的歐巴桑們，三三兩兩騎腳踏車從葉家門口的芒果樹經過。婦人們不約而同來給葉媽媽洗燙頭髮。

「我們那時候每日都來陪她，安慰她。小孩子要走，不跟我們了，也沒辦法。」建興村的歐巴桑們一邊吹燙頭髮一邊安慰葉媽媽。「他眞的很乖，也會幫我洗頭，也會幫他媽媽做家事，又高大又英俊。」

胖胖的歐巴桑一邊做頭髮一邊熱鬧地唱起山歌，逗葉媽媽開心。坐在客廳板凳等待的歐巴桑也唱起臺語老歌「思念的情歌」——「啊，雖然有伊相片安慰我……」

稻埕

葉永鋕事件剛發生時，頗受媒體注意，校方採取封鎖消息政策，訓導主任在朝會上宣布不准談論此事。當時同學之間頗有白色恐怖氣氛。

如今，這些同學都已退伍或就業。可他們總記得，從前從前，有個三八愛鬧的同學葉永鋕，在國三那年死去，沒有機會和他們一起長大，體會人生的苦樂滋味。

葉永鋕最好的同班同學叫許耀政，沈默寡言，有一雙哀傷的眼睛。他是木訥的農家子弟。與許耀政進行訪談時，黑夜的稻埕院子，他全家人有著跟他一樣沈默木訥的臉。許耀政說不出話來。

在攝影機背後的我一樣沈默著。我知道的，我一直知道生命裡的那種痛。經過了好多年，傍晚下起雷雨，鄉村青年騎著野狼125呼嘯而過。陰暗的高樹客運車站，進站的破落公車閃耀著晦澀的光。許耀政終於打破沈默。他告訴我，永鋕死去的這些年，他持續地鍛鍊身體，他已經永遠永遠懂得，世界不可能改變的，強霸勢必欺凌弱小，他只有讓自己變強，他才不會死去。

第二天白天，我在許耀政家裡貧窮侷促的客廳，破落的牆上仍然掛著他和永鋕的幼稚園畢業照，那麼幼小的他們眼睛彷彿發著光，興致勃勃看著前方。

小鎮

我曾經帶著攝影機陪著葉家人回到出事的廁所好幾次。有一次拍攝讓我難忘。我走到葉永鋕最愛上的音樂課教室，他覺得最安全的地方。那天下雨，天色猶昏。音樂教室隔壁就是拳擊教室。音樂教室又破又小，鋼琴破爛極了。相反地，拳擊教室寬敞舒服，沙包又大又重。我突然不寒而慄。

在一次又一次的訪談中，我知道葉永鋕國中三年來，是被哪些陽剛的男孩歧視欺負。我知道這些陽剛男孩的青春就在無所事事地練八家將，打拳擊中度過。而他們在國中畢業前，早已被高樹地方的角頭網羅。小鎮裡隱隱然有一張細密的黑金暴力網絡交織著。

我一直思考著，如果葉永鋕能夠活下來，他在臺灣的每一個角落，他的生命將長成如何？

四、文本提問

1. 請依人、事、時、地為方向，簡述葉永鋕意外事件。
2. 請介紹葉永鋕的身分（例如居住地、就讀學校、學籍、家庭成員、個性、交友狀況等）。
3. 葉永鋕遭受霸凌的原因為何？
4. 葉永鋕的父母如何看待兒子的性格特質？
5. 葉永鋕的好朋友是誰？對葉的悲劇有何感悟？
6. 本文作者陳俊志為何特別關注此新聞事件？
7. 本文對該校的音樂教育與拳擊教室的敘述，暗示出該校／該地方什麼特質？
8. 請簡述你對性別特質、性別平等的認知。

五、文本賞析

在文學眾多類型中，報導文學是最接近社會且最具有改革使命的一種。

報導文學是一種具有新聞特點的敘事性文學。即，以現實生活中眞實存在的人事爲題材，應用文學技巧予以寫作、報導。高信疆說報導文學是「一種服務於現實人生的良心作業」。林懷民強調「應該含納作者自己的情懷、感受與見解」。須文蔚則說報導文學目的在於「發掘眞相，並表達作者的理念」。〈人間．失格——高樹少年之死〉便是這樣一篇以個人關懷爲出發點，著眼於社會正義，具備改革意識的作品。

2000年，陳俊志從室友口中、從報紙一角得知一個國中生離奇死亡的事故：葉永鋕於音樂課下課前五分鐘去廁所，卻被發現倒臥血泊之中，急救不及死亡。調查顯示，葉永鋕長期被強迫代寫作業、一整年沒睡過午覺、被脫褲子驗明正身、不敢下課時間上廁所⋯⋯。這霸凌的源頭只因爲葉永鋕偏向陰柔的性格特質。

長久以來，以生理性別來建構社會性別，成爲社會看待兩性特徵的主流價值。例如男性應該陽剛堅強有力量，女性，則得柔順害羞又優雅。當這些性別特質被掩蓋其人爲建構性，而被當成眞理、被自然化之時，性別刻板印象就此形成，所有不符合這兩個框架設定的人，就成了不正常、非常態、可批判可嘲笑的議論對象。陳俊志和葉永鋕便是性別刻板印象的受害者。不同的是陳俊志挺過來了，而葉永鋕則成了無辜夭亡的靈魂。在葉永鋕身上，陳俊志彷彿看到以前遭霸凌的自己，感同身受的他氣自己「爲什麼我做得不夠多？！」甚至覺得自己也是劊子手：「我手上和每個歧視娘娘腔的臺灣人一樣，我手裡也淌著永鋕身上汩汩流出的血。」

陳俊志不認識葉永鋕，他從事發之時的奔波拍攝到以報導文學的方式寫下葉永鋕的悲劇，不只高揭校園霸凌、性別霸凌的問題，也透露出黑道滲入校園、地方黑金的隱憂。從〈人間・失格——高樹少年之死〉可以看到的是，文學與社會不只是映照的鏡像關係而已，它可以揭發弊陋，更可以是社會改革、人權正義與人道關懷的利器。（文／洪英雪）

六、文章架構表

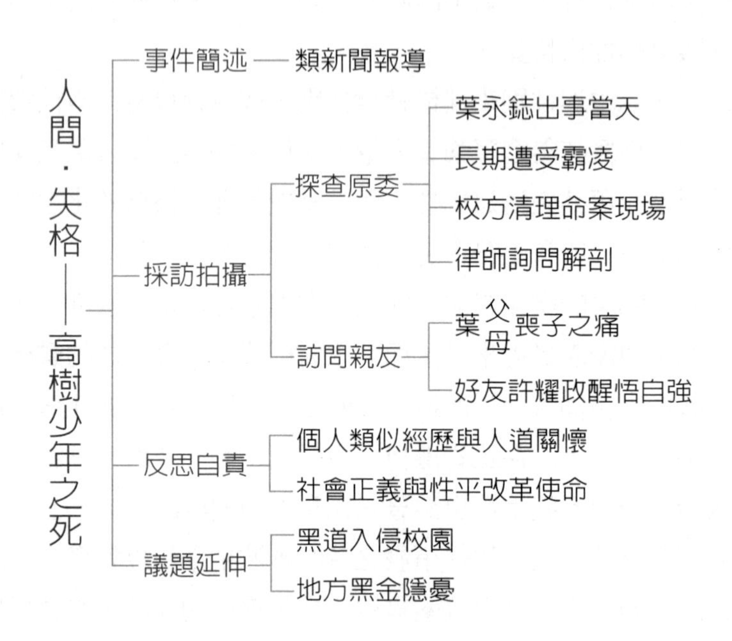
人間．失格——高樹少年之死
事件簡述
類新聞報導
採訪拍攝
探查原委
葉永鋕出事當天
長期遭受霸凌
校方清理命案現場
律師詢問解剖
訪問親友
葉父母喪子之痛
好友許耀政醒悟自強
反思自責
個人類似經歷與人道關懷
社會正義與性平改革使命
議題延伸
黑道入侵校園
地方黑金隱憂

七、文以感思、學以致用——教學活動設計

單元／	文本／陳俊志〈人間．失格——高樹少年之死〉		
組別：	姓名：	系級：	日期：

說明

1. 本文最後一段說道：「如果葉永鋕能夠活下來，他在臺灣的每一個角落，他的生命將長成如何？」基於此言，假設葉永鋕大劫未死，請仿小說情節的方式，猜想／勾勒中年葉永鋕的生活樣態。
2. 請解讀蔡依林／五月天〈玫瑰少年〉或者Lady Gaga〈Born This Way〉歌詞含意。
3. 請列舉任何一部報導文學，整理該書所提出的議題，報告予同學知曉。
4. 請搜尋近一年內的新聞（不拘類型），從中找出一則你關心的新聞與大眾分享心得。

書寫內容

請沿虛線剪下

延伸閱讀

1. 白居易：〈杜陵叟〉、〈新豐折臂翁〉。
2. 李贄：《焚書・答以女人學道為短見書》。
3. 張岱：〈二十四橋風月〉、〈王月生〉，《陶庵夢憶》。
4. 林奕含：《房思琪的初戀樂園》（游擊文化，2017年）。
5. 蜷川實花：惡女花魁（電影），2006年。
6. 吳琦：柳如是（電影），2012年。
7. 陳俊志：《台北爸爸，紐約媽媽》（時報文化，2011年）。
8. 向陽、須文蔚主編：《台灣現代文學教程：報導文學讀本》增訂版（二魚文化，2012年）。
9. 影片：蔡依林〈不一樣又怎樣〉歌曲MV，https://www.youtube.com/watch?v=C7hHofDW2ts。
10. 影片：蔡依林PLAY世界巡迴演唱會——臺北站「不一樣又怎樣」紀錄片——葉永鋕篇，https://www.youtube.com/watch?v=V_M9ZId2QAY&t=3s。
11. 影片：五月天〈玫瑰少年〉MV，https://www.youtube.com/watch?v=65IKNssGRPI。
12. 影片：Lady Gaga〈Born This Way〉MV，https://www.youtube.com/watch?v=wV1FrqwZyKw。
13. 影片：小人〈兇手不只一個〉MV，https://www.youtube.com/watch?v=f1DAlpfC4Gg。

十、故事改編

用自己的眼睛去看別人見過的東西

單元導讀

故事，由情節串接而成為一個完整的創作文本。故事可以新創，也可以是創作者運轉想像，依據其意圖，擷取既有的文學或文化元素鎔鑄成新文本。改編文本所含藏的互文性，更能發揮意在言外、多元隱喻的效果。

本單元節選兩篇文章，羅貫中〈孔明用智激周瑜〉以史實為據，調整了赤壁之戰相關事件的順序，強化了故事渲染性、凸顯了人物的鮮明形象；白先勇引用《牡丹亭》曲文，彷彿明代杜麗娘魂魄住進當代藍田玉的軀體，跨時代串接起兩個女人青春虛度、為愛傷殞的故事。

〈孔明用智激周瑜〉

羅貫中

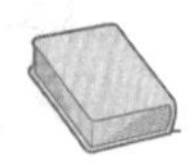

一、生活連結

1. 你知道「明代四大小說」、「四大奇書」是哪四本嗎？
2. 三國時代的足智多謀之士甚多，你知道的有哪些？
3. 三國時代也有許多著名的美女，你知道的有哪些？
4. 赤壁之戰是決定了天下三分的關鍵戰役，你能說說此戰役發生的前因後果嗎？
5. 有個成語叫「瑜亮情結」，瑜、亮各是誰？你聽過哪些他們之間的相關故事？

二、寫作背景

羅貫中（約西元1330年～1400年），元末明初致力於通俗文學之小說家。著作以《三國志通俗演義》最爲人熟知，此書描寫從東漢末年到西晉初年近百年間的歷史，以民間傳說、話本、戲曲爲基礎，又根據陳壽、裴松之的《三國志》正史材料，再經後人多次增刪，而鎔鑄成如今我們所熟知的《三國演義》。

《三國演義》是文學史上第一部長篇歷史演義之章回小說，與《金瓶梅》、《西遊記》、《水滸傳》並列「明代四大小說」、「四大奇書」。

《三國演義》有史實依據，亦有藝術虛構部分，一般以「七實三虛」概稱之。葉慶炳言：「此書對民間影響之大，則從未有一部小說能及之者。」究其實，則與虛實結合的改寫手法脫不了干係，由此大大強化了故事情節以及人物角色的魅力，而這在〈孔明用智激周瑜〉一回中，亦體現無遺。

三、文本閱讀

至晚，人報魯子敬[1]引孔明來拜。瑜出中門迎入。敘禮畢，分賓主而坐。肅先問瑜曰：「今曹操驅眾南侵，和與戰二策，主公不能決，一聽於將軍。將軍之意若何？」瑜曰：「曹操以天子爲名，其師不可拒。且其勢大，未可輕敵。戰則必敗，降則易安。吾意已決。來日見主公，便當遣使納降。」魯肅愕然曰：「君言差矣！江東基業，已歷三世[2]，豈可一旦棄於他人？伯符[3]遺言，外事付托將軍。今正欲仗將軍保全國家，爲泰山之靠，奈何亦從懦夫之議耶？」瑜曰：「江東六郡，生靈無限；若罹兵革之禍，必有歸怨於我，故決計請降耳。」肅曰：「不然。以將軍之英雄，東吳之險固，操未必便能得志也。」二人互相爭辯，孔明只袖手冷笑。瑜曰：「先生何故哂笑？」孔明曰：「亮不笑別人，笑子敬不識時務耳。」肅曰：「先生如何反笑我不識時務？」孔明曰：「公瑾主意欲降操，甚爲合理。」瑜曰：「孔明乃識時務之士，必與吾有

1　魯子敬：即魯肅，其字子敬，乃東吳著名的將領、軍事家、外交家、政治家。
2　江東基業，已歷三世：指東吳江山乃由孫堅奠基、孫策延續、孫權拓展。
3　伯符：即孫策，其字伯符，乃長沙太守破虜將軍孫堅之長子，孫權之兄。

同心。」肅曰：「孔明，你也如何說此？」孔明曰：「操極善用兵，天下莫敢當。向只有呂布、袁紹、袁術、劉表敢與對敵。今數人皆被操滅，天下無人矣。獨有劉豫州[4]不識時務，強與爭衡；今孤身江夏，存亡未保。將軍決計降曹，可以保妻子，可以全富貴。國祚遷移，付之天命，何足惜哉！」魯肅大怒曰：「汝教吾主屈膝受辱於國賊乎！」

孔明曰：「愚有一計：並不勞牽羊擔酒，納土獻印；亦不須親自渡江；只須遣一介之使，扁舟送兩個人到江上。操若得此兩人，百萬之眾，皆卸甲卷旗而退矣。」瑜曰：「用何二人，可退操兵？」孔明曰：「江東去此兩人，如大木飄一葉，太倉減一粟耳。而操得之，必大喜而去。」瑜又問：「果用何二人？」孔明曰：「亮居隆中時，即聞操於漳河新造一臺，名曰銅雀，極其壯麗；廣選天下美女以實其中。操本好色之徒，久聞江東喬公有二女，長曰大喬，次曰小喬，有沉魚落雁之容，閉月羞花之貌。操曾發誓曰：『吾一願掃平四海，以成帝業；一願得江東二喬，置之銅雀臺，以樂晚年，雖死無恨矣。』今雖引百萬之眾，虎視江南，其實爲此二女也。將軍何不去尋喬公，以千金買此二女，差人送與曹操，操得二女，稱心滿意，必班師矣。此范蠡獻西施之計，何不速爲之？」瑜曰：「操欲得二喬，有何證驗？」孔明曰：「曹操幼子曹

[4] 劉豫州：即劉備，因劉備在投靠曹操時被封為豫州牧，故有此稱呼。

植，字子建，下筆成文。操嘗命作一賦，名曰〈銅雀臺賦〉。賦中之意，單道他家合爲天子，誓取二喬。」瑜曰：「此賦公能記否？」孔明曰：「吾愛其文華美，嘗竊記之。」瑜曰：「試請一誦。」孔明即時誦〈銅雀臺賦〉云：

從明后以嬉遊兮，登層臺以娛情。見太府之廣開兮，觀聖德之所營。建高門之嵯峨兮，浮雙闕乎太清。立中天之華觀兮，連飛閣乎西城。臨漳水之長流兮，望園果之滋榮。立雙臺於左右兮，有玉龍與金鳳。攬「二喬」於東南兮，樂朝夕之與共。俯皇都之宏麗兮，瞰雲霞之浮動。欣群才之來萃兮，協飛熊之吉夢。仰春風之和穆兮，聽百鳥之悲鳴。天雲桓其既立兮，家願得乎雙逞。揚仁化於宇宙兮，盡肅恭於上京。惟桓文之為盛兮，豈足方乎聖明？
休矣！美矣！惠澤遠揚。翼佐我皇家兮，寧彼四方。同天地之規量兮，齊日月之輝光。永貴尊而無極兮，等君壽於東皇。御龍旗以遨遊兮，回鸞駕而周章。恩化及乎四海兮，嘉物阜而民康。願斯臺之永固兮，樂終古而未央！

周瑜聽罷，勃然大怒，離座指北而罵曰：「老賊欺吾太甚！」孔明急起止之曰：「昔單于屢侵疆界，漢天子許以公主和親，今何惜民間二女乎？」瑜曰：「公有所不知：大喬是孫伯符將軍主婦，小喬乃瑜之妻也。」孔明佯作惶恐之狀，曰：「亮實不知。失口亂言，死罪！死罪！」瑜曰：「吾與老賊誓不兩立！」孔明曰：「事須三思，免致後悔。」瑜曰：「吾承伯符寄托，安有屈身降操之理？適來所言，故相試耳。吾自離鄱陽湖，便有北伐之心，雖刀斧加頭，不易其志也。望孔明助一臂之力，同破操賊。」孔明曰：「若蒙不棄，願效犬馬之勞，早晚拱聽驅策。」瑜曰：「來日入見主公，便議起兵。」孔與魯肅辭出，相別而去。

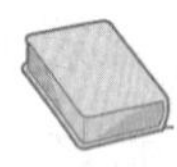

四、文本提問

1. 面對曹操「驅眾南侵」，東吳境內有主戰、主降兩派，而最終聽決於何人？
2. 當魯肅問周瑜如何因應曹操南侵，而周瑜回答「決計請降」，其考量的原因有哪些？
3. 針對周瑜決意降曹的主張，諸葛亮認為「甚是合理」的理由是什麼？
4. 諸葛亮獻策周瑜：只需送兩個人給曹操，曹操就必然退兵；這「兩個人」所指為誰？
5. 當周瑜質疑諸葛亮所提「曹操誓取二喬」的說法時，諸葛亮所提出的支撐證據為何？
6. 周瑜最後決定抗曹的原因有哪些？

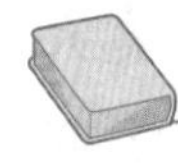

五、文本賞析

本文節選自《三國演義》第四十四回〈孔明用智激周瑜　孫權決計破

曹操〉，講諸葛亮聯吳抗曹的故事。「聯吳抗曹」是諸葛亮在〈隆中對〉中爲劉備所構築未來藍圖的戰略之一，所謂「孫權據有江東，已歷三世，國險而民附，賢能爲之用，此可以爲援而不可圖也」。然而，孫策曾遺言叮囑年輕資淺的孫權：「內事不決問張昭，外事不決問周瑜」，故諸葛亮雖建言劉備「外結好孫權」，但東吳決策的關鍵則在時任大都督的周瑜。惟面對曹操揮軍南下，東吳境內意見分歧：文臣主降，武將主戰；周瑜居中，一時不能決斷。

諸葛亮至東吳，先是「舌戰群儒」，而後更在魯肅引見下見了周瑜，並與之鬥智，兩人互探立場之虛實、過招數回；故事的極精彩處在於，諸葛亮佯裝不知周瑜與小喬的夫妻關係，而以曹植〈銅雀臺賦〉爲證，聲稱曹操本性好色，其發動赤壁之戰不過爲擄獲江南二喬以樂晚年，此說亦成功激怒周瑜，進而促使周瑜表態，願與諸葛亮聯手共抗曹操。

在羅貫中筆下，此一故事的進程是：曹操興建銅雀臺→曹植寫〈銅雀臺賦〉→諸葛亮以〈銅雀臺賦〉作爲證據成功說服周瑜→孫（權）、劉（備）聯軍於赤壁之戰對抗曹軍。然而，若對照《三國志》，歷史的眞實卻是：

1. 建安十三年（西元208年）冬十二月，赤壁之戰發生。
2. 建安十五年（西元210年），曹操興建銅雀臺。
3. 建安十七年（西元212年），曹植作〈登臺賦〉。

曹植〈登臺賦〉即文中〈銅雀臺賦〉所參照的原作，尤有甚者，在故事之中，更借諸葛亮之口，將〈登臺賦〉中沒有的「立雙臺于左右兮，有玉龍與金鳳。『攬二喬』於東南兮，樂朝夕之與共。俯皇都之宏麗兮，瞰雲霞之浮動。欣群才之來萃兮，協飛熊之吉夢」這一段文字植入小說裡〈銅雀臺賦〉的內容之中，並巧妙地讓周瑜將「覽二橋於東南兮」順理成章地誤會成「攬二喬於東南兮」，由此激怒周瑜，逼使周瑜表明「同破操賊」的決心。

綜言之，此一我們所熟悉的三國情節是羅貫中的匠心之作，在故事的外部正是改寫了史實的發生順序而來；而在故事的內部，則增衍、巧改曹植〈登臺賦〉作爲論據。在調整了事件發生順序的同時，亦賦予更多的細節，由此更能激發讀者的好奇，也更動人心弦、更具渲染力。（文／洪然升）

六、文章結構

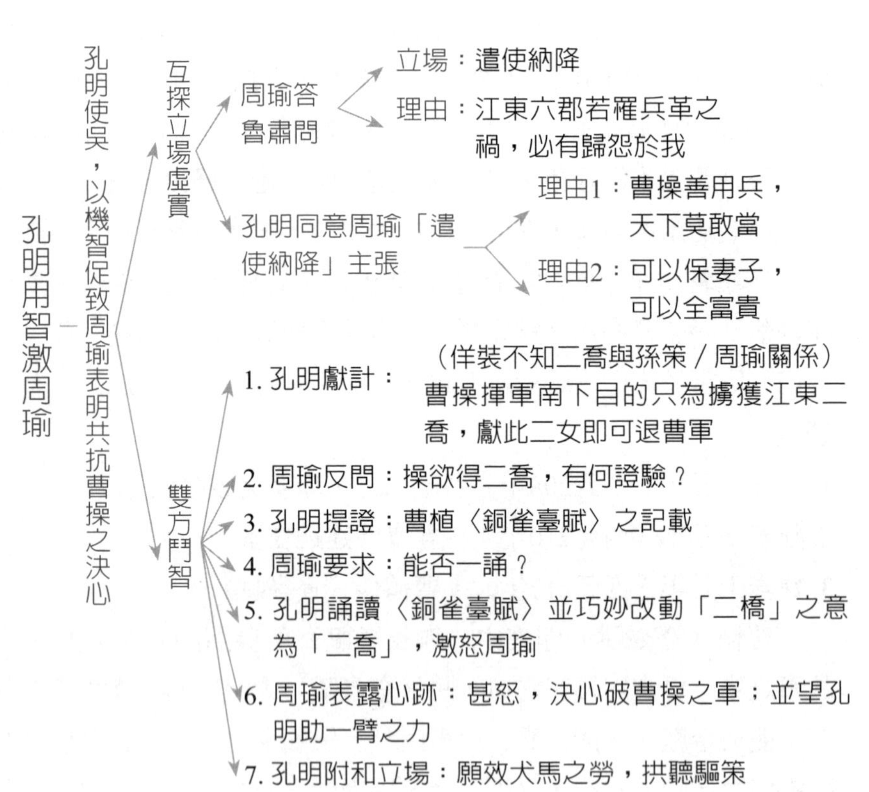

七、文以感思、學以致用——教學活動設計

【故事結構練習】			
單元／		文本／羅貫中〈孔明用智激周瑜〉	
組別：	姓名：	系級：	日期：

說明

〈孔明用智激周瑜〉是一則具備完整結構、生動精采的故事。就你的閱讀判斷，將相關的情節依「開始」、「發展」、「高潮」、「解決」、「結束」的發展順序，填寫入故事山的架構框內。

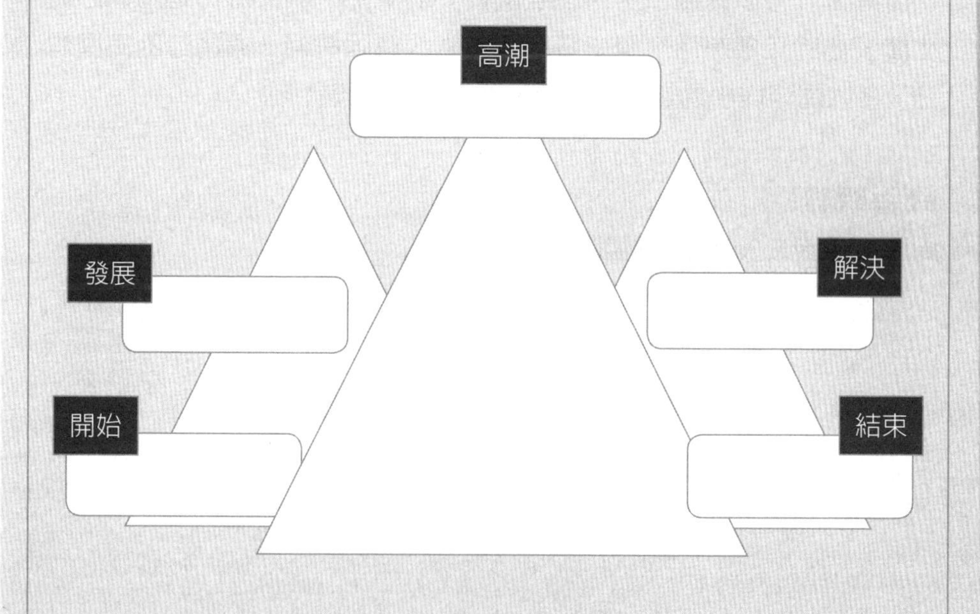

【對白設計】

單元／　　　　　　文本／羅貫中〈孔明用智激周瑜〉

組別：　　　姓名：　　　系級：　　　日期：

說明

在諸葛亮的刻意操作下，「二喬」成為曹操發動赤壁之戰的起因，而文臣主降、武將主戰是當時東吳的態勢，至於東吳要戰要降，決策關鍵則在周瑜。

而在〈孔明用智激周瑜〉一文中，諸葛亮為試探周瑜立場也有「將軍決計降曹，可以保妻子，可以全富貴」的說法。請設想你是周瑜之妻小喬，你的立場為何？是主降還是主戰？原因為何？請將你的完整想法，融入周瑜與小喬之間的對話，並進行對白設計。

對白設計

周瑜：「依夫人之見，是該戰？還是降？」

小喬：

請沿虛線剪下

〈遊園驚夢〉

白先勇

一、生活連結

1. 請列出你曾看過的、由古典文學重新改寫的當代文學作品？
2. 白先勇小說有多部作品曾被改編成電影、電視劇，請舉出你曾看過的戲劇。
3. 請欣賞一段崑曲〈遊園〉，並述說對此戲曲的觀後感。

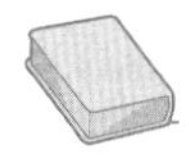

二、寫作背景

白先勇（西元1937年～），出生於廣西桂林，為名將白崇禧之子。七歲曾患肺結核，長期隔離療養的歲月，讓他極早便思索生命與死亡問題。中日戰爭時，與家人輾轉遷徙重慶、上海、南京、香港，於1952年定居臺灣。1960年，就讀臺大外文系期間，與同學陳若曦、王文興、歐陽子等人共創《現代文學》，該雜誌譯介諸多西方文學理論也成為作家創作搖籃，開啓臺灣六零年代的現代主義文學思潮。1962年，白先勇赴美國愛荷華大學留學，就此定居美國。2004年與蘇州崑劇院合製青春版《牡丹亭》，於全世界巡迴演出。

白先勇創作以小說、散文為主，擅長以西方的寫作技巧描寫中國歷史興衰下的人物境遇，呈現各階層人物於時代變遷下的滄桑無力與戀舊情懷，融合現代與傳統爲一體，被譽爲與魯迅、張愛玲齊名的「當代中國短篇小說的奇才」。著有《台北人》、《第六根手指》、《孽子》等。

〈遊園驚夢〉選自短篇小說集《台北人》，爲熱愛崑曲的白先勇引用明傳奇《牡丹亭》元素以及西方意識流寫作技巧，重新創作出崑曲名伶落腳臺北前後的人生經歷。

三、文本閱讀

錢夫人到達臺北近郊天母竇公館的時候，竇公館門前兩旁的汽車已經排滿了，大多是官家的黑色小轎車，錢夫人坐的計程車開到門口她便命令司機停了下來。竇公館的兩扇鐵門大敞，門燈高燒，大門兩側一邊站了一個衛士，門口有個隨從打扮的人正在那兒忙著招呼賓客的司機。錢夫人一下車，那個隨從便趕緊迎了上來，他穿了一身藏青嗶嘰的中山裝，兩鬢花白。錢夫人從皮包裏掏出了一張名片遞給他，那個隨從接過名片，即忙向錢夫人深深的行了一個禮，操了蘇北口音，滿面堆著笑容說道：

「錢夫人，我是劉副官，夫人大概不記得了？」

「是劉副官嗎？」錢夫人打量了他一下，微帶驚愕的說道，「對了，那時在南京到你們大悲巷公館見過你的。你好，劉副官。」

「托夫人的福。」劉副官又深深的行了一禮，趕忙把錢夫人讓了進去，然後搶在前面用手電筒照路，引著錢夫人走上一條水泥砌的汽車過道，繞著花園直往正屋裏行去。

「夫人這向好？」劉副官一行引著路，回頭笑著向錢夫人說道。

「還好，謝謝你，」錢夫人答道，「你們長官夫人都好呀？我有好些年沒見著他們了。」

「我們夫人好，長官最近爲了公事忙一些。」劉副官應道。

竇公館的花園十分深闊，錢夫人打量了一下，滿園子裏影影綽綽，都是些樹木花草，圍墻周遭，卻密密的栽了一圈椰子樹，一片秋後的清月，已經升過高大的椰子樹幹子來了。錢夫人跟著劉副官繞過了幾叢棕櫚樹，竇公館那座兩層樓的房子便赫然出現在眼前，整座大樓，上上下下燈火通明，亮得好像燒著了一般；一條寬敞的石級引上了樓前一個弧形的大露臺，露臺上的石欄邊沿上卻整整齊齊的置了十來盆一排齊胸的桂花，錢夫人一踏上露臺，一陣桂花的濃香便侵襲過來了。樓前正門大開，裏面有幾個僕人穿梭一般來往著，劉副官停在門口，哈著身子，做了個手勢，畢恭畢敬的說了聲：

「夫人請。」

錢夫人一走入門內前廳，劉副官便對一個女僕說道：

「快去報告夫人，錢將軍夫人到了。」

前廳只擺了一堂精巧的紅木几椅，几案上擱著一套景泰藍的瓶尊，一隻觀音尊裏斜插了幾枝萬年青：右側壁上，嵌了一面鵝卵形的大穿衣鏡。錢夫人走到鏡前，把身上那件玄色秋大衣卸下，一個女僕趕忙上前把大衣接了過去。錢夫人往鏡裏瞟了一眼，很快的用手把右鬢一綹鬆弛的頭髮抿了一下，下午六點鐘才去西門町紅玫瑰做的頭髮，剛才穿過花園，吃風一撩，就亂了。錢夫人往鏡子又湊近了一步，身上那件墨綠杭綢的旗袍，她也覺得顏色有點不對勁兒。她記得這種絲綢，在燈光底下照起來，綠汪汪翡翠似的，大概這間前廳不夠亮，鏡子裏看起來，竟有點發烏。難道眞的是料子舊了？這份杭綢還是從南京帶出來的呢，這些年都沒捨得穿，爲了赴這場宴才從箱子底拿出來裁了的。早知如此，還不如到鴻翔綢緞莊買份新的。可是她總覺得臺灣的衣料粗糙，光澤扎眼，尤其是絲綢，那裏及得上大陸貨那樣細緻，那麼柔熟？

「五妹妹到底來了。」一陣腳步聲，竇夫人走了出來，一把便攙住了錢夫人的雙手笑道。

「三阿姐，」錢夫人也笑著叫道，「來晚了，累你們好等。」

「那裏的話，恰是時候，我們正要入席呢。」

竇夫人說著便攙著錢夫人往正廳走去。在走廊上，錢夫人用眼角掃了竇夫人兩下，她心中不禁覘敲起來：桂枝香果然還沒有老。臨離開南京那年，自己明明還在梅園新村的公館替桂枝香請過三十歲的生日酒，得月臺的幾個姐妹淘都差不多到齊了——桂枝香的妹子後來嫁給任主席任子久做小的十三天辣椒，還有她自己的親妹妹十七月月紅——幾個人還學洋派湊分子替桂枝香訂製了一個三十寸雙層的大壽糕，上面足足插了三十根紅蠟燭。現在她總該有四十大幾了吧？錢夫人又朝竇夫人瞄了一下。竇夫人穿了一身銀灰灑朱砂的薄紗旗袍，足上也配了一雙銀灰閃光的高跟鞋，右手的無名指上戴了一隻蓮子大的鑽戒，左腕也籠了一副白金鑲碎鉆的手串，髮上卻插了一把珊瑚缺月釵，一對寸把長的紫瑛墜子直吊下髮腳外來，襯得她豐白的面龐愈加雍容矜貴起來。在南京那時，桂枝香可沒有這般風光，她記得她那時還做小，竇瑞生也不過是個次長，現在竇瑞生的官大了，桂枝香也扶了正，難爲她熬了這些年，到底給她熬出了頭了。

「瑞生到南部開會去了，他聽說五妹妹今晚要來，還特地著我向你問好呢。」竇夫人笑著側過頭來向錢夫人說道。

「哦，難爲竇大哥還那麼有心。」錢夫人笑道。一走近正廳，裏面一陣人語喧笑便傳了出來。竇夫人在正廳門口停了下來，又握住錢夫人的雙手笑道：

「五妹妹，你早就該搬來臺北了，我一直都掛著，現在你一個人住 在南部那種地方有多冷清呢？今夜你是無論如何缺不得席的——十三也來了。」

「她也在這兒嗎？」錢夫人問道。

「你知道呀，任子久一死，她便搬出了任家，」竇夫人說著又湊到錢夫人耳邊笑道：「任子久是有幾份家當的，十三一個人也算過得舒服了。今晚就是她起的鬨，來到臺灣還是頭一遭呢。她把『賞心樂事』票房裏的幾位朋友搬了來，鑼鼓笙簫都是全的，他們還巴望著你上去顯兩手呢。」

「罷了，罷了，那裏還能來這個玩意兒！」錢夫人急忙掙脫了竇夫人，擺著手笑道。

「客氣話不必說了，五妹妹，連你藍田玉都說不能，別人還敢開腔嗎？」竇夫人笑道，也不等錢夫人分辯便挽了她往正廳裏走去。

正廳裏東一堆西一堆，錦簇繡叢一般，早坐滿了衣裙明豔的客人。廳堂異常寬大，呈凸字形，是個中西合璧的款式。左半邊置著一堂軟墊沙發，右半邊置著一堂紫檀硬木桌椅，中間地板上卻隔著一張兩寸厚刷著二龍搶珠的大地毯。沙發兩長四短，對開圍著，黑絨底子灑滿了醉紅的海棠葉兒，中間一張長方矮几上擺了一隻兩尺高天青細瓷膽瓶，瓶裏冒著一大蓬金骨紅肉的龍鬚菊。右半邊八張紫檀椅子團團圍著一張嵌紋石桌面的八仙桌，桌上早布滿了各式的糖盒茶具、廳堂凸字尖端，也擺著六張一式的紅木靠椅，椅子三三分開，圈了個半圓，中間缺口處卻高高豎了一檔烏木架流雲蝙蝠鑲雲母片的屏風。錢夫人看見那些椅子上擱滿了鐃鈸琴弦，椅子前端有兩個木架，一個架著一隻小鼓，另一個卻齊齊的插了一排笙簫管笛。廳堂裏燈火輝煌，兩旁的座燈從地面斜射上來，照得一面大銅鑼金光閃爍。

竇夫人把錢夫人先引到廳堂左半邊，然後走到一張沙發跟前對一位五十多歲穿了珠灰旗袍，帶了一身玉器的女客說道：

「賴夫人，這是錢夫人，你們大概見過面的吧？」

錢夫人認得那位女客是賴祥雲的太太，以前在南京時，社交場合裏見過幾面。那時賴祥雲大概是個司令官，來到臺灣，報紙上倒常見到他的名字。

「這位大概就是錢鵬公的夫人了？」賴夫人本來正和身旁一位男客在說話，這下才轉過身來，打量了錢夫人半晌，款款地立了起來笑著說道。一面和錢夫人握手，一面又扶了頭，說道：

「我是說面熟得很！」

然後轉向身邊一位黑紅臉身材碩肥頭頂光禿穿了寶藍絲葛長袍的男客說：

「剛才我還和余參軍長聊天，梅蘭芳第三次南下到上海在丹桂第一臺唱的是什麼戲，再也想不起來了。你們瞧，我的記性！」

余參軍長老早立了起來，朝著錢夫人笑嘻嘻的行一個禮說道：

「夫人久違了。那年在南京勵志社大會串瞻仰夫人的風采的。我還記得夫人票的是〈遊園驚夢〉呢！」

「是呀，」賴夫人接嘴道，「我一直聽說錢夫人的盛名，今天晚上總算有耳福要領教了。」

錢夫人趕忙向余參軍長謙謝了一番，她記得余參軍長在南京時來過她公館一次，可是她又彷彿記得他後來好像犯了甚麼大案子被革了職退休了。接著竇夫人又引著她過去，把在座的幾位客人都一一介紹一輪。幾位夫人太太她一個也不認識，她們的年紀都相當輕，大概來到臺灣才興起來的。

「我們到那邊去吧，十三和幾位票友都在那兒。」

竇夫人說著又把錢夫人領到廳堂的右手邊去。她們兩人一過去，一位穿紅旗袍的女客便踏著碎步迎了上來，一把便將錢夫人的手臂勾了過去，笑得全身亂顫說道：

「五阿姐，剛才三阿姐告訴我你也要來，我就喜得叫道：『好哇，今晚可眞把名角兒給抬了出來了！』」

錢夫人方才聽竇夫人說天辣椒蔣碧月也在這裡，她心中就躊躇了一番，不知天辣椒嫁了人這些年，可收斂了一些沒有，那時大伙兒在南京夫子廟得月臺清唱的時候，有風頭總是她佔先，扭著她們師傅專揀討好的戲唱。一出臺，也不管清唱的規矩，就臉朝了那些捧角的，一雙眼睛鉤子一般，直伸到臺下去。同是一個娘生的，性格兒卻差得那麼遠。論到懂世故，有擔待，除了她姐姐桂枝香再也找不出第二個人來。桂枝香那兒的便宜，天辣椒也算撿盡了，任子久連她姐姐的聘禮都下定了，天辣椒卻有本事攔腰一把給奪了過去。也虧桂枝香有涵養，等了多少年才委委屈屈做了竇端生的偏房。難怪桂枝香老嘆息說：是親妹子才專揀自己的姐姐往腳下踹呢！錢夫人又打量了一下天辣椒蔣碧月，蔣碧月穿了一身火紅的緞子旗袍，兩隻手腕上，錚錚鏘鏘，直截了八隻扭花金絲鐲，臉上勾得十分入時，眼皮上抹了眼圈膏，眼角兒也著了墨，一頭蓬得像鳥窩似的頭髮，兩鬢上卻刷出幾隻俏皮的月牙鉤來。任子久一死，這個天辣椒比從前反而愈更標勁，愈更佻達了，這些年的動亂，在這個女人身上，竟找不出半絲痕跡來。

「哪，你們見識見識吧，這位錢夫人才是眞正的女梅蘭芳呢！」

蔣碧月挽了錢夫人向座上的幾位男女票友客人介紹道。幾位男客都慌忙不迭站了起來朝了錢夫人含笑施禮。

「碧月，不要胡說，給這幾位內行聽了笑話。」

錢夫人一行還禮，一行輕輕責怪蔣碧月道。

「碧月的話倒沒有說差，」竇夫人也插嘴笑道，「你的崑曲也算得了梅派的眞傳了。」

「三阿姐——」

錢夫人含糊的叫了一聲，想分辯幾句。可是若論到崑曲，連錢鵬志也對她說過：

「老五，南北名角我都聽過，你的『崑腔』也算是個好的了。」

錢鵬志說，就是爲著在南京得月臺聽了她的〈遊園驚夢〉，回到上海去，日思夜想，心裏怎麼也丟不下，才又轉了回來娶她的，錢鵬志一逕對她講，能得她在身邊，唱幾句「崑腔」作娛，他的下半輩子也就無所求了。那時她剛在得月臺冒紅，一句「崑腔」，臺下一聲滿堂彩，得月臺的師傅說：一個夫子廟算起來，就數藍田玉唱得最正派。

「就是說呀，五阿姐。你來見見，這位徐經理太太也是個崑曲大王呢，」蔣碧月把錢夫人引到一位著黑旗袍，十分淨扮的年輕女客跟前說道，然後又笑著向竇夫人說，「三阿姐，回頭我們讓徐太太唱『遊園』，五阿姐唱『驚夢』，把這齣崑腔的戲祖宗搬出來，讓兩位名角上去較量較量，也好給我們飽飽耳福。」

那位徐太太連忙立了起來，道了不敢。錢夫人也趕忙謙讓了幾句，心中卻著實嗔怪天辣椒太過冒失，今天晚上這些人，大概沒有一個不懂戲的，恐怕這位徐經理太太就現放著是個好角色，回頭要眞給抬了上去，倒不可以大意呢。連腔轉調，這些人都不足畏，倒是在南部這麼久，嗓子一直沒有認眞吊過，卻不知如何了，而且裁縫師傅的話果然說中：臺北不興長旗袍嘍。在座的——連那個老得臉上起了雞皮皺的賴夫人在內，個個的旗袍下擺都縮得差不多到膝蓋上去了，露出大半截腿子來。在南京那時，那個夫人的旗袍不是長得快拖到腳面上來了？後悔沒有聽從裁縫師傅，回頭穿了這身長旗袍站出去，不曉得還登不登樣。一上臺，一亮相，最要緊，那時在南京梅園新村請客唱戲，每次一站上去，還沒有開腔就先把那臺下壓住了。

「程參謀，我把錢夫人交給你了，你不替我好好伺候著，明天罰你作東。」

竇夫人把錢夫人引到一位三十多歲的軍官面前笑著說道，然後轉身悄聲對錢夫人說：「五妹妹，你在這裏聊聊，程參謀最懂戲的，我得進去招呼著上席了。」

「錢夫人久仰了。」

程參謀朝著錢夫人，立了正，俐落的一鞠躬，行了一個軍禮。他穿了一身淺泥色凡立丁的軍禮服，外套的翻領上別了一副金亮的兩朵梅花中校領章，一雙短筒皮靴靠在一起，烏光水滑的。錢夫人看見他笑起來時，咧著一口齊垛垛淨白的牙齒，容長的面孔，下巴剃得青亮，眼睛細長上挑，隨一雙飛揚的眉毛，往兩鬢插去，一桿蔥的鼻樑，鼻尖卻微微下佝，一頭黑濃的頭髮，處處都抿得妥妥貼貼的。他的身段頎長，著了軍服分外英發，可是錢夫人覺得他這一聲招呼裏卻又透著幾分溫柔，半點也沒帶武人的粗糙。

「夫人請坐。」

程參謀把自己的椅子讓了出來，將椅子上那張海綿錦椅墊挪挪正，請錢夫人就了坐，然後立即走到那張八仙桌端了一盅茉莉香片及一個四色糖盒來，錢夫人正要伸出手去接過那盅石榴紅的瓷杯，程參謀卻低聲笑道：

「小心燙了手，夫人。」

然後打開了那個描金烏漆糖盒，佝下身去，雙手捧到錢夫人面前，笑吟吟地望著錢夫人，等她挑選。錢夫人隨手抓了一把松瓤，程參謀忙勸止道：

「夫人，這個東西頂傷嗓子。我看夫人還是嚐顆蜜棗，潤潤喉吧。」

隨著便拈起一根牙籤挑了一枚蜜棗，遞給錢夫人，錢夫人道了謝，將那枚蜜棗接了過來，塞到嘴裏，一陣沁甜的蜜味，果然十分甘芳。程參謀另外多搬了一張椅子，在錢夫人右側坐了下來。

「夫人最近看戲沒有？」程參謀坐定後笑著問道。他說話時，身子總是微微傾斜過來，十分專注似的，錢夫人看見他又露了一口白淨的牙齒來，燈光下，照得瑩亮。

「好久沒看了，」錢夫人答道，她低下頭去，細細的啜了一口手裏那盅香片。「住在南部，難得有好戲。」

「張愛雲這幾天正在國光戲院演《洛神》呢，夫人。」

「是嗎？」錢夫人應道，一直俯著首在飲茶，沉吟了半晌才說道，「我還是在上海天蟾舞臺看她演過這齣戲——那是好久以前了。」

「她的做工還是在的，到底不愧是『青衣祭酒』，把個宓妃和曹子建兩個人那段情意，演得細膩到了十分。」

錢夫人抬起頭來，觸到了程參謀的目光，她即刻側過了頭去，程參謀那雙細長的眼睛，好像把人都罩住了似的。

「誰演得這般細膩呀？」天辣椒蔣碧月插了進來笑道，程參謀趕忙立起來，讓了坐。蔣碧月抓了一把朝陽瓜子，蹺起腿嗑著瓜子笑道：「程參謀，人人說你懂戲，錢夫人可是戲裏的『通天教主』，我看你趁早別在這兒班門弄斧了。」

「我正在和錢夫人講究張愛雲的《洛神》，向錢夫人討教呢。」程參謀對蔣碧月說著，眼睛卻瞟向了錢夫人。

哦，原來是說張愛雲嗎？蔣碧月噗哧笑了一下「她在臺灣教教戲也就罷了，偏偏又要去唱《洛神》，扮起宓妃來也不像呀！上禮拜六我才去國光看過，買到了後排，只見她嘴巴動，聲音也聽不到，半齣戲還沒唱完，她嗓子先就啞掉了——噯唷，三阿姐來請上席了。」

一個僕人拉開了客廳通到飯廳的一扇鏤空卍字的桃花心木推門，竇夫人已經從飯廳裏走了出來。整座飯廳銀素裝飾，明亮得像雪洞一般，兩桌席上，卻是猩紅的細布桌面，盆盌羹筯一律都是銀的。客人們進去後都你推我讓，不肯上坐。

「還是我占先吧，這般讓法，這餐飯也吃不成了，倒是辜負了主人這番心意！」

賴夫人走到第一桌的主位坐了下來，然後又招呼著余參軍長說道：

「參軍長，你也來我旁邊坐下吧。剛才梅蘭芳的戲，我們還沒有論出頭緒來呢。」

余參軍長把手一拱，笑嘻嘻的道了一聲「遵命」，客人們哄然一笑便都相隨入了席。到了第二桌，大家又推讓起來了，賴夫人隔著桌子向錢夫人笑著叫道：

「錢夫人，我看你也學學我吧。」

竇夫人便過來擁著錢夫人走到第二桌主位上，低聲在她耳邊說道：

「五妹妹，你就坐下吧。你不占先，別人不好入座的。」

錢夫人環視了一下，第二桌的客人都站在那兒帶笑瞅著她。錢夫人趕忙含糊地推辭了兩句，坐了下去，一陣心跳，連她的臉都有點發熱了。倒不是她沒經過這種場面，好久沒有應酬，竟有點不習慣了。從前錢鵬志在的時候，筵席之間，十有八九的主位，倒是她占先的，錢鵬志的夫人當然上座，她從來也不必推讓，南京那起夫人太太們，能僭過她輩份的，還數不出幾個來。她可不能跟那些官兒的姨太太們去比，她可是錢志鵬公正道迎回去做填房夫人的。可憐桂枝香那時出面請客都沒份兒，連生日酒還是她替桂枝香做的呢。到了臺灣，桂枝香才敢這麼出頭擺場面，而她那時才冒二十歲，一個清唱的姑娘，一夜間便成了將軍夫人了。賣唱的嫁給小户人家還遭多少議論，又何況是入了侯門？連她親妹子十七月月紅還刻薄過她兩句：姐姐，你的辮子也該鉸了，明日你和錢將軍走在一起，人家還以爲你是她的孫女兒呢！錢鵬志娶她那年已經六十靠邊了，然而怎麼說她也是他正正經經的填房夫人啊。她明白她的身份，她也珍惜她的身份。跟了錢鵬志那十幾年，筵前酒後，那次她不是捏著一把冷汗，恁是多大的場面，總是應付得妥妥貼貼的？走在人前，一樣風華蹁躚，誰又敢議論她是秦淮河得月臺的藍田玉了？

「難爲你了，老五。」

錢鵬志常常撫著她的腮對她這樣說道。她聽了總是心裏一酸，許多的委屈卻是沒法訴的。難道她還能怨錢鵬志嗎？是她自己心甘情願的。錢鵬志娶她的時候就分明和她說清楚了。他是爲著聽了她的〈遊園驚夢〉才想把她接回去伴他的晚年的。可是她妹子月月紅說的呢，錢鵬志好當她的爺爺了，她還要希冀什麼？到底應了得月臺瞎子師娘那把鐵嘴：五姑娘，你們這種人只有嫁給年紀大的，當女兒一般疼惜算了。年輕的，那裏靠得住？可是瞎子師娘偏偏又捏著她的手，眨巴著一雙青光眼嘆息道：榮華富貴你是享定了，藍田玉，只可惜你長錯了一根骨頭，也是你前世的冤孽！不是冤孽還是什麼？除卻天上的月亮摘不到，世上的金銀財寶，錢鵬志怕不都設法捧了來討她的歡心。她體驗得出錢鵬志那番苦心。錢鵬志怕她念著出身低微，在達官貴人面前氣餒膽怯，總是百般慫恿著她，講排場，耍派頭。梅園新村錢夫人宴客的款式怕不噪反了整個南京城，錢公館裏的酒席錢，「袁大頭」就用得罪過花啦的。單就替桂枝香請生日酒那天吧，梅園新村的公館裏一擺就是十檯，擫笛的是仙霓社裏大江南北第一把笛子吳聲豪，大廚師卻是花了十塊大洋特別從桃葉渡的綠柳居接來的。

「竇夫人，你們大師傅是那兒請來的呀？來到臺灣我還是頭一次吃到這麼講究的魚翅呢。」賴夫人說道。

「他原是黃欽之黃部長家在上海時候的廚子，來臺灣才到我們這兒的。」竇夫人答道。

「那就難怪了，」余參軍長接口道，「黃欽公是有名的美食家呢。」

「那天要能借到府上的大師傅去燒個翅，請起客來就風光了。」賴夫人說道。

「那還不容易？我也樂得去白吃一餐呢！」竇夫人說，客人們都笑了起來。

「錢夫人，請用碗翅吧。」程參謀盛了一碗紅燒魚翅，加了一匙羹鎮江醋，擱在錢夫人面前，然後又低聲笑道：

「這道菜，是我們公館裏出了名的。」

錢夫人還沒來得及嘗魚翅，竇夫人卻從隔壁桌子走了過來，敬了一輪酒，特別又叫程參謀替她斟滿了，走到錢夫人身邊，按著她的肩膀笑道：

「五妹妹，我們倆兒好久沒對過杯了。」

說完便和錢夫人碰了一下杯，一口喝盡，錢夫人也細細的乾掉了。竇夫人離開時又對程參謀說道：

「程參謀，好好替我勸酒啊。你長官不在，你就在那一桌替他做主人吧。」

程參謀立起來，執了一把銀酒壺，彎了身，笑吟吟便往錢夫人杯裏篩酒，錢夫人忙阻止道：

「程參謀，你替別人斟吧，我的酒量有限得很。」

程參謀卻站著不動，望著錢夫人笑道：

「夫人，花雕不比別的酒，最易發散。我知道夫人回頭還要用嗓子，這個酒暖得正好，少喝點兒，不會傷喉嚨的。」

「錢夫人是海量，不要饒過她！」

坐在錢夫人對面的蔣碧月卻走了過來，也不用人讓，自己先斟滿了一杯，舉到錢夫人面前笑道：

「五阿姐，我也好久沒有和你喝過雙盅兒了。」

錢夫人推開了蔣碧月的手，輕輕咳了一下說道：

「碧月，這樣喝法要醉了。」

「到底是不賞妹子的臉，我喝雙份兒好了，回頭醉了，最多讓他們抬回去就是啦。」

蔣碧月一仰頭便乾了一杯，程參謀連忙捧上另一杯，她也接過去一氣乾了，然後把個銀酒杯倒過來，在錢夫人臉上一晃。客人們都鼓起掌來喝道：

「到底是蔣小姐豪興！」

錢夫人只得舉起了杯子，緩緩的將一杯花雕飲盡。酒倒是燙得暖暖的，一下喉，就像一股熱流般，周身遊蕩起來了。可是臺灣的花雕到底不及大陸的那麼醇厚，飲下去終究有點割喉。雖說花雕容易發散，飲急了，後勁才兇呢。沒想到眞正從紹興辦來的那些陳年花雕也那麼傷人。那晚到底中了她們的道兒！她們大夥兒都說，幾杯花雕那裏就能把嗓子喝啞了？難得是桂枝香的好日子，姐妹們不知何日才能聚得齊，主人尚且不開懷，客人那能盡興呢？連月月紅十七也夾在裏面起鬨：姐姐，我們姐妹倆兒也來乾一杯，親熱親熱一下。月月紅穿了一身大金大紅的緞子旗袍，豔得像隻鸚哥兒，一雙眼睛，鶻伶伶地盡是水光。姐姐不賞臉，她說，姐姐到底不賞妹子的臉，她說道。逞夠了強，撿夠了便宜，還要趕著說風涼話。難怪桂枝香嘆息：是親妹子才專揀自己的姐姐往腳下踹呢。月月紅——就算她年輕不懂事，可是他鄭彥青就不該也跟了來胡鬧了。他也捧了滿滿的一杯酒，咧著一口雪白的牙齒說道：夫人，我也來敬夫人一杯。他喝得兩顴鮮紅，眼睛燒得像兩團黑火，一雙帶刺的馬靴啪嗟一聲併在一起，彎著身腰柔柔的叫道：夫人——。

「這下該輪到我了，夫人。」程參謀立起身，雙手舉起了酒杯，笑吟吟地說道。

「眞的不行了，程參謀。」錢夫人微俯著首，喃喃說道。

「我先乾三杯，表示敬意，夫人請隨意好了。」

程參謀一連便喝了三杯，一片酒暈把他整張臉都蓋了過去了。他的額頭發出了亮光，鼻尖上也冒出幾顆汗珠子來。錢夫人端起了酒杯，在唇邊略略沾了一下。程參謀替錢夫人拈了一隻貴妃雞的肉翅，自己也挾了一個雞頭來過酒。

「嗳唷，你敬的是什麼酒呀？」

對面蔣碧月站起來，伸頭前去嗅了一下余參軍長手裏那杯酒，尖著嗓門叫了起來，余參軍長正捧著一隻與眾不同的金色雞缸杯在敬蔣碧月的酒。

「蔣小姐，這杯是『通宵酒』哪。」余參軍長笑嘻嘻的說道，他那張黑紅臉早已喝得像豬肝似的了。

「呀呀啐，何人與你們通宵哪！」蔣碧月把手一揮，操起戲白說道。

「蔣小姐，百花亭裏還沒擺起來，你先就『醉酒』了。」賴夫人隔著桌子笑著叫道，客人們又一聲鬨笑起來，竇夫人也站了起來對客人們說道：

「我們也該上場了，請各位到客廳那邊寬坐去吧。」

客人們都立了起來，賴夫人帶頭，魚貫而入進到客廳裏，分別坐下。幾位男票友卻走到那檔屏風面前幾張紅木椅子就了座，一邊調弄起管弦來。六個人，除了胡琴外，一個拉二胡，一個彈月琴，一個管小鼓拍板，另個兩個人立著，一個擊了一對鐃鈸，一個手裏卻吊了一面大銅鑼。

「夫人，那位楊先生眞是把好胡琴，他的笛子，臺灣還找不出第二個人呢，回頭你聽他一吹，就知道了。」

程參謀指著那位操胡琴姓楊的票友，在錢夫人耳根下說道，錢夫人微微斜靠在一張單人沙發上，程參謀在她身旁一張皮墊矮圓凳上坐了下來。他又替錢夫人沏了一盅茉莉香片，錢夫人一面品著茶，一面順著程參謀的手，朝那位姓楊的票友望去。那位姓楊的票友約莫五十上下，穿了一件古銅色起暗團花的熟羅長衫，面貌十分清癯。一雙手指修長，潔白得像十管白玉一般，他將一柄胡琴從布袋子裏抽了出來，腿上墊上一塊青搭布，將胡琴擱在上面，架上了弦弓，隨便咿呀的調了一下，微微將頭一垂，一揚手，猛地一聲胡琴，便像拋線一般竄了起來，一段〈夜深沉〉，奏得十分清脆嘹亮，一奏畢，余參軍長頭一個便跳了起來叫了聲：「好胡琴！」客人們便也都鼓起掌來。接著鑼鼓齊鳴，奏出了一隻《將軍令》的上場牌子來。竇夫人也跟著滿客廳一一去延請客人們上場演唱，正當客人們互相推讓間，余參軍長已經擁著蔣碧月走到胡琴那邊，然後打起丑腔叫道：

「啓娘娘，這便是百花亭了。」

蔣碧月雙手搗著嘴，笑得前俯後仰，兩隻腕上幾個扭花金鐲子，錚錚鏘鏘的抖響著。客人們都跟著喝采，胡琴便奏出了〈貴妃醉酒〉裏的四平調。蔣碧月身也不轉，面朝了客人便唱了起來。唱到過門的時候，余參軍長跑出去托了一個朱紅茶盤進來，上面擱了那隻金色的雞缸杯，一手撩了袍子，在蔣碧月跟前做了半跪的姿勢，效那高力士叫道：

「啓娘娘，奴婢敬酒。」

蔣碧月果然裝了醉態，東歪西倒的做出了種種身段，一個臥魚彎下身去，用嘴將那隻酒杯啣了起來，然後又把杯子噹啷一聲擲到地上，唱出了兩句：

人生在世如春夢
且自開懷飲幾盅

客人們早笑得滾做了一團，竇夫人笑得岔了氣，沙著喉嚨對賴夫人喊道：

「我看我們碧月今晚眞的醉了！」

賴夫人笑得直用絹子揩眼淚，一面大聲叫道：

「蔣小姐醉了倒不要緊、只是莫學那楊玉環又去喝一缸醋就行了。」

客人們正在鬧著要蔣碧月唱下去，蔣碧月卻搖搖擺擺的走了下來，把那位徐太太給抬了上去，然後對客人們宣佈道：

「『賞心樂事』的崑曲臺柱來給我們唱〈遊園〉了，

回頭再請另一位崑曲皇后梅派正宗傳人——錢夫人來接唱〈驚夢〉。」

錢夫人趕忙抬起了頭來，將手裏的茶杯擱到左邊的矮几上，她看見徐太太已經站到了那檔屏風前面，半背著身子，一隻手卻扶在插笙簫的那隻烏木架上。她穿了一件淨黑的絲絨旗袍，腦後鬆鬆的挽了一個貴婦髻，半面臉微微向外，瑩白的耳垂露在髮外，上面吊著一丸翠綠的墜子。客廳裏幾隻喇叭形的座燈像數道注光，把徐太太那窈窕的身影，婀婀娜娜地推送到那檔雲母屏風上去。

「五阿姐，你仔細聽聽，看看徐太太的〈遊園〉跟你唱的可有個高下。」

蔣碧月走了過來，一下子便坐到了程參謀的身邊，伸過頭來，一隻手拍著錢夫人的肩，悄聲笑著說道。

「夫人，今晚總算我有緣，能領教夫人的『崑腔』了。」

程參謀也轉過頭來，望著錢夫人笑道。錢夫人睇著蔣碧月手腕上那隻金光亂竄的扭花鐲子，她忽然感到一陣微微的暈眩，一股酒意湧上了她的腦門似的，剛才灌下去的那幾杯花雕好像漸漸著力了，她覺得兩眼發熱，視線都有點朦朧起來。蔣碧月身上那襲紅旗袍如同一團火焰，一下子明晃晃的燒到了程參謀的身上，程參謀衣領上那幾枚金梅花，便像火星子般，跳躍了起來。蔣碧月的一對眼睛像兩丸黑水銀在她醉紅的臉上溜轉著，程參謀那雙細長的眼睛卻瞇成了一條縫，射出了逼人的銳光，兩張臉都向著她，一齊咧著整齊的白牙，朝她微笑著，兩張紅得發油光的面靨漸漸的靠攏起來，湊在一塊兒，咧著白牙，朝她笑著。笛子和洞簫都鳴了起來，笛音如同流水，把靡靡下沉的簫聲又托了起來，送進〈遊園〉的〈皂羅袍〉中去——

原來奼紫嫣紅開遍
似這般都付與斷井頹垣
良辰美景奈何天
便賞心樂事誰家院——

杜麗娘唱的這段「崑腔」便算是崑曲裏的警句了。連吳聲豪也說：錢夫人，您這段〈皂羅袍〉便是梅蘭芳也不能過的。可是吳聲豪的笛子卻偏偏吹得那麼高（吳師傅，今晚讓她們灌多了，嗓子靠不住，你換枝調門兒低一點兒的笛子吧。）吳聲豪說，練嗓子的人，第一要忌酒，然而月月紅十七卻端著那杯花雕過來說道：姐姐，我們姐妹倆兒也來乾一杯。她穿得大金大紅的，還要說：姐姐，你不賞臉。不是這樣說，妹子，不是姐姐不賞臉，實在爲著他是姐姐命中的冤孽。瞎子師娘不是說過：榮華富貴——藍田玉，可惜你長錯了一根骨頭。冤孽啊。他可不就是姐姐命中招的冤孽了？懂嗎？妹子，冤孽。然而他也捧著酒杯過來叫道：夫人。他籠著斜皮帶，戴著金亮的領章，腰幹紮得挺細，一雙帶白銅刺的長筒馬靴烏光水滑的啪噠一聲靠在一起，眼皮都喝得泛了桃花，卻叫道：夫人。誰不知道南京梅園新村的錢夫人呢？錢鵬公，錢將軍的夫人啊。

錢鵬志的夫人。錢鵬志的隨從參謀。錢將軍的夫人。錢將軍的參謀。錢將軍。難爲你了，老五，錢鵬志說道：可憐你還那麼年輕。然而年輕人那裏會有良心呢？瞎子師娘說，你們這種人，只有年紀大的才懂得疼惜啊。榮華富貴——只可惜長錯了一根骨頭。懂嗎？妹子，他就是姐姐命中招的冤孽了。錢將軍的夫人。錢將軍的隨從參謀。將軍夫人。隨從參謀。冤孽，我說。（吳師傅，換枝低一點兒的笛子吧，我的嗓子有點不行了。哎，這段〈山坡羊〉。）

沒亂裏春情難遣
驀地裏懷人幽怨
則為俺生小嬋娟
揀名門一例一例裏神仙眷
甚良緣把青春拋的遠
倚的睡情誰見——

那團紅火焰又熊熊的冒了起來了，燒得那兩道飛揚的眉毛，發出了青濕的汗光。兩張醉紅的臉又漸漸的靠攏在一處，一起咧著白牙，笑了起來。笛子上那幾根玉管子似的手指，上下飛躍著。那襲嫋嫋的身影兒，在那檔雪青的雲母屏風上，隨著燈光，髣髣髴髴的搖曳起來，笛聲愈來愈低沉，愈來愈淒咽，好像把杜麗娘滿腔的怨情都吹了出來似的。杜麗娘快要入夢了，柳夢梅也該上場了。可是吳聲豪卻說，〈驚夢〉裏幽會那一段，最是露骨不過的。

（吳師傅，低一點兒吧，今晚我喝多了酒。）然而他卻偏捧著酒杯過來叫道：夫人。他那雙烏光水滑的馬靴啪噠一聲靠在一處，一雙白銅馬刺扎得人的眼睛都發疼了。他喝得眼皮泛了桃花，還要那麼叫道：夫人，我來扶你上馬，夫人，他說道，他的馬褲把兩條修長的腿子繃得滾圓，夾在馬肚子上，像一雙鉗子。他的馬是白的，路也是白的，樹幹子也是白的，他那匹白馬在猛烈的太陽底下照得發了亮。他們說：到中山陵的那條路上兩旁種滿了白樺樹。他那匹白馬在樺樹林子裏奔跑了起來，活像一頭麥桿叢中亂竄的兔兒。太陽照在馬背上，蒸出了一縷縷的白煙來。一匹白的。一匹黑的——兩匹馬都在淌著汗。而他身上卻沾滿了觸鼻的馬汗。他的眉毛變得碧青，眼睛像兩團燒著了的黑火，汗珠子一行行從他額上流到他鮮紅的顴上來。太陽，我叫道。太陽照得人的眼睛都睜不開了。那些樹幹子，又白淨，又細滑，一層層的樹皮都卸掉了，露出裏面赤裸裸的嫩肉來。他們說：那條路上種滿了白樺樹。太陽，我叫道，太陽直射到人的眼睛上來了。於是他便放柔了聲音喚道：夫人。錢將軍的夫人。錢將軍的隨從參謀。錢將軍的——老五，錢鵬志叫道，他的喉嚨已經咽住了。老五，他瘖啞的喊道，你要珍重嚇。他的頭髮亂得像一叢枯白的茅草，他的眼睛坑出了兩隻黑窟窿，他從白床單下伸出他那隻瘦黑的手來，說道，珍重嚇，老五。他抖索索的打開了那隻描金的百寶匣兒，這是祖母綠，他取出了第一層抽屜。這是貓兒眼。這是翡翠葉子。珍重吓，老五，他那烏青的嘴皮顫抖著，可憐你還這麼年輕。榮華富貴——只可惜你長錯了一根骨頭。冤孽，妹子，他就是姐姐命中招的冤孽了。你聽我說，妹子，冤孽呵。榮華富貴——可是我只活過那麼一次。懂嗎？妹子，他就是我的冤孽了。榮華富貴——只有那一次。榮華富貴——我只活過一次。懂嗎？妹子，你聽我說，妹子。姐姐不賞臉，月月紅卻端著酒過來說道，她的眼睛亮得剩下了兩泡水。姐姐到底不賞妹子的臉，她穿得一身大金大紅的，像一團火一般，坐到了他的身邊去。（吳師傅，我喝多了花雕。）

遷延，這衷懷那處言
淹煎，潑殘生除問天——

就在那一刻，潑殘生——就在那一刻，她坐到他身邊，一身大金大紅的，就是那一刻，那兩張醉紅的面孔漸漸的湊攏在一起，就在那一刻，我看到了他們的眼睛：她的眼睛，他的眼睛。完了，我知道，就在那一刻，除問天——（吳師傅，我的嗓子。）完了，我的喉嚨，摸摸我的喉嚨，在發抖嗎？完了，在發抖嗎？天——（吳師傅，我唱不出來了。）天——完了，榮華富貴——可是我只活過一次，——冤孽、冤孽、冤孽——天——（吳師傅，我的嗓子。）——就在那一刻：就在那一刻，啞掉了——天——天——天——

「五阿姐，該是你〈驚夢〉的時候了。」蔣碧月站了起來，走到錢夫人面前，伸出了她那一隻載滿了扭花金絲鐲的手臂，笑吟吟的說道。

「夫人——」程參謀也立了起來，站在錢夫人跟前，微微傾著身子，輕輕的叫道。

「五妹妹，請你上場吧。」竇夫人走了過來，一面向錢夫人伸出手說道。

鑼鼓笙簫一齊鳴了起來，奏出了一隻〈萬年歡〉的牌子。客人們都倏地離了座，錢夫人看見滿客廳裏都是些手臂交揮拍擊，把除太太團團團在客廳中央。笙簫管笛愈吹愈急切，那面銅鑼高高的舉了起來，敲得金光亂閃。

「我不能唱了。」錢夫人望著蔣碧月，微微搖了搖兩下頭，喃喃說道。

「那可不行，」蔣碧月一把捉住了錢夫人的雙手，「五阿姐，你這位名角兒今晚無論如何逃不掉的。」

「我的嗓子啞了。」錢夫人突然用力甩開了蔣碧月的雙手，嗄聲說道，她覺得全身的血液一下子都湧到頭上來了似的，兩腮滾熱，喉頭好像讓刀片猛割了一下，一陣陣的刺痛起來，她聽見竇夫人插進來說：

「五妹妹不唱算了——余參軍長，我看今晚還是你這位黑頭來壓軸吧。」

「好呀，好呀。」那邊賴夫人馬上響應道，「我有好久沒有領教余參軍長的〈八大鎚〉了。」

說著賴夫人便把余參軍長推到了鑼鼓那邊。余參軍長一站上去，便拱了手朝下面道了一聲「獻醜」，客人們一陣鬨笑，他便開始唱了一段金兀朮上場時的〈點絳唇〉：一面唱著，一面又撩起了袍子，做了個上馬的姿勢，踏著馬步便在客廳中央環走起來，他那張寬肥的醉臉脹得紫紅，雙眼圓睜，兩道粗眉一齊豎起，幾聲吶喊，把胡琴都壓了下去。賴夫人笑得彎了腰，跑上去。跟在余參軍長後頭直接著手，蔣碧月即刻上去加入了他們的行列，不停的尖起嗓子叫著「好黑頭！好黑頭！」另外幾位女客也上去跟了她們喝彩，團團圍走，於是客廳裏的笑聲便一陣比一陣暴漲了起來。余參軍長一唱畢，幾個著白衣黑褲的女傭已經端了一碗碗的紅棗桂圓湯進來讓客人們潤喉了。

竇夫人引了客人們走到屋外露臺上的時候，外面的空氣裏早充滿了風露，客人們都穿上了大衣，竇夫人卻圍了一張白絲大披肩，走到了臺階的下端去。錢夫人立在露臺的石欄旁邊，往天上望去，她看見那片秋月恰恰的昇到中天，把竇公館花園裏的樹木路階都照得鍍了一層白霜，露臺上那十幾盆桂花，香氣卻比先前濃了許多，像一陣濕霧似的，一下子罩到了她的面上來。

「賴將軍夫人的車子來了。」劉副官站在臺階下面，往上大聲通報各家的汽車。頭一輛開進來的，便是賴夫人那架黑色嶄新的林肯，一個穿著制服的司機趕忙跳了下來，打開車門，彎了腰畢恭畢敬的候著。賴夫人走下臺階，和竇夫人道了別，把余參軍長也帶上了車，坐進去後，卻伸出頭來向竇夫人笑道：

「竇夫人，府上這一夜戲，就是當年梅蘭芳和金少山也不能遇的。」

「可是呢，」竇夫人笑著答道，「余參軍長的黑頭眞是賽過金霸王了。」

立在臺階上的客人都笑了起來，一齊向賴夫人揮手作別。第二輛開進來的，卻是竇夫人自己的小轎車，把幾位票友客人都送走了。接著程參謀自己開了一輛軍用吉普軍車進來，蔣碧月馬上走了下去，撈起旗袍，跨上車子去，程參謀趕著過來，把她扶上了司機旁邊的座位上，蔣碧月卻歪出半個身子來笑道：

「這輛吉普車連門都沒有，回頭怕不把我甩出馬路上去呢。」

「小心點開啊，程參謀。」竇夫人說道，又把程參謀叫了過去，附耳囑咐了幾句，程參謀直點著頭笑應道：

「夫人請放心。」

然後他朝了錢夫人，立了正，深深的行了一個禮，抬起頭來笑道：

「錢夫人，我先告辭了。」

說完便俐落的跳上了車子，發了火，開動起來。

「三阿姐再見！五阿姐再見！」

蔣碧月從車門伸出手來，不停的招揮著，錢夫人看見她臂上那一串扭花鐲子，在空中劃了幾個金圓圈。

「錢夫人的車子呢？」客人快走盡的時候，竇夫人站在臺階下問劉副官道。

「報告夫人，錢將軍夫人是坐計程車來的。」劉副官立了正答道。

「三阿姐——」錢夫人站在露臺上叫了一聲，她老早就想跟竇夫人說替她叫一輛計程車來了，可是剛才客人多，她總覺得有點堵口。

「那麼我的汽車回來，立刻傳進來送錢夫人吧。」竇夫人馬上接口道。

「是，夫人。」劉副官接了命令便退走了。

竇夫人回轉身，便向著露臺走了上來。錢夫人看見她身上那塊白披肩，在月光下，像朵雲似的簇擁著她。一陣風掠過去，周遭的椰樹都沙沙地鳴了起來，把竇夫人身上那塊大披肩吹得姍姍揚起，錢夫人趕忙用手把大衣領子鎖了起來，連連打了兩個寒噤，剛才滾熱的面腮，吃這陣涼風一逼，汗毛都張開了。

「我們進去吧，五妹妹，」竇夫人伸出手來，接著錢夫人的肩膀往屋內走去，「我去叫人沏壺茶來，我們倆兒正好談談心——你這麼久沒來，可發覺臺北變了些沒有？」

錢夫人沉吟了半晌，側過頭來答道：

「變多嘍。」

走到房子門口的時候，她又輕輕的加了一句：

「變得我都快不認識了——起了好多新的高樓大廈。」

四、文本提問

1. 請舉出各女伶的各種稱謂（本名、藝名、排行）。
2. 本故事穿梭於哪幾個時空？該時空分別有哪些人物出場？
3. 藍田玉於何時、何處倒嗓？藍田玉倒嗓的原因為何？
4. 藍田玉的情人是誰？
5. 藍田玉與桂枝香的經歷有何共同之處？又有哪些差異？
6. 〈遊園驚夢〉裡有哪些對照性人物、情景與情節？請逐一列出。
7. 〈遊園驚夢〉人物關係較為複雜，請以簡表繪製〈遊園驚夢〉之人物關係圖。

五、文本賞析

短篇小說〈遊園驚夢〉之名出自於明傳奇《牡丹亭》。

《牡丹亭》爲明劇作家湯顯祖取材自志怪小說以及雜劇《倩女離魂》的作品，講述二八年華的杜麗娘春日無聊遊逛自家花園時，因園中「奼紫嫣紅開遍，似這般都付與斷井頹垣」之景，而生出「不得早成佳配，誠爲虛度青春」的慨歎。身心倦乏之下回房休憩小睡，竟於夢中邂逅書生柳夢梅，進而展開一段因愛而死、再爲愛復活的曲折故事。《牡丹亭》第十齣〈驚夢〉便是杜麗娘「遊園」以及與柳夢梅夢中相戀卻因母親喚醒而「驚夢」的情節，不論是文詞還是曲調，都被認爲是《牡丹亭》一劇的菁華。

白先勇〈遊園驚夢〉既然擷取其名、創作出同名小說，自然有許多引而喻之的部分。

其一，藍田玉是當年秦淮河戲班「得月臺」首席女伶，以崑曲〈驚夢〉享譽南京。其二，以杜麗娘隱喻藍田玉空享富貴而情感空虛青春虛度，杜與柳未婚歡愛如同錢夫人與鄭彥青的出軌偷情，同屬爲愛闖禁犯忌。其三，杜麗娘於夢中體驗愛情也於夢醒後失去情人；藍田玉則在醉酒中似憶似夢地重溫了過往榮華與情傷，最終在天辣椒「五阿姐，該是你驚夢的時候了」的喚聲中驚夢，醒悟繁華已逝。情節之外，這兩篇作品更是知識份子對時代發展的回應，湯顯祖身處理學興盛時代，以閨閣女子主動追愛的行為抵抗理學潮流，大舉「生者可以死，死者可以生」的「情至」觀念，以解放名教對人性的桎梏。白先勇則欲以藍田玉等人物，紀念1949年前後「那個憂患重重的年代」，描繪了該年代遷移來臺的第一代外省人來臺後的生活與心態。

本篇小說雖屬第三人稱敘事，但始終以錢夫人的心理活動為主軸線，以意識流技巧，讓錢夫人因眼前相似的人事物而聯想起前塵往事：例如錢鵬志的憐惜與臨終遺言、瞎子師娘的預言、與鄭彥青出遊隱喻、飲酒鎖喉、因月月紅奪愛的刺激倒嗓等，一瞬之間，意識雜亂、往事齊湧、情傷引爆將情節推上最高潮。此外，錢夫人思緒頻頻於過去與現在兩個時空中來回穿梭，回味前半生榮華之餘更對比出後半生的落拓，帶出今昔對比甚而今非昔比的慨歎，也是對小說集名為「台北人」的呼應與諷刺。（文／洪英雪）

六、文章結構

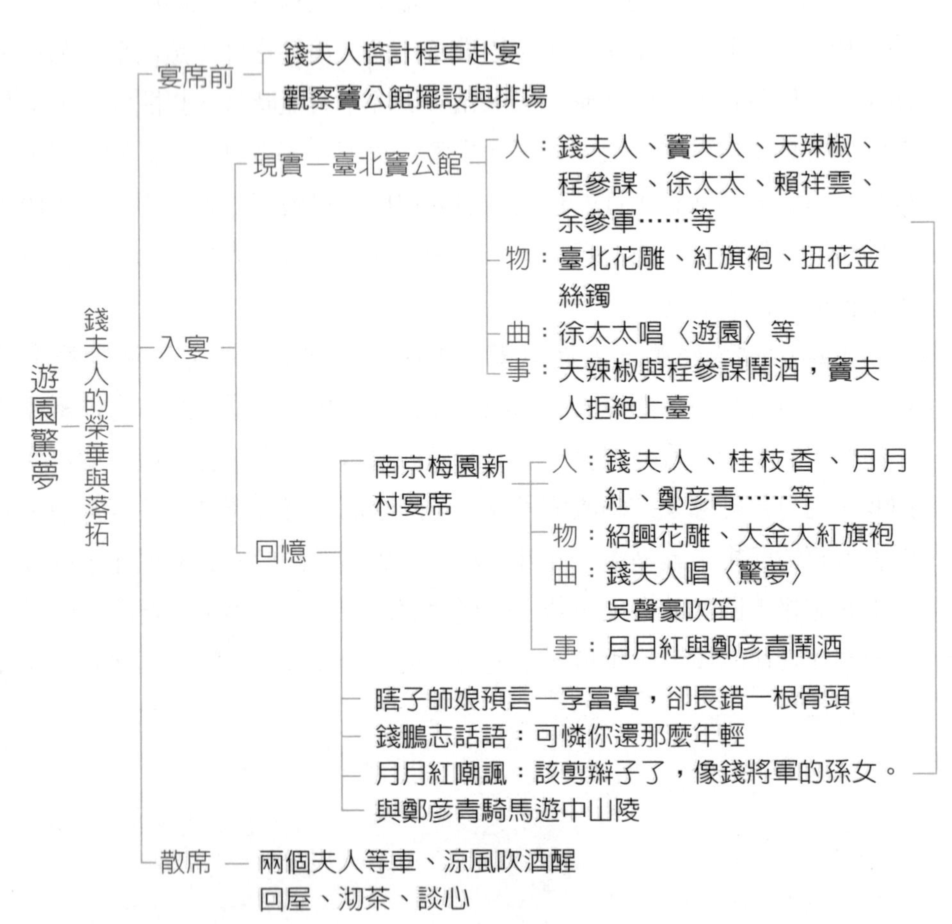
遊園驚夢
錢夫人的榮華與落拓
宴席前
錢夫人搭計程車赴宴
觀察竇公館擺設與排場
入宴
現實一臺北竇公館
人：錢夫人、竇夫人、天辣椒、程參謀、徐太太、賴祥雲、余參軍……等
物：臺北花雕、紅旗袍、扭花金絲鐲
曲：徐太太唱〈遊園〉等
事：天辣椒與程參謀鬧酒，竇夫人拒絕上臺
回憶
南京梅園新村宴席
人：錢夫人、桂枝香、月月紅、鄭彥青……等
物：紹興花雕、大金大紅旗袍
曲：錢夫人唱〈驚夢〉吳聲豪吹笛
事：月月紅與鄭彥青鬧酒
瞎子師娘預言一享富貴，卻長錯一根骨頭
錢鵬志話語：可憐你還那麼年輕
月月紅嘲諷：該剪辮子了，像錢將軍的孫女。
與鄭彥青騎馬遊中山陵
散席
兩個夫人等車、涼風吹酒醒
回屋、沏茶、談心
意識流
今昔對比
舊傷引爆

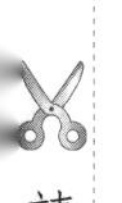

請沿虛線剪下

七、文以感思、學以致用——教學活動設計

單元／	文本／白先勇〈遊園驚夢〉

組別：	姓名：	系級：	日期：

說明

1. 〈遊園驚夢〉中所引用的幾齣戲劇：〈遊園驚夢〉、〈貴妃醉酒〉與〈洛神〉，各有何隱喻？
2. 白先勇短篇小說集《台北人》引用了劉禹錫的〈烏衣巷〉作為卷首詞：「朱雀橋邊野草花，烏衣巷口夕陽斜，舊時王謝堂前燕，飛入尋常百姓家。」此詩與本篇選文〈遊園驚夢〉有何切合之處？請詮釋之。
3. 請選擇一篇你所熟悉的文學作品（童話亦可），古今中外不拘，對其故事進行改編。

書寫內容

請沿虛線剪下

延伸閱讀

1. 曹植：〈登臺賦〉，見趙又文《曹植集校注》（人民文學，1998年）。
2. 劇集：王扶林——三國演義（1994年），第31集「智激周瑜」。
3. 劇集：高希希——新三國演義（2010年），第38集「孔明先後激周瑜」。
4. 吳宇森：赤壁上、下（電影），2009年、2009年。
5. 趙林山：《銅雀台》（電影），2012年。
6. 劇集：張永新——大軍師司馬懿之虎嘯龍吟（2017年），第9集「諸葛亮施空城計退司馬懿」。
7. 白先勇：《台北人》（爾雅，1997年）。
8. 李碧華：《青蛇》（新星，2013年）。
9. 琳達・席格（Linda Seger）著，葉婉智譯：《改編之道：將事實與虛構故事改編成影片》（五南，2018年）。
10. 明　湯顯祖：《牡丹亭》（三版）（三民，2022年）。
11. 影片：昆曲「牡丹亭・遊園」〈皂羅袍〉，https://www.youtube.com/watch?v=DK_27SRDcDs。
12. 李銳、蔣韻：《人間：重述白蛇傳》（麥田，2008年）。

十、藝術精神

生活不只眼前的苟且

單元導讀

美的思考多樣多變又複雜。有的人認為美的本質在於客觀對象上，有的認為美醜的重點在於是否體現了某種精神、理想與意義。也有人認為是審美態度決定美或不美。本單元便以美及藝術精神為主，思考何謂藝術、何謂美。

本篇選文為莊子〈逍遙遊〉及朱光潛〈我們對於一棵古松的三種態度〉。

雖然〈逍遙遊〉並非以開出藝術精神為主要目的，而是以獲得人生的終極逍遙為主。但從鯤化鵬、大鵬南飛，到有用無用之討論，一場不受制約的「遊」之精神被開展，這樣的方式卻恰恰展現了藝術精神，如同徐復觀所說：「能遊的人，實即藝術精神呈現了出來的人。」

而〈我們對於一棵古松的三種態度〉一文，則是從具體的審美過程中，深入淺出的說出審美活動的元素與特色。

〈逍遙遊〉

莊周

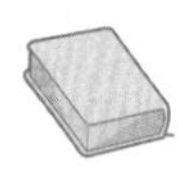

一、生活連結

1. 你喜歡欣賞藝術嗎？你最喜歡的藝術類別是什麼？
2. 請以小組為單位，尋找一幅你們感興趣的中國繪畫，並介紹它。
3. 當許多人評價臺灣是美感沙漠時，你認同這樣的批判嗎？為什麼？請分組討論。
4. 請以小組為單位，找找臺灣非常出乎人意料之外，卻非常有意思的設計，並說明他的設計創意之處或吸引人之處。（例如故宮文創運用古物重新設計，卻常有令人驚豔的效果……等等）。

二、寫作背景

莊子（約西元前369年～286年），姓莊，名周，宋國蒙縣人。曾任漆園吏，是戰國中期的思想家、文學家，也是道家的代表人物。

戰國時期，各國爲了強盛自我實力以爭霸天下，爭相延攬人才。許多的知識份子便根據各種問題紛紛發表自我策略，提出各種解決辦法，開啓了百家爭鳴的局面。《漢書．藝文志》中稱其爲：「九家之術蠭出並作，各引一端，崇其所善，以此馳說，取合諸侯」。

莊子便是身處這樣的時代。但他並非以進入政治核心爲主要關懷，有別於當時的主流思維。相反地，他不斷地反省：在現實過分強大、社會框架過分嚴苛時，自我會如何的迷失與受限？並且當多數人只關注功名利祿時，又有誰會注意到事物眞實的本質？而自我框架的解除、事物本質的觀看，往往又是藝術開啓之處。

〈逍遙遊〉是《莊子》開宗明義第一篇，首段大鵬南飛，打破框架、無限想像，並且力道強勁、雄渾壯闊。終段以有用無用，思考物之本質。全文既回到本質，又順應自然，同時開啓「物自身」的觀看，是理解《莊子》思想、探尋中國藝術精神所不可或缺的一篇。

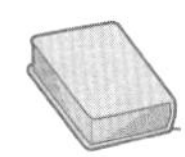

三、文本閱讀

逍遙遊

北冥[1]有魚，其名爲鯤[2]。鯤之大，不知[3]其幾千里也。化[4]而爲鳥，其名爲鵬。鵬之背，不知其幾千里也；怒[5]而飛，其翼若垂天之雲。是[6]鳥也，海運[7]則將徙於南冥。南

1 北冥：北海也。溟，有溟漠無涯之意。

2 鯤：在〈爾雅〉裡提到：「鯤，魚子。凡魚之子名鯤。」本文開頭便用極小來形容極大，瓦解小大的執著，並重新審視小大的價值判斷。

3 知：「知」常常會引起價值與道德的評斷，例如《老子》說的：「天下皆知美之為美，斯惡矣！」所以道家對於「知」往往充滿了冷靜與再思考，寧願保留一個「不知」的模糊性，以包容更多的可能。

4 化：在莊子這裡，所有萬事萬物都不斷地處在變化中，界限必須不斷地轉化，所有的價值判斷也是如此。鯤已不知其幾千里的大，唯有轉化才能保持其生動，否則只有僵化，故大而化之。而轉化後也才能更成就其界限之大，鯤轉化鵬後，一種無礙的、遼闊的世界才可以展開，故化而大之，此乃〈逍遙遊〉中「化」之一字的重要性。

5 怒：極言其振奮也。

6 是鳥：是乃此之意，即指大鵬鳥。

7 海運：運，轉也。

冥者，天池也[8]。

齊諧[9]者，志怪者也。諧之言曰：「鵬之徙於南冥也，水擊[10]三千里，摶[11]扶搖[12]而上者九萬里，去以六月息者也[13]。」野馬也，塵埃也[14]，生物之以息相吹也[15]。天之蒼蒼，其正色邪[16]？其遠而無所至極邪？其視下也亦若

8 南冥者，天池也：〈逍遙遊〉開宗明義便打破了許多的界限，例如小大、空間（北冥到南冥）、物種（鯤化鵬）、以及移動方式（海底到天空）等等，一開始便拉開了一個超乎想像的世界，帶給讀者一個「你必須放下自我執著與界限，才能看到一個汪洋恣肆的世界。」

9 齊諧：一說為姓齊，名諧，為姓名也；一說則認為是書名。《齊諧》多記怪異之事，莊子引以證明自己所說不虛。此亦可以看出莊子周旋於真與假當中，且不落真假兩端。

10 水擊：將飛舉翼，擊水踉蹌也。即大鵬起飛前在水面上的助跑。

11 摶：音ㄊㄨㄢˊ，圜也，侯鳥拍動翅膀的方式並非是單純的上下拍動，而是帶有圜轉的方式拍動，此即摶也。

12 扶搖：上行風也。

13 六月息：指六月時的海運所產生的氣流。

14 野馬：野馬用現代話語來說，就是偏熱氣流開始流動上升後，光線受到折射，遠方的景物會在空氣中波動、模糊，彷彿馬在奔跑一般。而塵埃則是大鵬飛起時所揚動的塵土。從「野馬也，塵埃也」可以看到大鵬南飛絕不是單獨的一件事，而是整個大地與環境都共同參與在其中。

15 生物之以息相吹也：成玄英疏云：「天地之間，生物氣息，更相吹動。」意指，大地萬物氣息互通，彼此是一個渾融的整體、息息相關，這是道家的環境觀，絕非以人類為單一思考，而是一種天地宇宙整體的思維。

16 天之蒼蒼，其正色邪：人從地上往天空看，乃碧空高遠、蒼蒼茫昧，但這難道是唯一的正確視野？那麼夜晚的天空是黑色的？與白天蒼藍的天空，哪一個才是正確的顏色呢？莊子在這裡丟了一個問題，而這問題的背後，其實要讀者思維的是：是否有唯一的正確？或者絕對的單一？天究竟是什麼顏色？它是空的、是不斷地變化？那麼它有正確的顏色嗎？

是[17]，則已矣。且夫水之積也不厚，則負大舟也無力。[18]覆杯水於坳堂之上，則芥爲之舟，置杯焉則膠，水淺而舟大也[19]。風之積也不厚，則其負大翼也無力[20]。故九萬里則風斯在下[21]矣，而後乃今培風[22]；背負青天[23]而莫之夭閼[24]者，而後乃今將圖南[25]。蜩與學鳩[26]笑之[27]曰：「我決起[28]而飛，

---

[17] 其視下也亦若是：指人從地上往天空看，無法斷定正確的顏色，那麼大鵬飛上九萬里高空，往下俯視，所看到的應該也是難辨遠近、無窮無極的吧！此處莊子從視角的不同來重新思考所謂的正確，人與大鵬所處的位置不同，觀看的視角也不同，因此，什麼是正確？什麼是不正確？若人始終處在固定位置上、不思改變，那麼觀看的角度往往只剩下唯一的意識形態、唯一的僵化思維。只有打破邊界、不斷地換位，才能夠看到更多，有不同的思考、也有更多的包容。這也收攝了鯤化鵬、大鵬南飛的寓言。

[18] 此段開啓工夫歷程的重要性：要打破自我疆界，沒有透過修行工夫大概是難以達成的，此處講到工夫深淺的差別。就像水的積聚要足夠深厚，否則無法負載大舟一般。

[19] 坳堂：指堂上低窪地也。芥：芥草。膠：膠著。整句意謂：倒一杯水在堂前低窪處，放一根小草上去就可以當作一艘小舟，但放一個杯子則會膠著其上，因為水太淺而舟太大。

[20] 風之積也不厚，則其負大翼也無力：風力的積聚如果不夠深厚，那麼就無法乘載大鵬南飛的力度。

[21] 大鵬一飛九萬里，風便在他之下，於是就能憑藉著風力往南飛去。

[22] 培風：培乃憑藉之意。大鵬一飛九萬里之高，故在風之上，在風之上而後能憑藉風，故曰而後乃今培風。因此大鵬借著風勢南飛很重要，但自己具有力度與強度一飛九萬里同樣重要。

[23] 背負青天：意指大鵬南飛時青天在背，同時也暗喻大鵬南飛時的氣魄與力度，彷彿能夠扛起整個青天。

[24] 夭閼：夭，折也。閼，塞也。音一ㄠ　さ丶。夭閼意指受阻滯而中斷。

[25] 根據觀察，候鳥在遷移飛行中能根據自覺來利用有利的氣象條件，例如季節轉換、晴雨變化，或是上升的氣流等等。可以說，候鳥的遷徙絕對不是單方面「我想飛就飛」的突然，而是順應變化、乘化以遊、順應時勢、利用時勢，以達到事半功倍的結果。此亦可以與下文的蜩與學鳩做對照。

[26] 蜩：蟬也，七八月生。學鳩：鶻鳩也，即今之班鳩。

[27] 〈逍遙遊〉裡的笑有幾種，一種是以小笑大，蜩與學鳩便是以小笑大。另一種是以大笑小，後文的宋榮子便是以大笑小。

[28] 決起：決，卒疾、突然之貌。決起二字可以看出蜩與學鳩的飛充滿偶然性。

槍【搶】[29]榆、枋[30]，時則不至而控於地[31]而已矣，奚以之九萬里而南爲？[32]」適莽蒼者三湌而反，腹猶果然[33]；適百里者宿舂糧[34]；適千里者三月聚糧[35]。之二蟲又何知[36]！小知不及大知[37]，小年不及大年[38]。奚以知其然也[39]？朝菌不知晦朔[40]，蟪蛄不知春秋[41]，此小年也。楚之南有冥靈者[42]，以五百歲爲春，五百歲爲秋；上古有大椿者，以

---

[29] （槍）〔搶〕：槍，集也，亦作搶，乃搶飛、突飛之意。亦可呈現蜩與學鳩對於飛的態度，無須準備、無須乘勢，充滿突然性。

[30] 枋，檀木也。

[31] 控於地：控，投也。

[32] 奚：何也。整句意謂：蜩與學鳩認為：「我們一時起飛若飛不到榆、枋樹上，便投入地上就好了。何必飛到九萬里高空，再往南飛去？如此辛苦做什麼？」

[33] 適，往也。莽蒼，指郊野、近郊。反，返也。果然，飽足之意。整句意謂：來往於近郊，只要準備三餐糧食，路非遙遠，回程時肚腹尚猶飽足。

[34] 宿舂糧：宿，音ㄙㄨˋ，表隔夜之意。舂糧，音ㄔㄨㄥ　ㄌㄧㄤˊ，搗米備糧。宿舂糧意謂：隔宿搗米備糧。意思是說：要去百里遠的地方，必須隔宿地搗米備糧，才夠支撐這麼遠的路途。

[35] 聚糧：積聚糧食。要去千里之遙處，必須花三個月的時間備糧，才夠完成這趟旅程。

[36] 之：此也。二蟲：指蜩與學鳩。整句意謂：對這兩個小東西來說，他們又怎麼知道走更遠的路、看更多的視野，必須要有前面日積月累的準備。

[37] 知：音智，即智慧也。本句是指：小聰明比不上大智慧。

[38] 小年不及大年：年壽短的動物，所經歷的事物比不上年壽長的動物。

[39] 奚：何也。整句意指：何以知道是這樣呢？

[40] 朝菌：朝生暮死的菌菇。晦朔：月終謂之晦，月初謂之朔，晦朔意指一整個月。整句意為：朝生暮死的菌菇，是沒辦法知道一整個月的變化的。

[41] 蟪蛄：蟬也，生命週期是春生夏死或夏生秋死，故而無法知道一年的變化。

[42] 冥靈大椿：均為木名也。冥靈生於楚之南，以二千歲為一年。大椿長於上古，以三萬二千歲為一年也。

八千歲爲春，八千歲爲秋。而彭祖[43]乃今[44]以久特聞[45]，眾人匹之，不亦悲乎[46]！

湯之問棘也是已[47]。窮髮之北[48]，有冥海者，天池也。有魚焉，其廣數千里，未有知其脩[49]者，其名爲鯤。有鳥焉，其名爲鵬，背若泰山，翼若垂天之雲，摶扶搖羊角[50]而上者九萬里，絕雲氣，負青天，然後圖南，且適南冥也。斥鴳[51]笑之曰：「彼且[52]奚適[53]也？我騰躍而上，不過

[43] 彭祖：傳說姓籛，名鏗，帝顓頊之玄孫也。堯封於彭城，其道可作為宗祖，故謂之彭祖。歷經夏商周三代，年八百歲。

[44] 乃今：至今之意。

[45] 特聞：特別聞名。

[46] 匹之：比較之意。整句意指：人壽最長也只是彭祖八百歲的傳說，眾人僅以彭祖當作長壽的標竿，進而與他相比，不是可悲的嗎？在彭祖之後還有自然裡的冥靈跟大椿，它們年壽已遠遠超過人們的想像，更遑論冥靈大椿之後的天地宇宙之無極無限了。

[47] 湯：湯是帝嚳之後，據說他的母親扶都，見白氣貫月，感而生湯。湯身長九尺。為夏朝時的諸侯，有聖德，其他諸侯均歸順於他，故遭桀忌，將之囚於夏臺。後得免罪，於是湯召集諸侯同盟於景亳之地，與桀大戰於鳴條之野，取得最後勝利。湯克桀之後，欲讓天下於務光，務光不受。於是湯即位，乃建都於亳，後改為商，是商朝的開基之主。棘者，湯時賢人，亦云湯之博士。湯師事之，故湯問於棘，詢問至道。

[48] 窮髮：大地以草為毛髮，北方乃寒冷之地，草木不生，故名窮髮，即所謂不毛之地也。

[49] 脩：即「修」之意，表修長，意指鯤魚廣闊數千，未有知其長也，此處再一次申明其大也。

[50] 羊角：指上行風，風曲向上若羊角。

[51] 斥：小澤也。鴳：雀也。斥鴳：生活在水澤邊的小雀。

[52] 且：將也。

[53] 適：往之意。

數仞[54]而下，翱翔[55]蓬蒿之間，此亦飛之至也[56]。而彼且奚適也？」此小大之辯也[57]。

故夫知效一官[58]，行比一鄉[59]，德合一君[60]而徵一國者[61]，其自視也亦若此矣[62]。而宋榮子猶然笑之[63]。且舉

---

[54] 仞：八尺曰仞。

[55] 翱翔：嬉戲之意。

[56] 飛之至：指數仞的距離已是斥鴳飛翔的極致了。

[57] 此小大之辯：表這就是小與大的分別了。辯：分別之意。斥鴳受其物性限制，無法完成大鵬式的南飛，但雖然牠物性受限，在心理上牠卻以小笑大，也可以看出牠心態上的自以為是、故步自封，無法開放自我視野，也引出後文「豈唯形骸有聾盲哉？夫知亦有之」的說法。在逍遙遊開頭這幾段，可以看出輕視他人的、嘲笑對方的，永遠是蜩與學鳩以及斥鴳這樣的小物，努力轉化自己，奮力南飛的鯤與鵬始終是無聲的，他們不將自己放在這比較當中，默默地完成自我該完成的目標。

[58] 故夫知效一官：夫，發語詞，無義。知，音智，表智識、才智。本句指此人的智識可以提供一個官職之所需。

[59] 行比一鄉：行：德行。比，表合乎之意。意謂此人的德行、行為都合乎鄉里的標準與需求。

[60] 德合一君：德，指才德，意指此人的才德足以取信於一國之君。

[61] 而徵一國者：而，能也，能、而，古字通用，表才能。徵，信也。本句意謂此人能力足以管理一國之人。

[62] 其自視也亦若此矣：他們看待自己自視甚高。大抵說來，完成官、鄉、君、國的需求，具備知、仁、德、能內涵的人，在人間都算是成功者。但這樣的人往往也會像蜩與學鳩一樣，帶著自以為是的得意，也因此容易封限在自我的意識形態中。

[63] 宋榮子猶然笑之：宋榮子，姓榮氏，宋人也。稱其為子者，表有德之賢人。據說他是宋國的宋鈃，乃戰國時期思想家，其思想同時具備道、墨、名、雜、小說家的部分思想，難以歸類為單獨一派。莊子在〈天下篇〉裡曾這麼形容他：「夫不累於俗，不飾於物，不苟於人，不忮於眾，願天下之安寧以活民命，人我之養畢足而止，以此白心，古之道術有在於是者。宋鈃、尹文聞其風而悅之。」表示他不被外物所累、不受限物慾，也不違背眾人的思想。猶然，如是之意。此處宋榮子的笑，乃以大笑小，與蜩與學鳩以小笑大的笑是不同的。但以大笑小依舊帶著自我的評判在裡面，因此境界仍舊不夠。

世而譽之而不加勸，舉世而非之而不加沮[64]，定乎內外之分[65]，辯乎榮辱之竟[66]，斯已矣[67]。彼其於世，未數數然也[68]。雖然，猶有未樹也[69]。夫列子御風而行，泠然善也[70]，旬有五日而後反[71]。彼於致福者，未數數然也[72]。此

---

64 且舉世而譽之而不加勸，舉世而非之而不加沮：舉，皆也、全也之意。勸，勵勉也。沮，怨喪也。宋榮子率性懷道，超越凡俗，假使世界皆讚譽他，亦不會讓他有被勸獎的欣喜；相反的，若全世界都貶損他，他亦不會因此沮喪失落，寵辱不驚，了解自我的存在價值。

65 定乎內外之分：了解外物與內我的不同，我是我、物是物，內外是有分別的。我與物之間界線分明，所以不受外物影響，能夠保持內在的穩定。

66 辯乎榮辱之竟：辯，分辨、區別。竟，境也，指境界，古時竟、境二字互通。整句意謂：宋榮子能夠分辨榮辱的界線以及與自我的分別，做到「不以物喜、不以己悲」。

67 斯已矣：斯，此也。已，止也。此三字意謂：宋榮子智德止盡於斯也。意即，也就這樣子罷了。

68 彼其於世，未數數然也：數數，汲汲之意，表汲汲營營。整句是說：宋榮子處於世中，栖身物外，故不汲汲營營。

69 猶有未樹也：樹，建樹之意。整句意謂，雖然宋榮子處在人間中能夠辨乎內外、寵辱不驚，但也就如此罷了，還未有任何積極的修行建樹。第一層次「知效一官，行比一鄉，德合一君，而徵一國者」熱衷於人世當中周旋，並樂此不疲，以此為傲。而第二層次的宋榮子，已理解這些功名利祿都屬於外在的，因此回到自身，寵辱不驚，不受到人間世的影響。但這樣的層次對莊子來說依舊是不夠的。

70 夫列子御風而行，泠然善也：夫，音ㄈㄨˊ，發語詞，無義。泠然，輕妙之貌，泠，音ㄌㄧㄥˊ。列子，姓列，名禦寇，鄭人也。師於壺丘子林，得風仙之道，乘風遊行，泠然輕舉，所以稱善也。

71 旬有五日而後反：旬，十日為一旬，旬有五日即為十五天。反，返也，指迴返。整句意謂，列子風仙之道，御風行遊，每經一十五日回返歸家。

72 彼於致福者，未數數然也：致，得也。致福，意指希冀得到福德的心態。數數，汲汲之意，表汲汲營營。整句意謂，列子虛懷任運、御風而行，完全無心於得到人間福德。前兩個層次，一個熱衷於人間功名（知效一官，行比一鄉，德合一君，而徵一國者），一個冷眼人間（宋榮子），而到了列子的層次，視野已經由人間轉向大化自然了。

雖免乎行，猶有所待者也[73]。若夫乘天地之正，而御六氣之辯[74]，以遊無窮者，彼且惡乎待哉[75]！故曰：至人無己[76]，神人無功[77]，聖人無名[78]。

堯讓天下於許由[79]，曰：「日月出矣而爝火不息[80]，其於光也，不亦難乎[81]！時雨降矣而猶浸灌[82]，其於澤也，不

---

73 此雖免乎行，猶有所待者也：免乎行，指無須行走。猶有所待者，指猶須等待。列子雖可御風而行，但猶待天機之動、風起之時。乘風行遊，雖免步行，但仍須待風，依舊未達真正的逍遙。

74 若夫乘天地之正，而御六氣之辯：乘，乘順。正，正氣。御，統御。六氣，杜預云：「六氣者，陰陽風雨晦明也」而支道林云：「六氣，天地四時也。」大抵來說，六氣指的是整個宇宙大化自然。辯者，變也。整句意思為：乘順天地的正氣，統御六氣的變化。用成玄英的說法就是：「唯當順萬物之性，遊變化之塗，而能無所不成者，方盡逍遙之妙致者也。」

75 以遊無窮者，彼且惡乎待哉：「惡乎」，音ㄨ　ㄏㄨ，何之意。意謂暢遊於無窮之際，他何須等待呢？若連結上文，便是：乘順著六氣的變化，遊於無窮無盡之際，他還需要等待依賴什麼呢？

76 至人無己：「至人」指修為達到至高境界的人。無己，指無我、無執著。

77 神人無功：「神人」指修為已達神妙之境的人。無功，指無意於求功。

78 聖人無名：「聖人」指修為已達神聖境界的人。無名，指無意於求名。無己、無功、無名三句，「無功」、「無名」表示境界已達不受世俗價值的左右，而「無己」則是已擺落世俗價值所左右的那個自己，或可與〈齊物論〉中「吾喪我」一句對照來看。

79 堯讓天下於許由：堯，乃帝嚳之子，具有聖德。年十五時封唐侯，年二十一代兄登帝位，以平陽為都城，號曰陶唐。在位七十二年後傳位於舜。許由，隱者也。姓許，名由，字仲武，潁川陽城人。隱於箕山，依山而食，就河而飲。堯在禪位時，亦察知許由賢，欲讓以帝位，後被拒。

80 日月出矣，而爝火不息：爝火，火炬之意，表人為所燃之火，乃小火。日月：日月之光，表自然天地裡的光。息：止息。

81 其於光也，不亦難乎：光，指光照大地。與前文整合來看，意謂：日月之光（指許由）都已照臨大地了，我這人為的小火還不熄滅（堯自喻），對於光照大地，我又有什麼幫助呢？

82 時雨降矣而猶浸灌：時雨，及時雨。浸灌，灌溉。整句指及時雨（指許由）都已降下了，我還提水澆灌。

亦勞乎[83]！夫子立而天下治，而我猶尸之[84]，吾自視缺然，請致天下[85]。」許由曰：「子治天下，天下既已治也[86]，而我猶代[87]子，吾將爲名乎？名者，實之賓也，吾將爲賓乎[88]？鷦鷯巢於深林，不過一枝；偃鼠飲河，不過滿腹[89]。歸休乎君，予無所用天下爲[90]！庖人雖不治庖，尸祝不越樽俎而代之矣[91]。」

---

83 其於澤也，不亦勞乎：澤，潤澤、澤被。勞，徒勞。意謂：對於潤澤大地，不是徒勞無功嗎？

84 夫子立而天下治，而我猶尸之：夫子，堯既師於許由，故謂之為夫子。立，在世。尸，指尸位素餐。整句意謂，夫子您都已出現在世間了，天下必致太平。我還在這裡治理天下，不是尸位素餐嗎？

85 吾自視缺然，請致天下：缺然，欠缺、不足。致，交付。整句意謂，我（指堯）覺得自己不足並且欠缺，請讓我把天下交付給您（指許由）。

86 子治天下，天下既已治也：治，治理之意。整句意思為：你治理天下，天下也已得到很好的治理了。

87 代：替代。

88 名者，實之賓也，吾將為賓乎：賓，客人，與「主」相對，也有附屬之意。整句意謂：名跟性命真實處比不過就是外在的附屬，那我是為了得到這個虛幻的附屬所以來治理天下嗎？

89 鷦鷯巢於深林，不過一枝；偃鼠飲河，不過滿腹：鷦鷯，巧婦鳥也，一名工雀，喜歡在森林深處築巢。偃鼠，亦稱鼴鼠，指田鼠，喜入河飲水。整段是說：鷦鷯在樹林深處築巢，所用的不過是樹木的一根枝枒；田鼠入河飲水，喝飽一肚子也就夠了。

90 歸休乎君，予無所用天下為：「君歸休乎」的倒裝句。休，作罷、罷了之意。整句意思是：君主（指堯）您回去吧，天下對我來說是無用的呢！此處可以看到許由對「自我」的清楚明白，明白什麼是適合自己的，什麼又是適合他人的。

91 庖人雖不治庖，尸祝不越樽俎而代之矣：庖人，指廚師，執掌庖廚之人。尸者，指太廟中神主也；祝者，古代執掌宗廟祭祀之太常太祝；執祭版對尸而祝之，故謂之尸祝也。樽，音ㄗㄨㄣ，酒器也。俎，音ㄗㄨˇ，肉器也。此二句意謂，庖人尸祝，各有所司，若庖人不治膳，尸祝之人亦不該越界濫職，棄樽俎而代之宰烹。許由以此表白：帝堯禪讓，用以治天下，故不離天下。而許由乃隱者也，自亦不離山林。「越俎代庖」這句成語便來自於此。

肩吾問於連叔曰：「吾聞言於接輿[92]，大而無當，往而不返[93]。吾驚怖其言，猶河漢而無極也[94]，大有逕庭[95]，不近人情焉。」連叔曰：「其言謂何哉？」曰：「藐姑射之山[96]，有神人居焉。肌膚若冰雪，淖（綽）約若處子[97]；不食五穀，吸風飲露[98]；乘雲氣，御飛龍[99]，而游乎四海

---

[92] 肩吾、連叔：乃古之修道人也，而連叔的修行又更高。接輿者，據說姓陸，名通，字接輿，為楚國的隱者賢人，與孔子同時。接輿性格佯狂不仕，以躬耕為務。楚王知其賢，以黃金車馬、高官厚爵等物聘之，不受。後帶著妻子，以遊山海，莫知所終。

[93] 大而無當，往而不返：大而無當，指誇大不實。往而不返，指不著邊際地肆意妄言。

[94] 河漢：指天上的銀河。無極：指無邊無際、無窮無極。

[95] 逕庭：逕，指門外路。庭，指堂前院。大有逕庭，意指處事方式與一般人的既定思維有非常大的不同。

[96] 藐姑射之山：藐，遠也。姑射，音ㄍㄨ　ㄧㄝˋ。《山海經》云：「姑射山在寰海之外，有神聖之人。」是神話中的仙山，有神仙居住於此。

[97] 淖約若處子：綽約，指柔弱也。處子，未嫁女。

[98] 不食五穀，吸風飲露：五穀指黍稷麻菽麥五種穀類。此處旨在說明神聖之人，順應大化而生，稟持天地神秀，雖隨順萬物，卻不食人間煙火，以風露為飲食！

[99] 乘雲氣，御飛龍：就字面義來說就是乘著雲氣，駕馭飛龍。但落實現實當中，該如何看待這句話？或許我們可以從神話角度來思考。飛翔之夢大約是人類亙古的期待，因為它讓人脫離物理的限制，超越、轉化到另一種自由。因此在原始宗教中總有許多關於飛翔的渴望，不管是「出神」、「遊仙」或是「御風」……等，都與飛翔相關聯。而藐姑射山的神人描述，或許可以把它視作為原始宗教的遺跡。但這樣形容的背後，也可以看出莊子「遊」的格局，帶著一種宇宙性，甚至牽動、助成了整個世界的運轉（使物不疵癘而年穀熟）。通達一切，而不受任何對象、障礙所阻隔。

之外[100]；其神凝[101]，使物不疵癘而年穀熟[102]。」吾以是狂而不信也。連叔曰：「然，瞽者無以與乎文章之觀[103]，聾者無以與乎鐘鼓之聲[104]。豈唯形骸有聾盲哉[105]？夫知亦有之[106]。是其言也，猶時女也[107]。之人也，之德也[108]，將旁

[100] 而游乎四海之外：遨遊於四海之外。古代中國世界觀中有四海的存在，四海便是東西南北四個海洋，用現代地理學來看大約如此：西海是青海湖，東海是東中國海，北海是貝加爾湖，南海是南中國海。而四海在古代地理學來看，便是天下的邊界。而莊子的逍遙，最終是要突破邊界的。儒家是在天下中成就自我，而莊子則要超越天下。有天下便受到限制，逍遙若是有邊界阻隔，便不算是逍遙。因此，已達化境的神人，是游乎四海之外的。

[101] 其神凝：凝，寧定、貞靜也。指心神的凝定專一。

[102] 使物不疵癘而年穀熟：疵癘，疾病也。年穀，指五穀、莊稼。熟，收成。五穀熟，指莊稼順利收成。聖人形同枯木、心若死灰，而其心動寂俱妙、虛懷利物、遊於無窮並助成萬物。使四時順序，五穀豐登。

[103] 瞽者無以與乎文章之觀：瞽者，指盲人。無以，無法。文章，指花紋、色彩。整句意思為，眼盲的人無法欣賞雕鏤花樣、色彩豐富的東西。

[104] 聾者無以與乎鐘鼓之聲：耳聾的人無法欣賞鐘鼓絲竹之樂音。

[105] 豈唯形骸有聾盲哉：形骸，指身體形骸。

[106] 夫知亦有之：夫，發語詞，無義。知，智也，指心智意識。之，指缺陷。承接上句，意謂：豈止是身體上有聾或盲這樣的缺陷，心智意識上的殘缺及自我封限更是難以跨越的鴻溝。

[107] 是其言也，猶時女也：是其言也，指「夫知亦有之」這句話。時，是也。女，音ㄖㄨˇ，汝也。整句話意謂，心智意識上的自我封鎖、意識形態的自以為是，總喜歡在人我之間形成鴻溝，就是指你這樣的人啊！

[108] 之人也，之德也：之，此之意。整句意謂：藐姑射山之神人，其德行將旁礴萬物以為一。此處的「德」與儒家的德是不同的，儒家的德放在人倫社會中講，因此重視人與人間的分際、分寸、應對進退、以及自處方式，故發展出忠孝仁愛信義和平等德目。而道家的德不在人倫處講，更超越在整個宇宙自然處講。因此所呈現的方式與儒家的德是不同的。

礡萬物以爲一[109]，世蘄乎亂[110]，孰弊弊焉以天下爲事[111]！之人也，物莫之傷[112]，大浸稽天而不溺[113]，大旱金石流、土山焦而不熱[114]。是其塵垢粃糠，將猶陶鑄堯舜者也[115]，孰肯以物爲事[116]！」

宋人資章甫而適諸越[117]，越人斷髮文身，無所用

---

[109] 將旁礡萬物以為一：旁礡，猶混同也。意謂藐姑射山之神人已然能夠達到物我合一、與天地宇宙相呼應的境界。

[110] 世蘄乎亂：蘄，音ㄑㄧˊ，祈也。亂，在這裡作「治」講，這是古代使用同詞義反的一種語言手法。整句是說，眾人都希望能夠使天下得到安治。

[111] 孰弊弊焉以天下為事：孰，誰也。弊弊，勞苦困頓、勞神苦思之意。連接上句意思是：「眾人都希望可以治理天下，但藐姑射山之神人，卻不願以人間的治事困頓傷害他的渾融一體。」這裡或許可以這麼看：道家式的聖人與儒家式的聖人著重點不同，儒家式的聖人把眼光放在家國天下展現。而道家式的聖人則是把自我安放在整體宇宙自然裡修為。道家聖人接通宇宙自然後，其神凝，便可使物不疵癘而年穀熟，甚至「塵垢粃糠，將猶陶鑄堯舜」。因此道家聖人並不執著於治理家國天下。他們淡然放下對「物」與「天下」之執著。更深刻地反省人對物質、欲求、名聲、功業乃至於仁義、是非、道德……對人所產生的界限。

[112] 之人也，物莫之傷：之，此之意，指藐姑射山之神人。物莫之傷，為「物莫傷之」的倒裝語。整句意謂：藐姑射山之神人，不受事事物物的傷害。

[113] 大浸稽天而不溺：大浸，大水。稽，至也。溺，淹溺。意謂：滔天大水也無法淹溺他。

[114] 大旱金石流、土山焦而不熱：連年大旱，把金石都熔化了，也使土山燒焦，藐姑射山之神人也不會覺得灼熱。

[115] 塵垢粃糠，將猶陶鑄堯舜：塵，指身上的微塵。垢，身上的油垢。穀不熟為秕，穀皮曰糠，此四者皆為鄙陋、微賤之物。陶鑄：範土曰陶、鎔金為鑄，此處為製造之意。整句意謂，神人身上的塵垢粃糠，都能製造出堯舜這樣的人來。

[116] 孰肯以物為事：哪還肯錙銖必較地為了天下而起各種心思呢？

[117] 宋人資章甫而適諸越：宋，諸侯國之名，位於現在河南商丘、安徽淮北一帶。地處中原要衝，位置四通八達，因此以善於經商聞名，富商巨賈雲集。資，買賣、採購之意。章甫，禮冠。諸，之於。越，指越國，諸侯國之一，位於現在浙江、江蘇、安徽、江西部分地區。整句意謂，宋國人採購了禮冠前往越國，打算在越國做一筆買賣。

之[118]。

堯治天下之民，平海內之政。往見四子藐姑射之山，汾水之陽，窅然喪其天下焉[119]。

惠子[120]謂莊子曰：「魏王貽我大瓠之種[121]，我樹之成而實五石[122]。以盛水漿[123]，其堅不能自舉也[124]。剖之以爲瓢[125]，則瓠落無所容[126]。非不呺然大也[127]，吾爲其無用

---

[118] 越人斷髮文身，無所用之：斷髮：剪斷頭髮。文身，身上紋上花紋。斷髮紋身大約是古代吳、越一帶少數民族的風俗，有點類似臺灣原住民會在臉上或身上黥面紋身一般。無所用之：指帶著禮冠要在越國販賣，大約是沒有用的，因為當地風俗習慣與中原完全不同。

[119] 堯治天下五句：謂堯治平天下，把海內政事都平定了。當他聽說在藐姑射山，汾水之北住著隱居的四位賢人，就動身前去拜訪。但當他見到這四個得道隱士時，卻彷彿受到某種不同於他在人間地觸動，這個觸動讓他忘了自己功業的偉大、忘了名聲的響亮、甚至彷彿也忘了自己。他覺得，本來所重視、所擁有的東西好像只是虛空一場，只不過是海市蜃樓。他悵然若失，不再覺得自己擁有天下了。汾水出自太原，西入於河。水北曰陽，則今之晉州平陽縣。汾水之北，乃昔日堯都也。平，平定。海內，指四海之內，天下也。窅然，寂寥也。喪，忘也。四子根據釋文的解釋，為：王倪、齧缺、被衣、許由。均為上古的賢人。

[120] 惠子，即惠施。是諸子百家中名家的代表，與莊子同時。莊子在〈天下〉篇中形容他：「惠施之才，駘蕩而不得，逐萬物而不反，是窮響以聲，形與影競走也，悲夫！」

[121] 魏王貽我大瓠之種：貽，贈送也。大瓠之種，大葫蘆的種子。

[122] 我樹之成而實五石：樹，動詞，指種下。成，收成。實五石：實者，子也，指葫蘆中可容五石。

[123] 以盛水漿：盛，音成，盛裝也。水漿，指水或其他液體。

[124] 其堅不能自舉也：葫蘆內裝滿水，水太多而殼虛脆，故無法提起。

[125] 剖之以為瓢：剖，分割也。瓢，水瓢。意指把完整的葫蘆剖半，作為水瓢。

[126] 則瓠落無所容：瓠落，音ㄏㄨˋ　ㄌㄨㄛˋ，廓落、空廓也。意指將葫蘆剖成兩半作為水瓢，要用來舀水，卻找不到能容納它的水缸。

[127] 非不呺然大也：呺然，虛大貌，指大而空虛。呺有兩個讀音，一唸ㄒㄧㄠ，表空虛而大，此處即是如此；一唸ㄏㄠˊ，表嚎叫、吼叫，例如〈齊物論〉中形容風：「是唯無作，作則萬竅怒呺。」

而掊之[128]。」莊子曰：「夫子固拙於用大矣[129]。宋人有善爲不龜手之藥者[130]，世世以洴澼絖爲事[131]。客聞[132]之，請買其方百金[133]。聚族而謀曰[134]：『我世世爲洴澼絖，不過數金。今一朝而鬻技百金，請與之[135]。』客得之，以說[136]吳王。越有難[137]，吳王使之將[138]。冬，與越人水戰，大敗越

---

[128] 吾為其無用而掊之：掊，擊破也。指大葫蘆大而無用，所以要打破拋棄之。這兩句話是惠施嘲笑莊子之言，認為莊子言論空虛而無用，就像大葫蘆一般，放置在何處都無用，故而應該要拋棄之。

[129] 夫子固拙於用大矣：你對於使用大的東西也未免太笨拙了。這是莊子對惠施的嘲笑所進行的回答。此處點出了一般人對小大的既定看法，古人生活中常見的葫蘆，一旦置換了大小惠施便僵化在其中了，因為他只有固定的用法、固定的思維，他不能「化」，更不能「遊」。唯有跳開既定的思維，打破邊界，讓事事物回到本身後，才能啓動這場「遊」，也展開更多可能。

[130] 宋人有善為不龜手之藥者：善為，善於製作。不龜手之藥，指不會讓手裂傷的護手霜。龜，龜裂也。整句意謂，宋國有人善於製作護手膏，讓手在勞作過程中不會龜裂。

[131] 世世以洴澼絖為事：世世，表世世代代。洴澼絖，音ㄆㄧㄥˊ　ㄆㄧˋ　ㄎㄨㄤˋ。洴、澼，指漂洗、漿洗。絖，指棉絮。「洴澼絖」指在水中漂洗棉絮。古代的織布或染布過程裡，需要將蠶絲或棉絮抽取出來，過程中必須不斷將絲或綿放在水中漂洗，以軟化纖維或是優化質地，洴澼絖就是這其中的手續。這兩句的意思便是：宋國有人善於製作護手膏，讓手在勞作過程中不會龜裂。而他的家族便用這樣的祕方，可以世世代代的做漂洗織物的工作。

[132] 聞：聽說。

[133] 請買其方百金：出價百金希望購買不龜手之藥的祕方。

[134] 聚族而謀曰：把整個家族召集起來，商議是否把祕方賣出。聚族，召集全族。謀，商討、商議。

[135] 今一朝而鬻技百金，請與之：一朝，一下子、一天之意。鬻：販賣，音ㄩˋ。技，技術、祕方之意。與，給予。整句意思是，現在一下子就可以因為販賣祕方而賺取百金的利潤，賣給他吧！

[136] 說：音ㄕㄨㄟˋ，遊說、說服。

[137] 越有難：難，犯難、侵略。意指越國派兵犯難侵略吳國。吳越兩國比鄰，臨江海，兵戈相接必用艫船，戰士隆冬手多龜裂，使得戰場上難以發揮。所以能夠掌握不龜手祕方，就掌握了一半的勝利。

[138] 吳王使之將：將，音ㄐㄧㄤˋ，此處做動詞，指吳王任命得到不龜手之藥祕方

人，裂地而封之[139]。能不龜手一也[140]，或以封，或不免於洴絖[141]，則所用之異也[142]。今子有五石之瓠，何不慮以爲大樽而浮乎江湖[143]，而憂其瓠落無所容[144]？則夫子猶有蓬之心也夫[145]！」

惠子謂莊子曰：「吾有大樹，人謂之樗[146]。其大本臃腫而不中繩墨，其小枝卷曲而不中規矩[147]。立之塗，

的客來率領軍隊。

139 裂地而封之：裂地封侯。

140 能不龜手一也：一，指同樣。這句話是說：都是一樣能使雙手不開裂的祕方。

141 或以封，或不免於洴絖：有的人用這樣的祕方裂地封侯，有的人卻只能拿來做漂洗織物之用。

142 則所用之異也：異，不同。這句話是說：只是用的地方不同，所得到的收穫就不同。「異」與前面的「一」相對，同樣的東西不同的用法，便會有不同的效果。而中間的轉變就是「化」與「遊」的功效，唯有拋開成見，才能將物與思維從僵化中釋放，得到自由。對比惠施的拙於用大，此處的用顯得逍遙而從容。

143 何不慮以為大樽而浮乎江湖：慮，考慮。大樽即腰舟，是一種渡水的用具，形狀如酒器，可以單獨繫在腰間作渡水之用，也可串聯數個成為一艘小筏，浮泛於江河之上。整句意思為：大葫蘆若無法合乎一般的用法，那你（惠施）何不考慮將它改成為腰舟，乘著它，就可以漂浮於江海之上。你既可以從「用」的束縛中解脫，大葫蘆也重新得到一個開創，彼此都是一個自在，沒有任何的挫折與傷害。

144 而憂其瓠落無所容：卻憂心大葫蘆太過空闊而沒有置放它的所在。

145 則夫子猶有蓬之心也夫：蓬之心，蓬，草名，形狀拳曲不直、雜亂無章。此處比喻不能通達事理、蓬雜不通。整句意為，你的心依舊雜亂無章，受制於外物，無法寧定的回到物本身去思考，以至於無法通達啊！

146 樗：音ㄕㄨ，樗樹，其枝幹與葉都有臭味，故也稱「臭椿」。

147 其大本臃腫而不中繩墨，其小枝卷曲而不中規矩：大本，根本之意，此處指樹根部位。擁腫，槃瘿樹瘤，指樹木上的囊狀的生長物。繩墨，是木工取直的工具。卷曲，不端直也。規矩，規圓而矩方，指畫圓畫方。整段是說，這棵樹的樹根像長瘤一般臃腫醜陋，無法用尺來丈量；較小的枝幹，也長得歪七扭八，無法用規矩來進行方圓的裁切。

匠者不顧[148]。今子之言，大而無用，眾所同去也[149]。」莊子曰：「子獨不見狸狌乎[150]？卑身而伏，以候敖者[151]；東西跳梁，不避高下[152]；中於機辟，死於罔罟[153]。今夫嫠牛[154]，其大若垂天之雲[155]。此能爲大矣[156]，而不能執鼠[157]。今子有大樹，患其無用[158]，何不樹之於無何有之鄉，廣

---

[148] 立之塗，匠者不顧：塗，道也。匠者，工匠。整句意即，大樗立之行路之旁，匠人也不曾顧盼它。

[149] 今子之言三句：是惠施用匠者不顧的樗樹暗示莊子的言論，認為他的言論大而無用、荒誕不羈，是眾所同去的。

[150] 子獨不見狸狌乎：獨，豈也，難道。狸狌，音ㄌㄧˊ　ㄕㄥ，野貓、黃鼠狼一類的小型獸類，靠獵捕更小的動物為食，動作機敏而靈活。

[151] 卑身而伏，以候敖者：卑身而伏，指卑伏其身，貓咪或黃鼠狼捕獵前的隱身動作。敖者：四處遨遊的小動物，此處指獵物。

[152] 東西跳梁，不避高下：跳梁，指跳躍。不避高下：不因高低落差而害怕趨避。

[153] 中於機辟，死於罔罟：機辟，機關，指捕獸夾。罔罟，音ㄨㄤˇ　ㄍㄨˇ，捕獸網。此處是說，狸狌小動物動作靈活，東西奔躍、上竄下跳完全不害怕，但卻容易落入捕獸夾或捕獸網裡，最後死於其中。

[154] 嫠牛：嫠，犛之異體字，音ㄌㄧˊ，亦可讀ㄇㄠˊ。犛牛，生活於西南的長髦牛也，野生者大多為黑色，畜養者則常為白色。腿短，是青康藏高原地區主要獸力來源。

[155] 其大若垂天之雲：犛牛形體甚大，成玄英疏中提到：「旄牛也，出西南夷。其形甚大，山中遠望，如天際之雲。」

[156] 此能為大矣：這很能夠說是龐然大物了吧！

[157] 而不能執鼠：執鼠，抓老鼠。今夫嫠牛後四句是說，犛牛如此之大，像垂天之雲一般，但它卻無法像靈活的小動物狸狌一樣抓老鼠。莊子提到狸狌與犛牛，主要是要讀者回到物本身去思考，每一種物都有它的特性以及限制，如何去運用這個特性與限制才能發揮最大的效益。此處再進一步講，便連結了莊子內七篇裡的第二篇：〈齊物論〉。而這也回答了惠施對他的嘲笑：「大而無用，眾所同去也」，沒有什麼東西在世間是無用的，端看你如何去看待它。

[158] 今子有大樹，患其無用：患，擔憂、憂慮。現在你有一棵大樗樹，憂慮其無用。

莫之野[159]，彷徨乎無爲其側，逍遙乎寢臥其下[160]。不夭斤斧，物無害者[161]，無所可用，安所困苦哉[162]！」

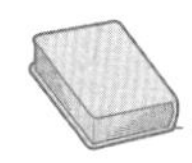

四、文本提問

1. 〈逍遙遊〉鯤化鵬寓言似乎有兩段重文，請找出來，並分組討論這兩段重文哪一段更好？為什麼？
2. 找找看〈逍遙遊〉中有多少現代人常用的成語。
3. 〈逍遙遊〉中有小大之辯，請問「小」的代表是誰？「大」的代表是誰？
4. 〈逍遙遊〉中有提到人的四個層次，是哪四個層次。
5. 〈逍遙遊〉中誰是有待？誰是無待？

---

159 何不樹之於無何有之鄉，廣莫之野：無何有之鄉，什麼東西都沒有的地方。廣莫之野，廣漠無涯的平野。廣莫，廣大，莫即漠也。整句意謂：何不把這棵大樹，種在什麼都沒有的地方、廣漠無涯的平野。「無何有之鄉，廣莫之野」依舊呼應著莊子溟漠無涯的空間觀，在莊子這裡，邊界永遠是被弱化的，甚至是破除的，是廣闊而無窮盡的。也可以看出，莊子的實踐並不是在物質世界中。

160 彷徨乎無為其側，逍遙乎寢臥其下：彷徨，音ㄆㄤˊ　ㄏㄨㄤˊ，隨性悠閒之意。逍遙，自得之稱。整句意思為：什麼都不做，悠閒隨性的待在它（大樹）旁邊，或是逍遙自得的躺臥於樹下。這兩句話可以看出莊子是正視生命中總有些時刻是需要散步徘徊、閒暇坐臥的，這樣的時刻不需給予「業精於勤荒於嬉，行成於思毀於隨」的評價，它就是一個順應自然的張弛有度。而這樣的閒住坐臥，有時更能深刻地感受到自然、觸動於生命的美妙。它的力度並不能夠用功利的角度去衡量。

161 不夭斤斧，物無害者：夭，夭折。斤斧，斧頭。整句是說，不需要用斧頭去傷害它，使它夭折，也沒有其它東西會去傷害它，而它的存在也不會傷害你。物我之間肯彼此的存在，兩不相傷。

162 無所可用，安所困苦哉：安，何也。整句是說：它或許在你的認知裡是無用的，但就算真的無用也並沒有任何傷害，你的心何必因此而受困其中呢？關於大樹的有用無用之說，莊子在〈人間世〉裡也有提到一棵「櫟社樹」，一樣是「匠伯不顧，遂行不輟」，但莊子在〈人間世〉中讓櫟社樹發聲，與匠伯開啓了一段對話，重新討論了有用無用的價值。

6. 文中莊子批評惠施：「拙於用大」，請問什麼是拙於用大？
7. 莊子後來怎麼重新規劃大葫蘆的用途？
8. 為什麼大樗樹「立之塗，匠者不顧」？
9. 後來莊子怎麼重新看待這棵大樗樹？

五、文本賞析

徐復觀曾在《中國藝術精神》一書裡提到：「老、莊之所謂『道』，深一層去了解，正適應於近代的所謂藝術精神。這在老子還不十分顯著；到了莊子，便可以說發展得相當顯著了。」

《莊子》以〈逍遙遊〉開篇。而〈逍遙遊〉首段最令人目眩神馳的就是鯤化鵬寓言了。鯤突破界限飛騰成鵬，鵬再乘順自然、應海運升揚，直上九萬里高空。與天地自然緊密結合，背負青天往南飛去。生命視野也由此一過程從有限擴大為無限。然後層層遞進，導入「至人無己，神人無功，聖人無名」。

而鯤化鵬的過程中，主體超越限制，不拘束於既定的視角，以開闊的生命態度俯瞰人間世，開出俯仰自得的宇宙觀並且獲得新的審美感受。落實來說，中國藝術精神脫離不了自然元素，我們總能透過繪畫、書法、文學來感受自然。再從視角來看，中國藝術中的視角往往是多視點呈現。作品中視角不斷流動，主體不固著在既定立場。作者與賞者都能透過流動視角而不斷轉換視點，視角自由並充滿想像。

而後〈逍遙遊〉討論「帝王」與「神人」，對應的空間為「天下」與「藐姑射山」。此部分進一步思考，天下重器或許是人在世間最沉重的桎梏；但莊子用神話給出了一種方式：「窅然喪其天下」。有一天，若是我們不再執著於天下，從權力中開解，意識不再膠著、繳繞、偽裝，那生命歷程便往真正地自由邁進了一大步。而自由又是美的本質和審美最基本的特徵。

而末段，以「大瓠」、「大樗」討論「用」的問題。相較於現實的用，莊子的「用」擺落功利目的而回到物本身。宗白華在《藝境》一書中曾說：「藝術心靈的誕生，在人生忘我的一剎那，即美學上所謂『靜照』。……空諸一切，心無罣礙，和世務暫時絕緣。這時一點覺心，靜觀萬象，萬象如在鏡中，各得其所，呈現著他們各自充實的、內在的、自由的生命。」回到莊子的用，大瓠、大樗從無用到有用，不正是一種內在的、自由的生命呈現嗎？回到物的眞性、物物各得其所、各自安好。而這正是藝術心靈的誕生，也是「遊」的美感展現。

莊子的思想，是爲了思考人生的自由、逍遙以及眞正的大解脫而產生，並非爲了藝術創造。但在完成這些思想的過程中，卻連帶開出了藝術元素，爲中國後世的藝術精神，走出了一條重要方向。（文／周翊雯）

六、文章結構

逍遙遊——鯤化鵬如何可能

工夫的積累帶出小大之辯
積：水之積也不厚，則負大舟也無力：風之答也不厚，則其負大翼也無力……小知不及大知，小年不及大年。

↓

層次的差異而顯有待無待之差別
故夫知效一官，行比一鄉……若夫乘天地之正，而御六氣之辯，以遊無窮者，彼且惡乎待哉！故曰：至人無己，神人無功，聖人無名。

↓

價値觀的不同而對「天下」的重新思考
堯：處天下之中，而自視缺然
許由：對自我的深層理解而無所用天下為

↓

境界生成，完成對「天下」以及「己、功、名」的反省與跨越
藐姑射之山，有神人居焉，肌膚若冰雪，淖約若處子，不食五穀，吸風飲露。乘雲氣，御飛龍，而遊乎四海之外。
堯治天下之民，平海内之政，往見四子藐姑射之山，汾水之陽，窅然喪其天下焉。

擺落限制、境界生成，遊於物之内、物之外後，如何重新思考「用」：

1. 有用與無用的轉化：無用而掊之的葫蘆、洴澼絖的藥與裂地而封之的藥、匠者不顧的大樹與無何有之鄉的大樹、東西跳樑的貍狌與大若垂天之雲的斄牛。
2. 回到物自身的思考：大葫蘆、不龜手之藥、樗樹、貍狌與斄牛。
3. 藝術的開啓：大葫蘆：何不慮以為大樽而浮乎江湖。
   樗樹：何不樹之於無何有之鄉，廣莫之野，彷徨乎無為其側，逍遙乎寢臥其下？

七、文以感思、學以致用——教學活動設計

單元／		文本／莊周〈逍遙遊〉	
組別：	姓名：	系級：	日期：

說明

1. 惠施遇到了那顆大瓠（大葫蘆）就無計可施了，只能「無用而掊之」，而莊子則把它轉換成一葉扁舟，浮乎江湖，天地任我遊，那麼你呢？你會如何處理這棵跳脫一般尺寸的大葫蘆？
2. 請分析莊子的時空觀。如果有一天，莊子找你進行空間規劃，你會規劃什麼樣的空間給他？請分組進行設計。
3. 中國文學當中，你是否能夠找到特別具有道家思維的文學家？請說說看他如何地展現道家？以及道家的體悟如何療癒他的生命？
4. 席勒在《審美教育書簡》裡提到：「只有當人是完全意義上的人，他才遊戲；只有當人遊戲時，他才完全是人。」〈逍遙遊〉中你覺得是否有哪一個部分合乎這段話？請分組討論。
5. 金庸小說中有許多莊子元素，請找找看，並介紹之。或者現代文學、影視作品中，具有道家元素的有哪些，也請搜尋並介紹。

書寫內容

〈我們對於一棵古松的三種態度——實用的、科學的、美感的〉

朱光潛

一、生活連結

1. 你覺得學校裡的哪棟建築物最美？哪棟建築物最醜？為什麼？
2. 請分組尋找臺灣突兀建築，並分享為何你們覺得它突兀。
3. 有沒有過你覺得這東西很美，但身邊的人卻覺得很醜的經驗？或剛好相反。請試著分享看看。
4. 你曾經有過「超功利」、「無所為而為」的美感體驗嗎？請分享看看。

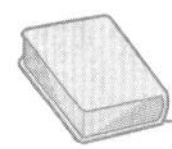

二、寫作背景

朱光潛（西元1897年～1986年），字孟實。安徽桐城人，中國美學家，是現代美學的重要開拓者和奠基者之一。

朱光潛自小因父親的嚴格教育而奠定堅實的古典文學基礎，後留學英法，1933年，於法國獲得哲學博士學位。這段時間他也完成了許多重要著作：《悲劇心理學》、《談美》、《文藝心理學》、《詩論》……等，並翻譯了《美學原理》。回國後任教於多所知名大學。

他治學嚴謹、論著豐富。畢生提倡美學，認爲美感世界是超乎利害關係而獨立，在審美活動的凝神觀照過程，觀賞者心中除開所觀照的物件，別無所有，於是達到物我兩忘、物我同一的境界。因此提倡美可以淨化人心、陶養性情。

本篇選自《談美》，從不同角度深入淺出地解釋了什麼是美，美感跟科學性、實用性又有什麼不同。文章具有學術性的深度，卻又兼顧大眾化的理解，是年輕學子接觸美學領域極佳的入門篇章。

三、文本閱讀

我剛才說，一切事物都有幾種看法。你說一件事物是美的或是醜的，這也只是一種看法。換一個看法，你說它是眞的或是假的；再換一種看法，你說它是善的或是惡的。同是一件事物，看法有多種，所看出來的現象也就有多種。

比如園裡那一棵古松，無論是你是我或是任何人一看到它，都說它是古松。但是你從正面看，我從側面看，你以幼年人的心境去看，我以中年人的心境去看，這些情境和性格的差異都能影響到所看到的古松的面目。古松雖只是一件事物，你所看到的和我所看到的古松卻是兩件事。假如你和我各把所得的古松的印象畫成一幅畫或是寫成一首詩，我們倆藝術手腕儘管不分上下，你的詩和畫與我的詩和畫相比較，卻有許多重要的異點。這是什麼緣故呢？這就由於知覺不完全是客觀的，各人所見到的物的形象都帶有幾分主觀的色彩。

假如你是一位木商，我是一位植物學家，另外一位朋友是畫家，三人同時來看這棵古松。我們三人可以說同時都「知覺」到這一棵樹，可是三人所「知覺」到的卻是三種不同的東西。你脫離不了你的木商的心習，你所知覺到的只是一棵做某事用值幾多錢的木料。我也脫離不了我的植物學家的心習，我所知覺到的只是一棵葉爲針狀、果爲球狀、四季常青的顯花植物。我們的朋友——畫家——什麼事都不管，只管審美，他所知覺到的只是一棵蒼翠勁拔的古樹。我們三人的反應態度也不一致。你心裡盤算它是宜於架屋或是製器，思量怎樣去買它，砍它，運它。我把它歸到某類某科裡去，注意它和其他松樹的異點，思量它何以活得這樣老。我們的朋友卻不這樣東想西想，他只在聚精會神地觀賞它的蒼翠的顏色，它的盤曲如龍蛇的線紋以及它的昂然高舉、不受屈撓的氣概。

從此可知這棵古松並不是一件固定的東西，它的形象隨觀者的性格和情趣而變化。各人所見到的古松的形象都是各人自己性格和情趣的返照。古松的形象一半是天生的，一半也是人爲的。極平常的知覺都帶有幾分創造性；極客觀的東西之中都有幾分主觀的成分。

美也是如此。有審美的眼睛才能見到美。這棵古松對於我們的畫畫的朋友是美的，因爲他去看它時就抱了美感的態度。你和我如果也想見到它的美，你須得把你那種木商的實用的態度丟開，我須得把植物學家的科學的態度丟開，專持美感的態度去看它。

這三種態度有什麼分別呢？

先說實用的態度。做人的第一件大事就是維持生活。既要生活，就要講究如何利用環境。「環境」包含我自己以外的一切人和物在內，這些人和物有些對於我的生活有益，有些對於我的生活有害，有些對於我不關痛癢。我對於他們於是有愛惡的情感，有屈就或逃避的意志和活動。這就是實用的態度。實用的態度起於實用的知覺，實用的知覺起於經驗。小孩子初出世，第一次遇見火就伸手去抓，被它燒痛了，以後他再遇見火，便認識它是什麼東西，便明瞭它是燒痛手指的，火對於他於是有意義。事物本來都是很混亂的，人爲便利實用起見，才像被火燒過的小孩子根據經驗把四圍事物分類立名，說天天吃的東西叫做「飯」，天天穿的東西叫做「衣」，某種人是朋友，某種人是仇敵，於是事物才有所謂「意義」。意義大半都起於實用。在許多人看，衣除了是穿的、飯除了是吃的、女人除了是生小孩的一類意義之外，便尋不出其他意義。所謂「知覺」，就是感官接觸某種人或物時心裡明瞭他的意義。明瞭他的意義起初都只是明瞭他的實用。明瞭實用之後，才可以對他起反應動作，或是愛他，或是惡他，或是求他，或是拒他。木商看古松的態度便是如此。

科學的態度則不然。它純粹是客觀的、理論的。所謂客觀的態度就是把自己的成見和情感完全丟開，專以「無所爲而爲」的精神去探求眞理。理論是和實用相對的。理論本來可以見諸實用，但是科學家的直接目的卻不在於實用。科學家見到一個美人，不說我要去向她求婚，她可以替我生兒子，只說我看她這人很有趣味，我要來研究她的生理構造，分析她的心理組織。科學家見到一堆糞，不說它的氣味太壞，我要掩鼻走開，只說這堆糞是一個病人排泄的，我要分析它的化學成分，看看有沒有病菌在裡面。科學家自然也有見到美人就求婚、見到糞就掩鼻走開的時候，但是那時候他已經由科學家還到實際人的地位了。科學的態度之中很少有情感和意志，它的最重要的心理活動是抽象的思考。科學家要在這個混亂的世界中尋出事物的關係和條理，納個物於概念，從原理演個例，分出某者爲因，某者爲果，某者爲特徵，某者爲偶然性。植物學家看古松的態度便是如此。

木商由古松而想到架屋、製器、賺錢等等，植物學家由古松而想到根莖花葉、日光水分等等，他們的意識都不能停止在古松本身上面。不過把古松當作一塊踏腳石，由它跳到和它有關係的種種事物上面去。所以在實用的態度中和科學的態度中，所得到的事物的意象都不是獨立的、絕緣的，觀者的注意力都不是專注在所觀事物本身上面的。注意力的集中，意象的孤立絕緣，便是美感的態度的最大特點。比如我們的畫畫的朋友看古松，他把全副精神都注在松的本身上面，古松對於他便成了一個獨立自足的世界。他忘記他的妻子在家裡等柴燒飯，他忘記松樹在植物教科書裡叫做顯花植物，總而言之，古松完全占領住他的意識，古松以外的世界他都視而不見、聽而不聞了。他只把古松擺在心眼面前當作一幅畫去玩味。他不計較實用，所以心中沒有意志和欲念；他不推求關係、條理、因果等等，所以不用抽象的思考。這種脫淨了意志和抽象思考的心理活動叫做「直覺」，直覺所見到的孤立絕緣的意象叫做「形象」。美感經驗就是形象的直覺，美就是事物呈現形象於直覺時的特質。

實用的態度以善爲最高目的，科學的態度以眞爲最高目的，美感的態度以美爲最高目的。在實用態度中，我們的注意力偏在事物對於人的利害，心理活動偏重意志；在科學的態度中，我們的注意力偏在事物間的互相關係，心理活動偏重抽象的思考；在美感的態度中，我們的注意力專在事物本身的形象，心理活動偏重直覺。眞善美都是人所定的價值，不是事物所本有的特質。離開人的觀點而言，事物都混然無別，善惡、眞僞、美醜就漫無意義。眞善美都含有若干主觀的成分。

就「用」字的狹義說，美是最沒有用處的。科學家的目的雖只在辨別眞僞，他所得的結果卻可效用於人類社會。美的事物如詩文、圖畫、雕刻、音樂等等都是寒不可以爲衣，飢不可以爲食的。從實用的觀點看，許多藝術家都是太不切實用的人物。然則我們又何必來講美呢？人性本來是多方的，需要也是多方的。眞善美三者具備才可以算是完全的人。人性中本有飲食欲，渴而無所飲，飢而無所食，固然是一種缺乏；人性中本有求知欲而沒有科學的活動，本有美的嗜好而沒有美感的活動，也未始不是一種缺乏。眞和美的需要也是人生中的一種飢渴——精神上的飢渴。疾病衰老的身體才沒有口腹的飢渴。同理，你遇到一個沒有精神上的飢渴的人或民族，你可以斷定他的心靈已到了疾病衰老的狀態。

人所以異於其他動物的就是於飲食男女之外還有更高尚的企求，美就是其中之一。是壺就可以貯茶，何必又求它形式、花樣、顏色都要好看呢？吃飽了飯就可以睡覺，何必又嘔心血去做詩、畫畫、奏樂呢？「生命」是與「活動」同義的，活動愈自由生命也就愈有意義。人的實用的活動全是有所爲而爲，是受環境需要限制的；人的美感的活動全是無所爲而爲，是環境不需要他活動而他自己願意去活動的。在有所爲而爲的活動中，人是環境需要的奴隸；在無所爲而爲的活動中，人是自己心靈的主宰。這是單就人說，就物說呢，在實用的和科學的世界中，事物都藉著和其他事物發生關係而得到意義，到了孤立絕緣時就都沒有意義；但是在美感世界中它卻能孤立絕緣，卻能在本身現出價值。照這樣看，我們可以說，美是事物的最有價值的一面，美感的經驗是人生中最有價值的一面。

許多轟轟烈烈的英雄和美人都過去了，許多轟轟烈烈的成功和失敗也都過去了，只有藝術作品眞正是不朽的。數千年前的〈采采卷耳〉和〈孔雀東南飛〉的作者還能在我們心裡點燃很強烈的火焰，雖然在當時他們不過是大皇帝腳下的不知名的小百姓。秦始皇併吞六國，統一車書，曹孟德帶八十萬人馬下江東，舳艫千里，旌旗蔽空，這些驚心動魄的成敗對於你有什麼意義？對於我有什麼意義？但是長城和〈短歌行〉對於我們還是很親切的，還可以使我們心領神會這些骸骨不存的精神氣魄。這幾段牆在，這幾句詩在，它們永遠對於人是親切的。由此例推，在幾千年或是幾萬年以後看現在紛紛擾擾的「帝國主義」、「反帝國主義」、「主席」、「代表」、「電影明星」之類對於人有什麼意義？我們這個時代是否也有類似長城和〈短歌行〉的紀念坊留給後人，讓他們覺得我們也還是很親切的麼？悠悠的過去只是一片漆黑的天空，我們所以還能認識出來這漆黑的天空者，全賴思想家和藝術家所散布的幾點星光。朋友，讓我們珍重這幾點星光！讓我們也努力散布幾點星光去照耀那和過去一般漆黑的未來！

四、文本提問

1. 文中提到：「古松雖只是一件事物，你所看到的和我所看到的古松卻是兩件事。……有許多重要的異點。」這是為什麼呢？
2. 本文裡植物學家看到古松的反應是什麼？
3. 本文裡木商看到古松的反應是什麼？
4. 本文裡畫家看到古松的反應又是什麼？
5. 什麼叫做「直覺」？什麼叫做「形象」？
6. 本文提及：「你和我如果也想見到它（古松）的美，你須得把你那種木商的實用的態度丟開，我須得把植物學家的科學的態度丟開，專持美感的態度去看它。」原因為何？請分組討論。

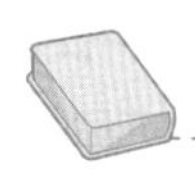

五、文本賞析

這篇文章從一株古松的體驗開始，討論了三種態度，一種是實用的態度，代表人物爲木商；一種爲科學態度，代表人物是植物學家；而再一種則是美感態度，代表人物是畫家。

實用態度把古松放在生活之所需的角度觀看，起於經驗、有利害關係考量，所有事物在這樣的觀看下都各自有各自的意義。例如女性的意義就是生孩子，古松的意義就是架屋、製器與賺錢等。這樣的態度對物具有愛惡的情感，也有趨利避害的評價。而實用的態度以「善」爲最高目的。

科學的態度則是純粹客觀、理論的，把自己的成見和情感完全丟開，對古松的觀看在於植物學的研究，分出古松的葉爲針狀、果爲球狀、是四季常青的顯花植物…等。科學的態度以「眞」爲最高目的，偏重事物間的互相關係，以及抽象思考。

而在美感的態度中，注意力會專注在事物本身當中。回到物本身觀看，物孤立絕緣，卻在本身現出價値。文中認爲，美感活動全是無所爲而爲，是環境不需要他活動而他自己願意去活動的，所以跳脫各種關係，不計較實用，心中沒有意志和慾念，不推求關係、條理、因果等等，故而不用抽象思考，偏重直覺。而在無所爲而爲的活動中，人也成爲自己心靈的主宰。

木商與植物學家的意識都不是單純將關注停止在古松上面。而是把古松當作一塊踏腳石，由它跳到和它有關的種種事物上去。所以在實用的態度和科學的態度裡，所得到的事物意象都不是獨立的、絕緣的。

但文中的美感態度並非如此，它充滿直覺性、專注性、無沾無礙，與實用性及科學性完全不同。並且認爲：「人所以異於其他動物的就是於飲食男女之外還有更高尚的企求，美就是其中之一」，進而提出美的永恆性：「許多轟轟烈烈的英雄和美人都過去了，許多轟轟烈烈的成功和失敗也都過去了，只有藝術作品眞正是不朽的。」

依朱光潛所論，美的特點在於物的孤立絕緣、無利害關係、非抽象思考。但我們也不可否認，美的確是具有社會性、文化性的。它與不同民族的文化特色息息相關，人類獨有的審美感是長期社會生活下的產物，也是文化與教養下的結果。它未必純然地獨立或割裂於生活之外。

因此，在重視美學與生活連結的現代，我們也可以重新再思考：美的獨立性能夠在哪裡呈現？美感與科學性、實用性是否可以有更深刻的連結與對話？或許這是我們在閱讀本文後，能夠再進一步思考的地方。（文／周翊雯）

六、文章結構

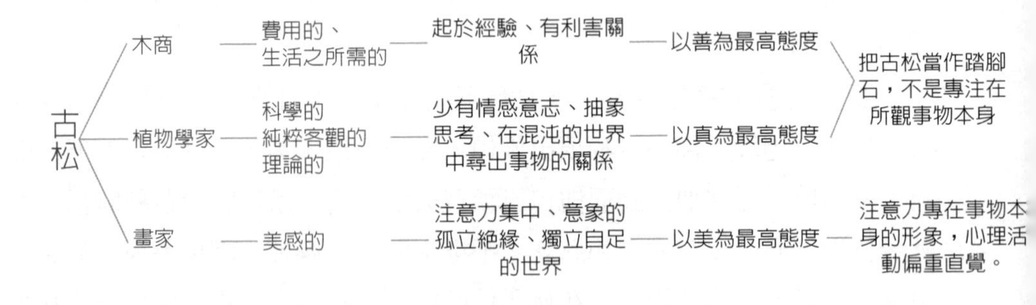

請沿虛線剪下

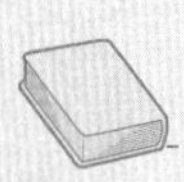

七、文以感思、學以致用——教學活動設計

單元／	文本／朱光潛〈我們對於一棵古松的三種態度——實用的、科學的、美感的〉		
組別：	姓名：	系級：	日期：

說明

1. 請走出教室，找一棵樹，用你的方式（鉛筆、色筆、原子筆、顏料、……）把它畫下來。
2. 請用一個禮拜的時間，觀察校園裡的某個植物，並且做一個禮拜（或一個月）的記錄。記錄可以是文學性、科學性，也可以是實用性。
3. 中國現代美學家李澤厚認為，美不脫離社會文化與時代，是長期社會生活以及長期文化教養的結果。其說與朱光潛所認為美是孤立絕緣、是脫離實用性與利害關係的看法極為不同？請分組討論並列點分享，你認同哪一種看法，為什麼？
4. 現代美學中，認為美是有階級性的，例如勞工階級的美、知識份子的美、庶民之美、貴族之美、菁英美學、台客美學……等等，請以組為單位，介紹某一個階層的美學風格。

書寫內容

請沿虛線剪下

延伸閱讀

1. 蔣勳：《莊子，你好：逍遙遊》（財團法人趨勢教育基金會，2018年）。
2. 蔡璧名：《正是時候讀《莊子》：莊子的姿勢、意識與感情》（天下雜誌，2015年）。
3. 蔡璧名：《莊子，從心開始》（天下雜誌，2022年）。
4. 蔡璧名：《解愛：重返莊子與詩歌經典，在愛裏獲得重生》（天下雜誌，2020年）。
5. 賈克・貝洪（Jacques Perrin）：《鵬程千萬里》（電影），2005年。
6. 卡羅爾・巴拉德：《返家十萬里》（電影），1996年。
7. 意公子：《看完莊子《逍遙遊》，我讀懂了英雄的更高境界》，https://www.youtube.com/watch?v=DuxVu3ZMkXE。
8. 朱光潛：《談美（2版）》（五南，2021年）。
9. 朱光潛：《文藝心理學》（五南，2020年）。
10. 李澤厚：《李澤厚美學概論》（天地圖書，2010年）。
11. 李澤厚：《美學論集（新訂版）》（三民，1996年）。
12. 宗白華：《美從何處尋》（重慶大學，2014年）。
13. 宗白華：《美學的散步I》（洪範，2001年）。
14. 郭瓊瑩：要一個美麗台灣，就別讓「不美」的公共美學繼續荼毒民眾眼睛，https://opinion.cw.com.tw/blog/profile/263/article/12630。

十三 跨界展演

桑林之舞、經首之會

單元導讀

隨著時代推進，個別領域知識累積已漸次豐厚，人類進而嘗試突破既有的界限，形成新的交會點，據以轉化出新的發展可能。像這種「有意識地融會貫通」就是所謂的「跨界」。

跨界是人類文明發展下的必然，以新思維為驅動，以多元的呈現為重要表徵，讓新舊元素可以相互詮釋對照、激盪衝擊。本單元所選，一為杜甫〈觀公孫大娘弟子舞劍器行並序〉，一為蔣勳的《舞動紅樓夢》，皆以舞蹈為媒材，透過文字敘事、舞臺肢體的交錯並陳而進行了精彩的跨界展演；為讀者豐富既有認知之餘，又能拓展原先眼界，甚至體驗不同於文字的視覺饗宴。

〈觀公孫大娘弟子舞劍器行並序〉

杜甫

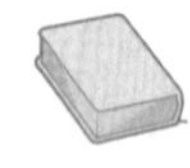

一、生活連結

1. 「詩聖」杜甫和「詩仙」李白，向來被視為中國古代詩歌發展史上並峙的雙峰，請就你的學習認知，說說你對杜甫的印象。
2. 盛唐是文藝極其輝煌的時代，詩壇出現「詩聖」、書壇有「草聖」、畫壇有「畫聖」，他們分別是誰？
3. 你認識或聽過中西古今任何舞蹈家或舞蹈表演團體嗎？請分享令你印象深刻的舞蹈或團體？

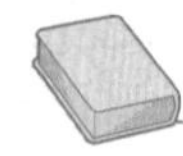

二、寫作背景

杜甫（西元712年～770年），字子美，唐襄州襄陽人。玄宗天寶九載獻三大禮賦，帝奇之，命待制於集賢院，然受當時宰相李林甫所抑，不得官；直至十四載，爲生計故，方接受一個無以發揮所學的參軍小職，此後不久便爆發安史之亂，杜甫旋即踏上逃亡避難、顛沛流離之途。

杜甫一生歷經玄宗、肅宗、代宗三朝，因身遭安史之亂，故詩中多述離亂之情，亦間接反映唐代由盛而衰的景況，具有社會時代意義，故有「詩史」之稱。又因其詩作內容體現悲天憫人之情懷，而具「詩聖」之譽。詩風則沉鬱頓挫，語言精練、格律嚴謹，窮絕工巧，其七言律詩被舉爲古今第一，又擁「七言律聖」之名。

杜詩眾體兼善，通常以不同詩體表達不同的內容，若敘事則多採用格律限制少的古體詩，而選取有典型意義的人物和事件進行創作，〈觀公孫大娘弟子舞劍器行並序〉即是此中經典之一。杜甫此詩描寫了公孫大娘與李十二娘這對師徒的舞蹈展演過程，進而以舞蹈反映政治／時代之興衰，乃跨界書寫的佳構。

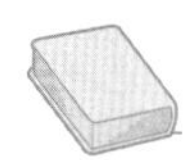

三、文本閱讀

大曆[1]二年十月十九日，夔府[2]別駕[3]元持宅，見臨潁李十二娘舞劍器[4]，壯其蔚跂[5]，問其所師，曰：「余公孫大娘弟子也。」開元三載，餘尚童稚，記於郾城觀公孫氏，舞劍器渾脫[6]，瀏漓頓挫，獨出冠時，自高頭宜春[7]梨園[8]二伎坊內人洎[9]外[10]供奉[11]，曉是舞者，

1 大曆：唐代宗年號。
2 夔府：四川夔州，府署在奉節。
3 別駕：官名，乃刺史的佐吏。
4 劍器：古代武舞之曲名。由司空圖〈劍器〉詩：「樓下公孫昔擅場，空教女子愛軍裝」，可知劍器乃女子身著軍裝之舞。
5 蔚跂：舞姿矯健多變。跂，音有二：一為ㄑㄧˊ，足多指也。一為ㄑㄧˋ，踮腳、提起腳跟，通「企」。
6 渾脫：唐代流行的胡舞，頭戴皮革氈帽而舞。
7 高頭宜春：即宜春院：唐時宮廷學習歌舞之地。
8 梨園：唐時宮廷學習歌舞之地。
9 洎：音ㄐㄧˋ，到。
10 外：宮外。
11 供俸：指以某種技藝侍奉帝王之人。

聖文神武皇帝[12]初，公孫一人而已。玉貌錦衣，況余白首，今茲弟子，亦匪[13]盛顏。既辨其由來，知波瀾莫二，撫事慷慨，聊爲《劍器行》。昔者吳人張旭[14]，善草書帖，數常於鄴縣見公孫大娘舞西河劍器，自此草書長進，豪蕩感激，即公孫可知矣。

昔有佳人公孫氏，一舞劍器動四方。觀者如山色沮喪[15]，天地爲之久低昂。

㸌[16]如羿射九日落，矯如羣帝驂龍翔[17]。來如雷霆收震怒，罷如江海凝清光。

絳脣珠袖兩寂寞，晚[18]有弟子傳芬芳。臨潁美人[19]在白帝，妙舞此曲神揚揚。

與余問答既有以[20]，感時撫事增惋傷。先帝侍女八千人，公孫劍器初第一。

五十年間似反掌，風塵澒洞[21]昏王室。梨園弟子散如煙，女樂餘姿映寒日。

金粟堆[22]南木已拱[23]，瞿唐石城草蕭瑟。玳絃[24]急管曲

---

12 聖文神武皇帝：即唐玄宗。

13 匪：非。

14 張旭：唐代狂草大家，世號「張顛」；與懷素並稱為「顛張醉素」。

15 色沮喪：變了臉色，形容驚奇不已。

16 㸌：音ㄏㄨㄛˋ，火光、閃耀。

17 羣帝驂龍翔：天神駕龍飛翔。驂：音ㄘㄢ，有二說：古代駕車一轅三馬稱為「驂」；或古代四馬駕車，中間兩匹稱為「服」，兩旁稱為「驂」。

18 晚：晚年。

19 臨穎美人：即李十二娘。

20 有以：有因。

21 澒洞：瀰漫無垠；澒，音ㄏㄨㄥˋ。

22 金粟堆：唐玄宗泰陵葬處。

23 木已拱：墓木已可合抱，言人死下葬已久。

24 玳絃：飾有玳瑁的精美樂器。

復終，樂極哀來月東出。

老夫不知其所往，足繭荒山轉愁疾。

四、文本提問

1. 杜甫在這篇〈詩序〉中總共提到多少人？請你標列出來。
2. 〈詩序〉中所出現的人物中，哪些人和公孫大娘有關，關係為何？
3. 杜甫從第一次看到公孫大娘跳劍器舞到李十二娘跳劍器舞，中間相隔多少年？
4. 杜甫在〈詩序〉中分別用了哪些句子描寫公孫大娘和李十二娘的舞蹈？
5. 杜甫在〈詩文〉中用了哪些句子描寫公孫大娘的舞蹈？
6. 杜甫在〈詩文〉中用了哪些句子描寫李十二娘的舞蹈？
7. 杜甫此詩用以寫個人情緒的字詞有哪些？請標舉出來。
8. 杜甫和李十二娘有哪些相似之處？

五、文本賞析

唐代宗大歷二年（西元767年），杜甫時年五十六歲，因於四川白帝城目睹李十二娘跳劍器舞，故而憶起玄宗開元三年（西元715年），年幼時亦曾見公孫大娘表演過。這對師徒的兩次演出時隔將近五十年，唐代亦因安史之亂（西元755年）由盛轉衰，此後戰亂不止。杜甫撫今追昔，悵憾無限，因而寫下此詩。詩中以這對師徒的舞藝展演，作爲兩個時代的註腳，是一種極爲經典的文學手法。

盛世：公孫大娘

杜甫幼時所見之公孫大娘青春正盛、色藝兼備，所舞劍器精彩矯健、流暢具節奏感、動靜分明，深具吸引力與感染力，聲名「獨出冠時」。杜甫對公孫大娘著墨頗多，正是一個繽紛大唐盛世的高度象徵。

衰世：李十二娘

杜甫晚年所遇之李十二娘雖也色藝兼備，但「亦匪盛顏」，舞藝雖然得公孫大娘矯健多變、神采飛揚的眞傳，然而杜甫在描寫上，於詩序中只用了「蔚跂」二字形容，而在詩文中亦僅用了「神揚揚」三字帶過；聊聊幾字，不若公孫大娘那般極盡精彩。如此輕描淡寫似乎也說明了李十二娘的舞蹈只是自盛世遺留的餘光，可令杜甫取暖，但不足以重現其所盼望的輝煌。

杜甫從眼前的李十二娘而憶及公孫大娘，再從公孫大娘進而追思玄宗及其所引領的大唐盛世；惟那個美好時代已一去不復返。而杜甫與李十二娘皆自盛唐走出而於亂世中邂逅，青春不復卻擁有著共同的記憶，故杜甫之寫李十二娘，實則亦爲自況。

杜甫此詩寫人，撫今追昔，而在眷戀盛世的同時，也反襯出對當下時局的憂心。一貫的傷時憂國，這是我們所熟悉的「詩聖」。（文／洪然升）

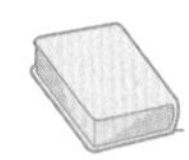

六、文章結構

（整合序文與詩文內容）

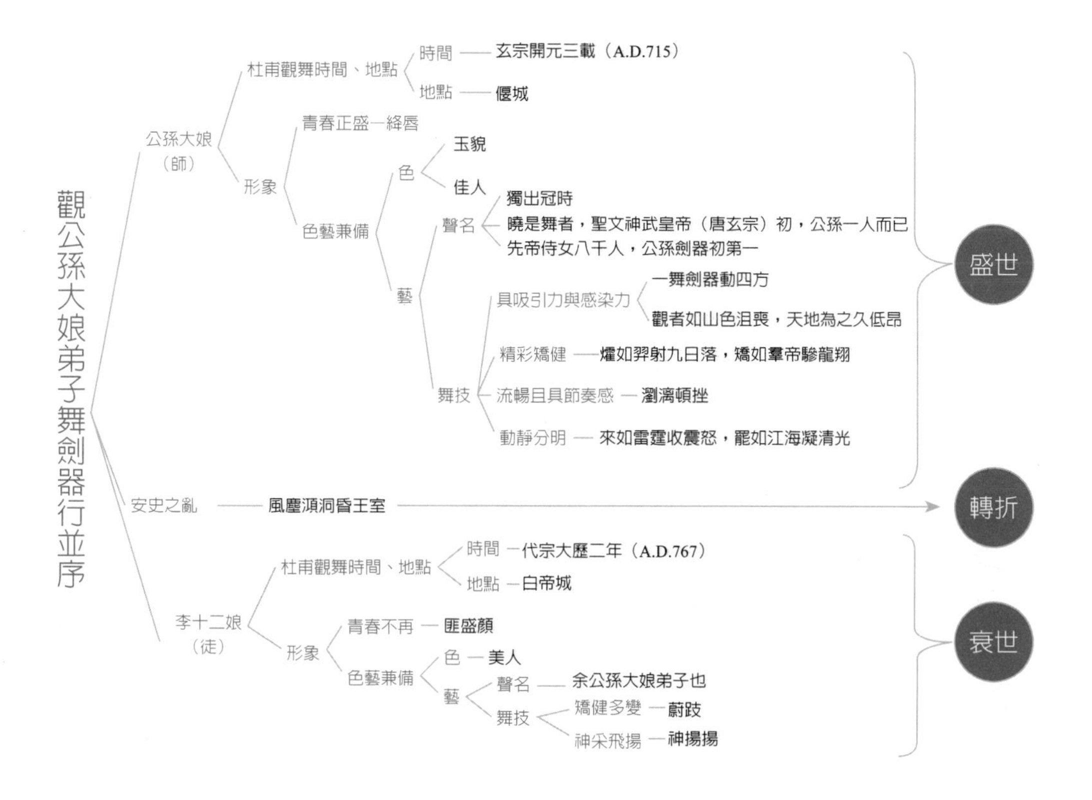

請沿虛線剪下

七、文以感思、學以致用——教學活動設計

【練習：舞蹈動作描寫】			
單元／	文本／杜甫〈觀公孫大娘弟子舞劍器行並序〉		
組別：	姓名：	系級：	日期：

說明

杜甫以「絳脣珠袖兩寂寞，晚有弟子傳芬芳」帶出公孫大娘之舞藝幸賴李十二娘傳承的事實，此即所謂薪盡火傳。而臺灣著名之現代舞蹈表演團體——雲門舞集亦曾推出經典舞蹈作品——「薪傳」。請你連結至影片——2023 NTT Arts NOVA | 雲門50林懷民《薪傳》：https://www.youtube.com/watch?v=lU87_kRbTyU。

就舞者之演出，標出秒數區間、描寫其動作、姿態，並抒發自己的觀賞感受。

書寫內容

請沿虛線剪下

《舞動紅樓夢》節選

蔣勳

一、生活連結

1. 線上遊戲有許多是取材於文學作品，例如《三國演義》、金庸武俠小說、《歐威爾的動物農莊（Orwell's Animal Farm）》、《哈利波特》等等。請以組為單位，選擇一款遊戲，說明其遊戲規則與改編狀況。
2. 你看過哪些由文學改編的電影或者電視劇？請任舉一部改編作品分析文字敘事與影像敘事的差異。

二、寫作背景

蔣勳（西元1947年～），出生於西安，1949年因戰亂隨父母來臺。童年時期家境較爲清苦，但生活是安定而快樂的。嚴厲的父親與愛說故事、魔術師般的母親，對他的美學觀念與文學興趣有極大的啓蒙影響。1972年赴法國巴黎大學研讀藝研所，回臺後，曾任《雄獅美術》主編、《聯合文學》社長，並任教於文化大學、東海大學等校美術系。2010年因病（心肌梗塞）而更著重身心靈養生，體悟「生命眞的可以有一種幽默去包容」。

蔣勳著作極多，橫跨藝術、美學、文學、宗教等領域。他於藝術與美學的專業根基上，提出「生活即藝術，藝術即生活」理念，引導讀者從身體感官去感知藝術，進而體悟尋常生活之美。文學以散文創作爲主，談孤獨、身體記憶，又以其獨特的美學思考與細膩情感解讀古典詩詞之美。宗教上，以個人生命經歷融合《金剛經》，更深層次地擴展應世的智慧。本文節選自《舞動紅樓夢》，是蔣勳對於雲門舞集「紅樓夢」的文字詮解。

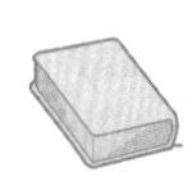

三、文本閱讀

真的寶玉與假的寶玉

一個寶玉穿著新綠色的小褲子，幾乎全身赤裸。另一個寶玉身上披著艷紅色的薄紗，光頭，像一名年輕出家的僧侶。

《紅樓夢》的小説裡寶玉在人間第一次出現是被黛玉描述的。黛玉因爲母親賈敏去世，便去投靠外祖母。進了賈府，十二歲左右的黛玉見到了十三歲的表兄寶玉：

> 是位青年公子，頭上戴著束髮嵌寶紫金冠。齊眉勒著二龍搶珠金抹額。一件二色金百蝶穿花大紅箭袖，束著五彩絲攢花結長穗宮絛。外罩石青起花八團倭緞排穗掛。登著青緞底小朝靴。面若中秋之月，色如春曉之花。鬢若刀裁，眉如墨畫，鼻如懸膽，睛若秋波。雖怒時而似笑，即瞋視而有情。項上金螭瓔絡，又有一根五色絲條，繫著一塊美玉。

文字的描寫，用了許多彩色的織錦絲綢綾羅，用了許多金銀珠寶的冠戴瓔絡，襯托著寶玉的富貴，至於肉體的部分描述則非常少。

古典的文字書寫，似乎要把人的肉體包裹在一個精緻繁複的一層層物質的包裝裡。

雲門舞集的現代舞蹈，剛好相反，卸除了寶玉身上一層一層的外在包裝，要在舞台上重新塑造一個青少年充滿青春氣息的赤裸肉體。

賈寶玉的形象，在戲劇、圖畫、電影、通俗的電視連續劇裡，不斷重覆出現，頭上戴著紫金冠，一點顫巍巍的紅櫻，通身錦繡長袍，皮膚白皙，面目美麗細緻如女子，一般的通俗戲劇，也因此常常由女性演員反串演賈寶玉。

賈寶玉似乎越來越有女性化的趨向。

雲門舞集的《紅樓夢》幾乎是第一次擺脱了傳統賈寶玉的形象概念，賦予賈寶玉一個青春少年的俊美形象。

賈寶玉十三歲，一個在富貴家庭生長的青少年，出生的時候口中啣著一塊五彩晶瑩的玉，傳爲奇蹟。周歲的時候，依習俗有「抓周」的儀式，把許多物件放在嬰兒面前，看他抓哪一樣，用來預言判斷這個孩子未來的志向。

賈寶玉的爸爸賈政是讀書人，做了大官，當然也希望兒子將來讀書做官。卻沒有想到，這個被祖母溺愛的嬰兒，什麼都不抓，獨獨抓起女人用的脂粉釵環來玩。他的父親賈政當然大失所望，認定這個孩子將來長大，不過是「酒色之徒」。

賈寶玉一出生，背負著家族好幾代做官的榮華富貴，一方面養尊處優，另一方面，也過早承擔了父祖輩功名烜赫的壓力。

以今天青少年的心理角度來看賈寶玉，這個十三歲的男孩子，正是讀國中的年齡，身體剛剛發育，對大人加在他身上的世俗功名價值充滿了叛逆。他不斷試圖要從男性追求權力與財富的虛假價值中逃脫，寵愛他的母親、祖母、姐姐、妹妹，甚至和他一起長大的丫環，構成一個純女性的世界。

他因此形成了一個偏激的反男性主義觀點。他說：「女兒是水做的骨肉，男人是泥做的骨肉；我見了女兒便清爽，見了男人便覺濁臭逼人！」

這一段話常被引用，也被用來證明賈寶玉的怪癖。

但是，《紅樓夢》是一部批判現實的小說，作者對男人構成的政治、官僚系統、虛假的禮教，深惡痛絕，連他自己的父親「賈政」也不例外。有人認爲賈政這個名字正和俗語中的「假正經」相合，作者對男性官場的反諷不遺餘力。

從這個角度來看，十三歲的少年賈寶玉渴望活出他自己，渴望擺脫大人加在他身上的虛假價值，他如果活在今天，同樣會討厭政治人物「濁臭逼人」，討厭學校的教科書，討厭短視功利的考試，討厭現實社會爲了權力與財富的爾虞我詐。

賈寶玉，這個十三歲的少年，感覺著剛剛長成了的身體，感覺到生命的美好。他渴望單純的愛與被愛，他渴望可以在同樣未被世俗價值污染的同伴中保有一生一世的純潔。《紅樓夢》一開始，賈寶玉身邊的十二金釵，幾乎都在十五歲以下，史湘雲、林黛玉、探春、迎春，都比賈寶玉小一兩歲，惜春最小，只是八、九歲的小女孩，大寶玉一歲的是寶釵，大約十四歲多，王熙鳳也不會超過二十歲。

年齡對閱讀《紅樓夢》是一件重要的事。

《紅樓夢》的主要人物，事實上全部是青春期的少女，圍繞著青春期的賈寶玉，結構成一個美麗的「青春王國」。

賈寶玉認爲男人「濁臭逼人」，他指的男人是長大做官以後的男性，喪失了人性的單純與夢想，日日沉淪在權力爭奪與財富的貪婪中，賈寶玉便以完全叛逆的姿態標舉出他自己的生命體格。

雲門舞集《紅樓夢》裡的賈寶玉，以赤裸裸的美麗男體在舞台上出現，可能使誤讀了《紅樓夢》的老學究們大吃一驚，但也可能眞正恢復了賈寶玉的本來面目，使賈寶玉第一次以如美玉一般的青春男體出現。

賈寶玉是十三歲的少年，他的生命像一朵春天正待開放的花的蓓蕾。

賈寶玉又是女媧煉石補天神話的洪荒時代留下來的一塊頑石。

賈寶玉以人的形象來經歷人世間的繁華，他又要在領悟了一切愛恨纏綿之後，重新回到大荒山青埂峰下，回到一塊頑石的初始。頑石是開始，也是結束。

舞台上的兩個寶玉，一個在經歷人間繁華，另一個走向渾沌大荒。

一個入世的寶玉，一個出家的寶玉。

我們自己身上，常常有兩個不同的自我。一個耽溺情愛，眷戀繁華，糾纏牽掛不斷的自我；另一個解脫生死，領悟無常，來去無牽掛的自我。

中國古代深受儒家人性哲學影響，聖賢與邪惡，聖潔與沉淪，善與惡，成爲相互對立，非白即黑的二元世界。

曹雪芹的《紅樓夢》大膽在儒家僵化的正邪一分爲二的人性哲學中指出了眞正人性可能「正」「邪」並存的狀態。《紅樓夢》第二回有論「正」「邪」人性的一段：

> 假使或男或女，偶秉此氣而生者，上則不能為仁人君子，下亦不能為大凶大惡。置之千萬人之中，其聰俊靈秀之氣則在千萬人之上，其乖僻邪謬不近人情之態又在千萬人之下；若生於公侯富貴之家，則為情痴情種；若生於詩書清貧之族，則為逸士高人；縱然生薄祚寒門，甚至為奇優，為名娼，亦斷不至為走卒健僕，甘遭庸夫驅制。

《紅樓夢》打破了人性非「正」即「邪」一分爲二的僵化迂腐觀點，給予人性更大的彈性可能，也使這本文學作品在三百年前標舉出了反叛主流價値、解放人性可能的現代觀點。

四、文本提問

1. 曹雪芹的原著《紅樓夢》中，賈寶玉大約幾歲？
2. 賈寶玉出生時，有甚麼不尋常的狀況？
3. 本文提及，曹雪芹的原著《紅樓夢》，對於賈寶玉的臉型與眉目有怎樣的描寫？脖子上又有何裝飾？
4. 賈寶玉的前世來歷為何？
5. 賈寶玉周歲「抓周」習俗中，選擇了甚麼物品？
6. 賈寶玉平常最喜歡跟哪些人一起玩樂？請舉出2～3人。
7. 「雲門．紅樓夢」裡，兩個賈寶玉的造型有何差異？有何寓意？
8. 曹雪芹原著《紅樓夢》與雲門舞集的現代舞蹈，對於賈寶玉這個人物的呈現，有何不同的著重點？請分別列點詳細說明。
9. 本文提及，儒家哲學如何看待人性？曹雪芹《紅樓夢》又有哪些不同的解讀？

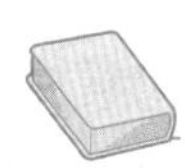

五、文本賞析

《紅樓夢》，長篇章回小說巔峰之作，曾被多次改編爲影視、戲曲、舞臺劇，以及電玩遊戲。1983年，當代舞團「雲門舞集」首度以現代舞蹈演繹此文學經典，是雲門舞集創立十周年的紀念舞作（以下以「雲門．紅樓夢」稱之），於2005年封箱不再演出。

現代舞蹈如何藉由肢體以及舞臺設計演繹一二〇回的複雜小說？「雲門．紅樓夢」，以一長髮女子拖地長裙之下曳生出一赤裸男子，象徵女媧造人的神話開場，春、夏、秋、冬四季更迭的劇目，除了象徵賈家的興衰變化之外，也是賈寶玉等人由青春到衰亡的生命過程。舞臺上，分別穿著紅色與綠色小褲子的赤裸男子，是原著裡賈寶玉／甄寶玉、入世／出世兩個寶玉的舞臺化身；以十二件色彩斑爛繡花大披風象徵十二金釵。春天時，綠褲的赤裸男子穿梭於十二敞華豔披風之間，滿天落花翩僊飛舞，優美炫目好似人間繁華；入夏，卸下披風的舞者，仍在各色薄紗舞衣下跳躍著青春的慾望與躁動；進入蕭索凋零的秋、冬，有一紅衣女子（象徵薛寶釵）披著白色披風（象徵林黛玉），與男子在象徵婚姻的紅色薄紗下似含情慾卻又苦痛的共舞著，旋即，全身素裸的白衣女子再加入舞臺，三人迴旋纏舞演繹原著裡「偷天換日」的婚禮橋段。終於，死神登場，白衣女子被死神緩緩擁入懷中。尾聲，身著紅色袈裟的紅褲男子於鋪天蓋地的白雪中跪地伏首，完成原著「落了片白茫茫大地眞乾淨」的結局。

本文所節選的章節是針對賈寶玉這一虛構人物的舞臺呈現。在文學原著裡，曹雪芹以金玉物質包裝富貴的賈寶玉，啣玉出生的他受盡寵愛，厭惡官僚禮教，享受與姊妹們純眞的情感與生活，最終悟道出家。「雲門．紅樓夢」則是先以近乎赤裸的舞者造型還原其青春與肉體的本質，再以兩個舞者，分別呈現出寶玉耽溺繁華與徹悟人間一夢的表與裡、以及怡紅公子與石頭前身的兩大特質。

無論是清朝曹雪芹的文字說故事，還是當代舞蹈的肢體演繹故事，對於雲門創始者林懷民而言，跨時代地以當代眼光重新詮釋古老的素材，並且跨界地以舞蹈演藝文學，都是使新世代能夠認識傳統文化的方式，同時，此一媒材的跨界演繹，等同再次創造新文化，一層一層累積出豐厚的民族文化寶藏。（文／洪英雪）

六、文章結構

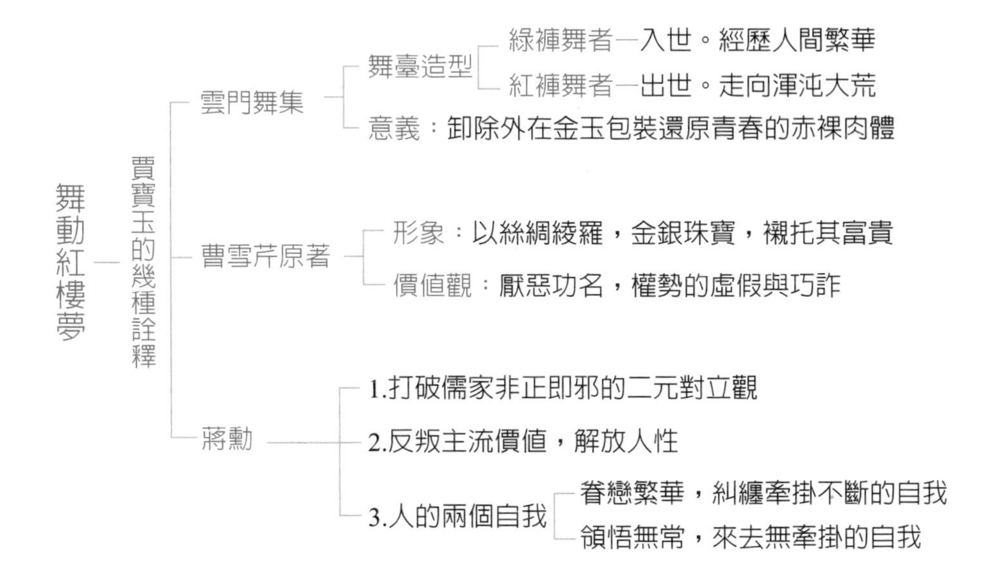

舞動紅樓夢
賈寶玉的幾種詮釋
雲門舞集
舞臺造型
綠褲舞者—入世。經歷人間繁華
紅褲舞者—出世。走向渾沌大荒
意義：卸除外在金玉包裝還原青春的赤裸肉體
曹雪芹原著
形象：以絲綢綾羅，金銀珠寶，襯托其富貴
價值觀：厭惡功名，權勢的虛假與巧詐
蔣勳
1.打破儒家非正即邪的二元對立觀
2.反叛主流價值，解放人性
3.人的兩個自我
眷戀繁華，糾纏牽掛不斷的自我
領悟無常，來去無牽掛的自我

請沿虛線剪下

七、文以感思、學以致用——教學活動設計

單元／	文本／蔣勳《舞動紅樓夢》節選		
組別：	姓名：	系級：	日期：

說明

1. 《紅樓夢》有多版戲劇改編，請選擇任一戲劇版本中的片段，與原著相對照，詮釋文字敘事與影像敘事的美感與差異。
2. 雲門舞集另有一「舞動白蛇傳」作品，請觀賞片段，並嘗試從舞蹈動作中，對比並還原原版白蛇傳故事。
   （影片：https://www.youtube.com/watch?v=44053HNqSis）

書寫內容

請沿虛線剪下

延伸閱讀

1. 白居易：〈長恨歌〉，《白氏長慶集七十一卷》（世界書局，1987年）。
2. 影片：一舞劍器動四方！舞者郝若琦重現「公孫大娘」劍器舞英姿 | CCTV「詩畫中國」，https://www.youtube.com/watch?v=TKxAaHiFMM8。
3. 影片：這首七律，別說《慶餘年》的范閑，連杜甫本人也寫不出！【意外藝術】，https://www.youtube.com/watch?v=oZYR_R9TCSM&t=7。
4. 曹植（文）、顧愷之（畫）、趙孟頫（書）：《洛神賦》（香港商務印書館，2002年）。
5. 蔣勳：《舞動紅樓夢》（遠流，2004年）。
6. 白先勇：《白先勇細說紅樓夢》（時報，2016年）。
7. 影片：「雲門舞集-紅樓夢」片段，https://www.youtube.com/watch?v=M3mBNQkgZJA。
8. 影片：TED短講，蔣勳〈每天留十八分鐘給自己〉，https://www.youtube.com/watch?v=6i7RcP39NB0。
9. 影片：雲門舞集《白蛇傳》【央廣新聞】片段，https://www.youtube.com/watch?v=44053HNqSis。
10. 影片：卡奇社：「遊園驚夢」（流行音樂），https://www.youtube.com/watch?v=ropGQYBnOsU。

附錄

疫病紀事——斯人斯疾

單元導讀

卡謬在他《瘟疫》一書裡提到：「瘟疫逼我們打開眼睛，逼我們去思考。世界上一切的惡和這世界本身的真相，也會出現在瘟疫中。」

生老病死是人生所必須經歷的過程，只是我們都沒有預料到，在二十一世紀的此刻，全人類必須共同經歷這場大疫。疾病張開它的網，遮蔽一切。人在這場大疫中，彷彿成了一個一個的數字：新增病例、死亡人數、重症人數、送驗件數、各區域比例……在疾病的肆虐下，人開始符號化，數字化。

那麼，我們在疫病裡成了什麼？生命本質呢？存在的思考呢？

而疾病是否可以讓我們重新去思考存在？還是忘了存在？

卡謬也說：「面對這樣的瘟疫，人們該奉行的唯一口令是反抗。」他所謂的反抗，或許並不全然是與疾病的戰爭對抗，而是在這場疫病中誠實地面對——面對自己、面對處境。踏實地去重新反省、看見，才能真正地面對這場圍困人類的瘟疫。

而大疫，不只現代，在一千七百多年前的三國時期同樣出現了。本篇文章，讓我們看看當時的大疫，以及當時人的疫情觀察與接受。

一、生活連結

1. 簡單敘述疫情下你所改變的生活方式。
2. 請討論疫情爆發下的社會觀察，例如經濟模式、醫療問題、政府策略、疫情心理……。
3. 在歷代中國醫學的發展過程中，第一次具有劃時代意義的瘟疫治療理論便是發生在東漢末年，當時恰好是瘟疫流行最為嚴重的時期。回到現代，你覺得疫情的開展，對我們的醫學是否有任何的促進或幫助？
4. 卡謬在《瘟疫》一書裡提到：「對抗瘟疫唯一的方法，就是正直。」什麼是他所強調的正直呢？根據書中的回答是：「做好工作本分。」你覺得臺灣的疫情，每個環節是否都有「做好工作本分」？
5. 疫情蔓延下你的生命反思是什麼？
6. 請分享疫情發生後，你聽過或發生在你身上最誇張的事件。

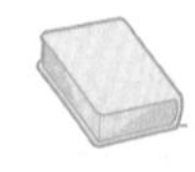

二、寫作背景

曹植（西元192年～232年），有七步成詩、才高八斗之美譽，深得其父曹操賞識。但《三國志．魏書》中也說曹植：「任性而行，不自雕勵，飲酒不節」。在西元217年時，他便因飲酒不節，酒醉駕車闖了只有帝王舉行典禮才能走的司馬門，一直馳遊到金門。曹操大怒，同年十月，便傳位給曹丕。可以說，司馬門一事，正是曹丕、曹植爭嗣的轉折點。

在失去太子之位後，在建安二十四年（西元219年）魏將曹仁爲關羽所圍。曹操命曹植解救曹仁之困。結果曹植酒醉不能受命，經此一事，曹操徹底對他失望，此後不再眷顧於他。

曹丕即位後，曹植踏上就藩之路，在十一年間，封鄄城、徙雍丘、後又徙封東阿。此時他仍不斷上書希望得到重用，但終不能得。史書上說他：「十一年中而三徙都，常汲汲無歡，遂發疾薨，時年四十一。」

而〈說疫氣〉是他在建安二十二年的那場大疫發生時的記錄，有著當時人對於嚴重傳染疾病的觀察，或許可以做爲現代疫病的一種對照。

三、文本閱讀

曹植：〈說疫氣〉

建安二十二年，癘氣流行[1]。家家有僵屍[2]之痛，室室有號泣之哀。或闔門而殪[3]，或覆族而喪[4]。或以爲疫者，鬼神所作。人罹此者，悉被褐茹藿[5]之子、荊室蓬戶[6]之人耳！若夫殿處鼎食之家[7]、重貂累蓐之門[8]，若是者鮮[9]焉。

---

1 癘氣流行：中醫重視身體之氣的流通，認為感染疫病，乃邪氣所致。而導致疾病的傳染便是「癘氣」之邪，所以稱之為疫、疫癘、瘟疫等，指是一類具有強烈傳染性的病邪。

2 僵屍：指僵死之屍，非後代所謂殭屍。後世的殭屍、跳屍，轉化為屍變的妖怪意義，來源於清朝蒲松齡《聊齋誌異》、袁枚《子不語》的屍變傳說，以及紀曉嵐的《閱微草堂筆記》中的旱魃。更早之前古籍所說的僵屍，只單純的意指「僵死之屍」。

3 殪：音一丶，表死亡。例如《楚辭．九歌》：「左驂殪兮右刃傷。」

4 覆族而喪：指全族覆滅。

5 被褐茹藿：被褐，指穿著短褐；茹藿，以豆葉為食。被褐茹藿表衣著的粗劣、飲食的粗糙，喻生活清貧困苦。

6 荊室蓬戶：荊室，指用荊條做的屋室；蓬戶，指用蓬草做的門。荊室蓬戶，形容居處簡陋貧寒。

7 鼎食之家：指富貴人家，例如唐．王勃〈滕王閣序〉：「閭閻撲地，鐘鳴鼎食之家。」

8 重貂累蓐之門：重貂：用貂皮製作的衣服，重，指衣服的繁盛。累蓐：蓐，音ㄖㄨ丶，草蓆也。古人坐臥離不開草蓆，累蓐表示坐臥之間墊上不只一張草蓆。重貂累蓐表示穿著華美，生活享受之家。

9 鮮：鮮少之意。

此乃陰陽失位[10]、寒暑錯時[11]，是故生疫。而愚民懸符[12]厭之[13]，亦可笑也。

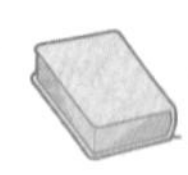

四、文本提問

1. 一般認為瘟疫是無差別的，無論是什麼信仰、身分的人，瘟疫都有可能找上門。但曹植的〈說疫氣〉顯然不是這樣的看法，他的看法是怎樣？
2. 承上題，你覺得他說的是否合理？請以現代疫情為主，查找相關數據後討論。
3. 曹植在〈說疫氣〉最後提到一些百姓的防疫方式：「愚民懸符厭之，亦可笑也。」你覺得他此處說的可笑是帶著什麼態度說的？是帶著高高在上的角度嘲笑愚民？還是只是批判用鬼神迷信方式防疫？或是其他？
4. 關於建安大疫，除了曹植的〈說疫氣〉、曹丕的〈與朝歌令吳質書〉外，還有許多文學也有相關的記錄與感慨，請搜尋看看，並試著深入分析。

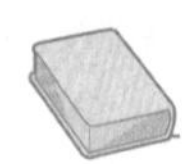

五、文本賞析

建安二十二年（西元217年）冬天，北方發生了一場大疫。

曹植根據當時的疫情觀察寫成了〈說疫氣〉一文，但現在僅存的只是

10 陰陽失位：表陰陽失去平衡。
11 寒暑錯時：寒暑失調。
12 懸符：懸掛符咒。
13 厭之：厭，此處指以迷信方式，鎮壓或趨避可能出現的災禍。例如《史記．高祖本紀》：「秦始皇帝常曰：『東南有天子氣』，於是因東遊以厭之。」

收錄在宋人編輯的《太平御覽》裡的片段。儘管如此，其中關於疫病的記載：「家家有僵屍之痛，室室有號泣之哀。或闔門而殪，或覆族而喪。」仍是觸目驚心、不寒而慄。

除了曹植的〈說疫氣〉外，他的哥哥曹丕也對這場大疫有所記錄，或許可以當作互文來看。他在〈與朝歌令吳質書〉裡提到：「昔年疾疫，親故多罹其災，徐、陳、應、劉，一時俱逝，痛可言邪！……何圖數年之間，零落略盡，言之傷心。」

曹丕在文中，感嘆好友們的罹病身亡，充滿了憂生憂死，悲莫悲兮的慨嘆，呈現出魏晉時期的傷逝之風。在他的敘述裡，同樣可以看到「親故多罹其災」、「一時俱逝」、「零落略盡」這樣的形容，雖然在正史《後漢書．獻帝紀》裡只看到「是歲大疫」這樣的輕描淡寫。但這幾位文學家所保留下來的記載，卻更如實地呈現出了當時死傷的慘重以及人命的無奈。

而曹操在這場大疫後的處置頗爲不錯，他在〈贍給災民令〉中提到：凡女子七十歲以上，失去丈夫兒子的，或十二歲以下，沒有父母兄弟的，以及眼盲、手腳殘疾卻沒有妻子、父母兄弟可以照顧的，都可以「廩食終身」；十二歲以下的幼童，出身貧寒，均可得到國家的「隨口給貸」。可以看得出，曹操運用國家力量努力地想對這場大疫進行修復。但這場大疫因爲連年的征戰，病毒跟著戰爭四處移動到處肆虐，蔓延甚廣、死傷慘重，長達數年才逐步停止。而這場大疫之後，卻又接連了幾場大大小小癘疫，史書上的記載始終都是這樣的句子：「死者萬數」、「死者大半」。

回到曹植對疫情的觀察，他注意到癘疫發生的確診率，貧困家庭遠遠高於富貴人家。雖然他沒有進一步的解釋原因，但若我們穿插現代科學經驗，也會發現，貧富差距所享用的醫療資源與公共衛生是不相同的。而曹植認爲，疫情的產生是因爲「陰陽失位，寒暑錯時」，這除了是傳統醫學重視氣脈的陰陽調理、順天應時的觀念外，也可以看出當時對於人跟自然宇宙關係的一種詮釋。而氣候的紊亂，氣溫的改變[14]，貧困者更難以度過大疫的侵蝕，這或許也呼應了文章開頭時提到的「罹此者，悉被褐茹藿之子、荊室蓬戶之人耳！」。（文／周翊雯）

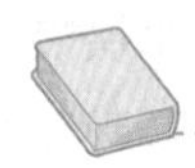

六、文章結構

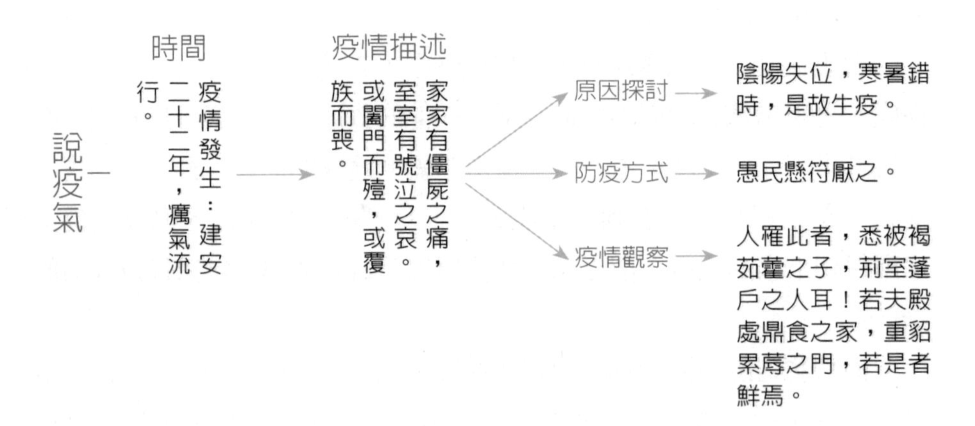

[14] 根據現代的環境研究，發現西元二世紀末開始，全球氣候便出現劇烈變化，溫度驟降。從東漢、魏晉南北朝時期，到西元六世紀結束，持續六百年左右的寒冷氣候。地理環境突變也給人類社會帶來了許多災難：乾旱、蝗災、饑荒、瘟疫、戰爭……等等。相關研究，可參考當代地理學家和氣象學家竺可楨所著：〈中國近五千年來氣候變遷的初步研究〉。

請沿虛線剪下

七、文以感思、學以致用——教學活動設計

單元 /	文本 / 曹植〈說疫氣〉
組別： 姓名： 系級： 日期：	

說明

1. 曹操在〈贍給災民令〉運用國家能力為鰥寡孤獨殘疾者提供了許多的支援與協助，請思考，在疫情蔓延的當下，若你是衛福部部長，你會啟動哪些因應疫情的支援？
2. 曹植在文中提及：「愚民懸符厭之，亦可笑也。」認為百姓用厭勝的方式來防疫是愚不可及的，那麼，你的抗疫方式是什麼？請分享你的抗疫方式，或是確診後（或親友確診後）的因應方式。

書寫內容

請沿虛線剪下

延伸閱讀

1. 曹丕：〈與朝歌令吳質書〉，見《三國志》，卷21。
2. 張仲景：《傷寒雜病論》（方集，2016年）。
3. 蘇珊・桑塔格：《疾病的隱喻》（大田，2000年）。
4. 卡繆：《瘟疫》（桂冠，1996年）。
5. 影片：【張友驊挺三國】「人性・瘟疫・戰爭」第20集，https://www.youtube.com/watch?v=kGwnq3dNiEs。
6. 影片：醫聖張仲景，https://www.youtube.com/watch?v=JA12rL0IB3I&list=PLeRj4yleuwO-iUw0M6bQtnEqK0CEHmX8d&index=1。
7. 讓・保羅・哈本諾：《屋頂上的騎兵》（電影），1995年。
8. Mike Newell：《愛在瘟疫蔓延時》（電影），2007年。

國家圖書館出版品預行編目資料

文學如是說：素養與體用的迴旋舞／洪英雪，
洪然升，周翊雯編著．－－二版．－－臺北
市：五南圖書出版股份有限公司，2023.09
面；　公分
ISBN 978-626-366-347-3（平裝）

1.國文科　2.讀本

836　　112011665

1XMP 國文系列

文學如是說
素養與體用的迴旋舞

編　　著 — 洪英雪、洪然升、周翊雯
發 行 人 — 楊榮川
總 經 理 — 楊士清
總 編 輯 — 楊秀麗
副總編輯 — 黃惠娟
責任編輯 — 陳巧慈
封面設計 — 韓衣非
校　　對 — 張耘榕、顏志恩
出 版 者 — 五南圖書出版股份有限公司
地　　址：106台北市大安區和平東路二段339號4樓
電　　話：(02)2705-5066　　傳　　真：(02)2706-6100
網　　址：https://www.wunan.com.tw
電子郵件：wunan@wunan.com.tw
劃撥帳號：01068953
戶　　名：五南圖書出版股份有限公司

法律顧問　林勝安律師

出版日期　2022年9月初版一刷
　　　　　2023年9月二版一刷
定　　價　新臺幣450元

經典永恆·名著常在

五十週年的獻禮——經典名著文庫

五南，五十年了，半個世紀，人生旅程的一大半，走過來了。
思索著，邁向百年的未來歷程，能為知識界、文化學術界作些什麼？
在速食文化的生態下，有什麼值得讓人雋永品味的？

歷代經典·當今名著，經過時間的洗禮，千錘百鍊，流傳至今，光芒耀人；
不僅使我們能領悟前人的智慧，同時也增深加廣我們思考的深度與視野。
我們決心投入巨資，有計畫的系統梳選，成立「經典名著文庫」，
希望收入古今中外思想性的、充滿睿智與獨見的經典、名著。
這是一項理想性的、永續性的巨大出版工程。
不在意讀者的眾寡，只考慮它的學術價值，力求完整展現先哲思想的軌跡；
為知識界開啟一片智慧之窗，營造一座百花綻放的世界文明公園，
任君遨遊、取菁吸蜜、嘉惠學子！